Prix du Meilleur Polar des lecteurs de POINTS

Ce roman fait partie de la sélection 2012
du **Prix du Meilleur Polar**
des lecteurs de Points.

Un jury composé de professionnels
(libraires, journalistes, bibliothécaires, blogueurs...)
et de lecteurs passionnés récompensera
en décembre 2012 le roman policier,
le roman noir ou le thriller de son choix.
Il succédera à *Cotton Point* de Pete Dexter,
récompensé en 2011.

Pour tout savoir sur les livres sélectionnés,
donner votre avis sur ce livre et partager
vos coups de cœur avec d'autres mordus de polar,
rendez-vous sur

www.meilleurpolar.com

Né en 1975, Marin Ledun est romancier. Il a déjà publié sept romans noirs, dont *Les Visages écrasés* (Trophée 813 du meilleur roman francophone 2011), *Modus Operandi* (prix Plume libre 2008), *La Guerre des vanités* (prix Mystère de la critique 2011), *Zone Est* (Fleuve Noir). Il écrit également des pièces radiophoniques pour France Culture.

DU MÊME AUTEUR

La Démocratie assistée par ordinateur
essai
Connaissances et Savoirs, 2005

Modus operandi
Au diable vauvert, 2007
et « Le Livre de poche », n° 37288

Marketing viral
Au diable vauvert, 2008
et « Le Livre de poche », n° 21580

Le Cinquième Clandestin
La Tengo éditions, 2009

Un singe en Isère
Baleine, 2010

Pendant qu'ils comptent les morts
essai
La Tengo éditions, 2010

Un cri dans la forêt
Syros jeunesse, « Souris noire », 2010

Zone Est
Fleuve noir, 2011

Fractale
La Tengo éditions, 2011

La Guerre des vanités
Gallimard, « Série noire », 2011

Marin Ledun

LES VISAGES ÉCRASÉS

ROMAN

Éditions du Seuil

TEXTE INTÉGRAL

ISBN 978-2-7578-2831-1
(ISBN 978-2-02-104552-9, 1re édition)

À Dominique

« Elle cherchait la Faim : elle la vit dans un champ pierreux, d'où elle s'efforçait d'arracher, des ongles et des dents, de rares brins d'herbe. Ses cheveux étaient hirsutes, ses yeux caves, sa face livide, ses lèvres grises et gâtées, ses dents rugueuses de tartre. Sa peau sèche aurait laissé voir ses entrailles ; des os décharnés perçaient sous la courbe des reins. Du ventre, rien que la place ; les genoux faisaient une saillie ronde énorme, et les talons s'allongeaient, difformes, sans mesure. »

Ovide, *Métamorphoses*.

Prologue

Vincent Fournier lève sur moi un visage cadavérique. Traits tirés, poches noires sous les yeux et barbe de trois jours. Son sweat-shirt gris anthracite délavé, trop large d'une ou deux tailles, accentue sa maigreur épouvantable. Il se laisse aller contre le dossier de son fauteuil, croise les bras et se mure dans le silence.

J'extrais un stylo du porte-crayon, en prenant soin de ne pas faire de bruit, et j'attrape une feuille vierge que je glisse sur le sous-main en plastique.

J'écris : insomnies chroniques, traitement inefficace.

Mon regard se pose sur l'horloge du cabinet au-dessus de lui. 19 h 34. Plan serré sur les aiguilles, contre-plongée sur le mur ; un fil électrique court le long de la plinthe avant de disparaître sous la moquette industrielle.

Je reprends le stylo et je note : diarrhées, apathie, fatigue chronique, perte de poids – 16 kilos en deux mois.

Je trace un cercle autour du nombre *16* d'un geste résigné.

Face à moi, Vincent Fournier se recroqueville un peu plus.

J'ajoute : idéations suicidaires, récidive possible,

forte probabilité de passage à l'acte, inaptitude au poste. Arrêt de travail indispensable et urgent.

Je souligne trois fois *urgent* et remets le stylo à sa place. Puis je glisse la feuille dans son dossier, le referme et le range. Le tiroir métallique percute le fond du bureau avec un claquement sourd.

Vincent Fournier est en larmes.

La consultation est presque terminée.

Je brise le silence la première.

« Qu'est-ce qu'on fait ? »

Vincent se tait.

Je répète : « Qu'est-ce qu'on fait, *maintenant* ? »

Il grogne une réponse inaudible.

J'insiste, d'une voix chaleureuse :

« Depuis un an, on a tout essayé. Les traitements ne fonctionnent pas de façon satisfaisante. Trois arrêts maladie, trois échecs. À chaque retour, vous replongez. À chaque reprise, votre état empire. Vous souffrez de troubles gastriques et du sommeil depuis près de deux ans. Vous ne mangez plus, vous ne dormez plus, vous ne voyez plus personne. C'était quand, la dernière fois que vous avez fait l'amour avec votre femme ? »

Pas de réponse. Je tape du poing sur la table pour le forcer à réagir.

« Vincent ! Quand ?

– J'en sais rien.

– Il y a une semaine ? Un an ? Deux ans ?

– J'en sais rien, merde ! »

Il a presque hurlé.

J'en remets une couche.

« Si, vous le savez ! Mais vous refusez de voir la réalité en face. Répondez à ma question ! »

Il secoue la tête. Des auréoles rouge colère se dessinent sur ses joues.

Je me penche vers lui et murmure :

« Dites-moi, Vincent.

– Noël 2006. »

Deux ans et trois mois plus tôt.

« Les petits venaient d'aller se coucher. J'étais bien. Elle aussi. »

Je n'écoute pas la suite, cela ne me regarde pas. Je me contente de hocher la tête.

Deux ans et trois mois sans baiser.

Je pense : Comme moi.

Deux ans et trois foutus longs mois sans plaisir : une éternité.

Des larmes grosses comme le poing coulent sur ses joues. Vincent répète inlassablement : « On était bien, on était bien. »

Je l'interromps pour dire ce qu'il redoute d'entendre :

« Vous devez quitter la société.

– Non.

– C'est la seule solution.

– Je peux pas.

– Vous n'avez pas le choix. Vous ne tiendrez pas longtemps. »

Il paraît méditer sur ma dernière phrase, puis il secoue la tête et lâche, d'un ton pathétique :

« Ils ne m'auront pas. »

Je pense : Ils t'ont déjà eu. Ils ne t'ont laissé aucune chance, ils ont miné le terrain, mais tu as quand même foncé tête baissée, et maintenant, ils t'ont eu.

Je dis :

« C'est à vous de choisir.

– C'est tout décidé. Je reste. »

Je soupire et fais rouler mon fauteuil en arrière. Ses bras sont agités de minuscules tremblements.

« Vous êtes sûr ? »

Il acquiesce.

Mes mains se réfugient instinctivement dans les poches de ma blouse. Mes doigts rencontrent le flacon de Sécobarbital. Propriétés anesthésiques, anticonvulsifiantes et sédatives. Fabriqué et commercialisé par le géant pharmaceutique américain Eli Lilly, rendu célèbre grâce au Prozac. Prescrit dans le traitement de l'épilepsie, de l'insomnie, comme médicament préopératoire pour induire l'anesthésie et comme anxiolytique avant des interventions chirurgicales. Judy Garland, 1969, overdose par combinaison avec de l'alcool. Jimi Hendrix, un an plus tard, même topo, incapable de se réveiller.

Nouveau coup d'œil à l'horloge. 19 h 50.

Je dis : « Je ne peux pas vous laisser partir comme ça, ce soir. Vous avez besoin de quelque chose pour passer une bonne nuit. »

Je sors le flacon et le pose devant lui, puis je me lève, contourne le bureau et me dirige vers l'armoire à pharmacie. J'attrape un élastique, du coton, un désinfectant, deux poches plastifiées que je déchire et dont j'extrais une seringue stérilisée et une aiguille hypodermique 40 mm 12/10e. Je les emboîte en prenant mon temps.

Vincent me regarde faire, amorphe.

« Ça vous détendra. »

Il hoche la tête.

Je reviens vers le bureau, décapsule le flacon et y plante l'aiguille. La seringue aspire 25 millilitres de Sécobarbital. Je la dépose sur un plateau avec précaution et reviens me planter devant Vincent.

« Vous préférez quel bras ?

– Le gauche.

– Bien. Remontez votre manche. »

Il s'exécute.

Je fixe l'élastique à la base de son biceps, puis je verse quelques gouttes du désinfectant sur un morceau de coton et frotte le creux de son avant-bras.

« Attention, je pique. »

La peau se tend une fraction de seconde sous la pression avant de céder. L'aiguille s'enfonce. J'injecte le sédatif. Ses pupilles se dilatent. Il accuse le coup.

Je gagne la porte, l'ouvre et reviens aider Vincent à se lever et à remonter les escaliers. Quand nous parvenons à son poste de travail, il est déjà à moitié dans les vapes. Je le guide jusqu'à son siège, sur lequel il s'affale en gémissant.

Je passe une main sur son crâne chauve, d'un geste maternel.

« Attendez-moi là. »

*

Je reviens sur mes pas.

Mon rythme cardiaque s'accélère. Je me retiens pour ne pas courir.

La plate-forme du centre d'appels est déserte, mais les cris et les sonneries de téléphone résonnent encore à l'intérieur de mon crâne.

En journée, le site ressemble à une ruche pleine d'abeilles qui bourdonnent dans des micros, des antennes sur la tête. Une soixantaine d'employés connectés aux clients mécontents en permanence, seize heures sur vingt-quatre. Un peu comme ces salles des centres de lancement de la Nasa que l'on voit dans les films américains à gros budget, où des dizaines de types en costume-cravate ou blouse blanche, des casques téléphoniques vissés sur le crâne et séparés par de minces cloisons, tiennent l'avenir de la planète au bout de leurs dix doigts. Les écrans géants, les téléviseurs et les mappemondes en moins. Ici, on vend des forfaits mobiles et on résout les problèmes de connexion Internet les plus complexes en moins de trente minutes.

J'inspire un grand coup, puis je traverse la salle et regagne mon bureau.

Rester calme.

J'éteins mon poste informatique, entasse le matériel médical usagé dans une pochette, que je fourre dans mon sac à main. Je récupère aussi ma mallette, mon manteau, et je sors, comme d'habitude, par la porte de la tour B. La vieille Audi est à sa place, le poste du vigile est vide. Je balance mes affaires dans le coffre et je démarre.

Je débouche sur la rue Ampère et je passe la seconde.

Au premier feu tricolore, je bifurque à gauche, trace tout droit trois cents mètres et me gare deux pâtés de maisons plus loin.

La rue est déserte. Je claque ma portière et verrouille les serrures, puis je retourne au centre d'appels à pied.

Toujours pas de vigile.

Je me dirige vers la tour B. Aucun bruit. Aucun mouvement. Mon pouls monte d'un cran. Je pénètre dans le bâtiment et retourne à mon bureau, à la lueur des veilleuses, des minuteries et des panneaux *Issue de secours*.

Le Beretta 92 est là où je l'ai caché, ce matin, en prenant mon service. Tiroir du bas. Sous une pile de rapports d'expertise.

Une arme sordide et belle. Noire. Captant et capturant la lumière comme une toile de Soulages. Étonnamment lourde pour sa taille.

Je lève les yeux : il est 20 heures.

Dans vingt-sept minutes, le vigile commencera sa ronde dans les étages supérieurs.

*

Je monte les escaliers en courant, passe le sas anti-feu et traverse le centre d'appels.

Vincent n'est plus sur son siège.

Prise de panique, je me penche, espérant le trouver accroupi sous son box, mais il n'y est pas non plus.

Merde.

Sa veste et ses clefs sont toujours là. Je tends la main vers l'interrupteur de sa lampe de bureau et me ravise au dernier moment.

Merde, merde, merde.

Je pense : Le vigile a démarré sa ronde plus tôt que prévu.

Calme-toi, calme-toi.

J'inspecte les box les plus proches. En vain. Mais où est-il ? Je m'apprête à procéder à une fouille complète de la salle quand un couinement sur ma droite m'interrompt.

Je m'immobilise, le Beretta pointé devant moi.

Je chuchote :

« Vincent ? »

Pas de réponse.

« Vincent ? »

Un râle.

Je fais cinq pas dans sa direction.

« Vincent, c'est toi ? »

Un autre râle, presque un gargouillement.

Cinq pas supplémentaires.

Je tourne la tête et je le vois, allongé sur la moquette, à une quinzaine de mètres de son poste. Vincent. Un filet de bave dégouline de la commissure de ses lèvres. Abruti par le sédatif que je lui ai injecté trente minutes plus tôt.

Je m'avance et lui saisis le bras. Il est 20 h 23 à sa montre. Quelque part, deux étages plus bas, le vigile s'apprête à entamer sa première ronde.

Le problème, ce n'est pas Vincent.

Je le traîne jusqu'à son siège sur lequel je l'installe pour la deuxième fois. Le regard vide, il dodeline de la tête. Je dispose ses mains fines sur ses genoux et presse son clavier du coude involontairement. Le box s'illumine d'une lumière blanche diffuse.

Je vérifie une dernière fois le chargeur de l'arme et la glisse dans ma main droite.

Je m'étire pour tenter de retrouver mon calme. Une minute s'écoule sans un mouvement dans la pièce. J'ignore le téléphone qui sonne. Une fois, deux fois. Trois, quatre, cinq. Puis plus rien. Sur la droite, l'écran du poste informatique passe en mode veille et s'obscurcit presque aussitôt.

*

20 h 26. Je n'ai plus beaucoup de temps.

Les yeux révulsés, Vincent Fournier soulève la tête dans ma direction.

Je bloque ma respiration. Mes doigts se resserrent sur la crosse de l'arme. Je pointe le canon vers lui et glisse mon index dans l'orifice métallique.

Puis je presse la détente.

Un acte médical.

En même temps qu'un soulagement.

*

L'impact de la balle projette le crâne puis le buste de Vincent en arrière, contre la cloison de son bureau, avant de le précipiter par terre. Mû par un réflexe, son bras gauche s'agrippe au clavier de son poste informatique et l'entraîne dans sa chute, écran compris. Le bruit est effroyable. Du sang s'écoule de sa tempe droite. Mort sur le coup.

Prise de panique, je relève la tête, à l'affût du moindre mouvement dans la salle.

Personne.

Quinze interminables minutes, je guette le ronronnement des moteurs de voiture dans la rue. J'épie les sirènes de gendarmerie au loin, le regard braqué sur la poignée de la porte d'entrée. Je me suis préparée à me rendre sans résistance. J'ai pensé : menottes, garde à vue, préventive, cellule, avocat, procès. Mais aussi : médias, revues de presse, scoop, interviews. Je répète mentalement les mots que je dirai pour raconter l'histoire de Vincent. Je suis prête à me charger au maximum, à plaider la préméditation avec circonstances aggravantes. Je veux que l'entreprise raque, que ses actionnaires soient obligés de gratter les fonds de tiroir pour payer leur dette.

Les faits.

Je crois que je m'attendais à ce que la détonation alerte le vigile et qu'il avertisse les autorités ou la direction, ce genre de truc. La disposition des locaux produit l'effet exactement inverse de celui recherché. Les capacités isolantes des cloisons qui séparent les box de chaque employé atténuent en grande partie le bruit de la détonation, de la chute du corps de Vincent Fournier et de son matériel informatique. Chaque étage du bâtiment est conçu pour qu'aucun son ne perce à l'extérieur comme à l'intérieur. Secret des conversations téléphoniques, paranoïa sécuritaire de protection des informations industrielles, peur de la concurrence. Ici, le seul moyen de savoir ce qui se dit au téléphone, c'est d'être branché directement *sur* le téléphone, ce qui est la pratique de management et de surveillance interne la plus courante. Les employés et leurs chefs partis en week-end, plus personne n'est connecté. La déflagration et le vacarme qui suivent ne sont qu'un vague bruit de chaise renversée pour le vigile qui fait sa ronde deux étages plus bas.

Il l'a peut-être entendu.

Peut-être pas.

Il ne se déplace pas.

Au prix où il est payé, et avec le nombre d'agressions dont il a été l'objet au cours des deux dernières années, j'aurais dû penser à cette éventualité. Et même s'il était monté, le poste de travail de Vincent est dans un angle de la salle. Personne ne s'y rend, à moins d'y être contraint.

Le chauffage tourne à plein régime, l'odeur l'alertera.

Toujours les faits.

Je quitte le box, traverse la salle et emprunte l'escalier principal qui descend à mon cabinet.

*

Sur le trajet : le Rhône, puissant et glacé, les ruines de Crussol, mal éclairées et perchées au sommet de la falaise, la zone industrielle, au pied. Le froid, le moteur qui tourne, et encore le froid. Puis le rond-point planté sur les ruines de l'ancienne coopérative, les vignobles fraîchement taillés, l'entrée dans Saint-Péray et le portail de la maison. Je revois les marches du perron, les clefs qui tombent, une fois, deux fois, la porte qui s'ouvre en grinçant. Une odeur âcre. Un volet qui claque. Mes affaires, déposées en vrac dans le hall d'entrée.

À l'exception du Beretta.

Fascinée, je contemple de nouveau le semi-automatique. L'idée de le retourner contre moi me traverse l'esprit mais, encore une fois, Vincent n'est pas le problème.

Il le sait, je le sais.

Le problème, ce sont ces fichues règles de travail qui changent toutes les semaines. Ces projets montés en quelques jours, annoncés priorité-numéro-un, et abandonnés trois semaines plus tard sans que personne ne sache vraiment pourquoi, sur un simple coup de fil de la direction. La valse silencieuse des responsables d'équipes, toujours plus jeunes et plus inflexibles, mutés dans une autre agence ou partis par la petite porte. Cette tension permanente suscitée par l'affichage des résultats de chaque salarié, les coups d'œil en biais, les suspicions, le doute permanent qui ronge les rapports entre collègues, les heures supplémentaires effectuées pour ne pas déstabiliser l'équipe, le planning qui s'inverse au gré des mobilités, des résultats financiers et des ordres hebdomadaires. Les tâches soudaines à effectuer dans l'heure, chaque jour plus nombreuses et plus complexes. Plus éloignées de ses propres compétences. Les consignes qui évoluent sans arrêt. Les anglicismes et les termes consensuels supposés stimuler l'équipe et masquant des réalités si sourdes et aveugles que le moindre bonjour est à l'origine d'un sentiment de paranoïa aiguë. L'infantilisation, les sucettes comme récompense, les avertissements comme punition. La paie, amputée des arrêts maladie, et les primes au mérite qui ne tombent plus. Les objectifs inatteignables. Les larmes qui montent aux yeux à tout moment, forçant à tourner la tête pour se cacher, comme un enfant qui aurait honte d'avoir peur. Les larmes qui coulent pendant des heures, une fois seul. Mêlées à une colère froide qui rend insensible à tout le reste. Les injonctions paradoxales, la folie des chiffres, les caméras de surveillance, la double écoute, le flicage, la confiance perdue. La peur et l'absence de mots pour la dire.

Le problème, c'est l'organisation du travail et ses extensions.

Personne ne le sait mieux que moi.

Vincent Fournier, 13 mars 2009, mort par balle après injection de Sécobarbital, m'a tout raconté.

C'est mon métier, je suis médecin du travail.

Écouter, ausculter, vacciner, notifier, faire remonter des statistiques anonymes auprès de la direction. Mais aussi : soulager, rassurer.

Et soigner.

Avec le traitement adéquat.

I

1

Guilherand-Granges, le 8 février 2009

À l'attention du Dr Carole Matthieu

Chère Consœur,

Merci de m'avoir adressé pour avis spécialisé M. Vincent Fournier, âgé de cinquante-deux ans, suite à la contestation qu'il a faite de l'avis de la Commission de réforme du Rhône refusant l'imputabilité au service de sa tentative de suicide du 28/12/2008 sur son lieu de travail. Je l'ai reçu à mon cabinet le 20/01/2009. Il est ponctuel, sa présentation est correcte, il n'existe aucune sthénicité dans ses propos.

Le cadre : *un espace immense, le ronronnement des postes informatiques, environ soixante personnes séparées par des cloisons, sur ce qui se nomme une plate-forme d'appels, travail tertiaire, services commerciaux et/ou après-vente. Chronomètre intégré dans l'ordinateur, tout est retranscrit en direct au supérieur hiérarchique (N+1), le responsable de la plate-forme : le nombre d'appels/heure, le temps de réponse, le nombre de ventes, le temps de retrait.*

<u>L'action :</u> un jour de grève, le 23/06/2008, M. Fournier arrive en retard, suite à un ennui de voiture. Il n'avait pas l'intention de manifester ce jour-là. Sachant que le retard est mal vu sur la plate-forme, il s'installe vite, se « logue ». Il oublie de prévenir son N+1. Cette dernière vient à sa rencontre et lui demande : « Alors, tu es gréviste, ou non ? » Cette phrase a un effet catalyseur. V. Fournier se lève d'un bond, la plaque au mur et la prend à la gorge en serrant jusqu'à ce que des collègues interviennent.

<u>Les conséquences factuelles :</u> le médecin du travail, le Dr Carole Matthieu (vous), est appelé en urgence pour s'occuper de la victime et des conséquences de la strangulation. Mise à pied immédiate de V. Fournier jusqu'au conseil de discipline. Il sera également orienté vers un médecin psychiatre agréé pour une expertise. Aucune suite pénale, la victime ne souhaite pas porter plainte.

<u>Les conséquences psychiques :</u> Nous avons donc pris en suivi V. F., il nous a confirmé qu'il aurait pu aller jusqu'au geste fatal si les collègues n'étaient pas intervenus. Il n'avait qu'une idée en tête : que tout s'arrête, ne plus revenir sur la plate-forme, ne plus entendre les « reproches permanents » du N+1 sur son insuffisance en nombre d'appels/heure, sur son peu de rentabilité commerciale… M. Fournier a eu un long arrêt (un mois) au cours duquel nous avons essayé de donner un sens à son geste, à sa gravité potentielle et au risque non nul de récidive. M. Fournier a eu une mutation disciplinaire sur un autre type de plate-forme. À mon avis, il persiste un risque élevé que nous gérons par des arrêts maladie de courte durée et par des psychotropes à la demande, type méprobamate, en rappelant que l'entreprise ne dis-

pose à ce jour d'aucun autre poste de reclassement. L'inaptitude définitive et absolue serait donc la seule solution et entraînerait de fait une retraite pour invalidité et des conséquences financières très graves.

Je vous prie d'agréer, chère Consœur, l'expression de mes meilleures salutations.

Dr Jacques Bon
Cabinet de psychiatrie Bon & Faure
– 07500 Guilherand-Granges

2

Le dimanche 15 mars 2009, à 11 h 34, alors que Patrick Soulier, le vigile, découvre le corps sans vie du téléconseiller Vincent Fournier, je suis sur le canapé du salon, plongée dans un sommeil artificiel composé de six verres de Wyborowa et de deux gélules de Xanax.

Près de quarante heures après son décès.

Vincent F.

Un salarié parmi tant d'autres.

Mon patient, depuis avril 2005.

Ma croix, depuis le 23 juin 2008.

Ancien cadre supérieur dans les télécoms, une secrétaire, des vacances aux Maldives et la moitié de ses primes payées en actions. Fermeture de site, arrêt de l'activité, reconversion obligatoire dans une autre branche de la boîte en février 2005. Muté du jour au lendemain en téléconseiller, sans préavis. C'était ça ou être envoyé à l'autre bout du pays. Même salaire, cadences infernales et surveillance électronique permanente. Épuisé, vidé, essoré.

Il y a pire.

Certains commencent directement par là.

Je connais le parcours de Vincent par cœur. Pour conserver son poste ou négocier un avancement sur un site de l'agglomération, il est d'abord allé voir son responsable, un cadre de dix ans de moins que lui. Plutôt sympa, d'ailleurs. Passé par mon cabinet en consultation, lui aussi, pour insomnies chroniques. Un ancien collègue de bureau monté en grade. Vincent a supplié, pleuré, menacé de faire un scandale. L'autre a tenu bon pendant deux mois.

Sa remplaçante a été moins compréhensive. Empathie quasi nulle. Règne du chiffre, du management pragmatique et des objectifs tenus.

Il m'a avoué avoir parlé de suicide, pour la première fois, dans son bureau. Elle l'a simplement regardé et a lâché, de son air habituel empreint d'un mélange de sérénité feinte et de lassitude :

« Je ne marche pas au chantage.

– Quoi ?

– Je suis désolée. »

Elle a secoué la tête, comme si elle était *vraiment* désolée, puis s'est réinstallée face à sa messagerie, de profil.

« De profil ! a hurlé Vincent dans mon cabinet, hystérique, des sanglots coincés dans la voix. Comme si je n'étais déjà plus dans son bureau. Comme si j'étais transparent ! »

De sa position, il ne voyait pas ses yeux, dissimulés derrière son épaisse chevelure blonde. Seulement ses doigts qui tapotaient en rythme sur le clavier et ses lèvres fines qui s'entrouvraient à chaque nouveau mot qu'elle tapait, comme ces écoliers qui articulent les mots à voix basse pour lire dans leur tête. De nouveaux ordres, de nouvelles consignes, une ligne de plus dans un tableur Excel. Salarié Vincent Fournier : muté. Colonne des objectifs : atteint. Destination : le plus loin possible. Résultat : trente et un mille kilos euros en moins à peser sur le budget de l'agence commerciale. Cas suivant.

Vincent se sentait menacé.

Il s'imaginait être dans une impasse.

Mieux : il la visualisait.

Au bout d'une minute, alors qu'il restait planté debout à côté d'elle, elle a reculé sur son siège en soupirant, s'est levée et a ouvert la porte avec une douceur calculée.

« Si tu as besoin de quoi que ce soit, tu sais que je suis à ta disposition. »

Sa voix était forte et claire. Elle lui a tendu la main, sourire professionnel aux lèvres.

Fin de la discussion.

Le pire, c'est qu'il l'a serrée, cette main tendue. Devant trois collègues qui passaient dans le couloir à ce moment-là et qui ont dû penser qu'il prenait sa mutation drôlement bien. Je le sais parce que l'un d'eux, Franck, me l'a rapporté. En consultation, lui aussi. Pour troubles digestifs, diarrhées et idées noires, doublés de pulsions homicides sur la personne de son responsable de secteur. Scénarios morbides, filatures, plans. Beaucoup plus courant qu'on ne le croit.

Vincent a accepté cette main, et c'est sans doute à cet instant précis que sa décision d'en finir a germé, avant de se frayer un chemin jusqu'au cerveau.

Insomnies, urticaire, vomissements et symptômes dépressifs ont suivi. Ses cheveux sont tous tombés en quelques jours, cinq semaines plus tôt. Sans explication. Le terme médical exact est alopécie. Du grec *alopex*, qui signifie « renard », à cause de la chute annuelle des poils d'hiver de cet animal. Une mue professionnelle d'un drôle de genre…

Rendez-vous programmé avec sa hiérarchie.

Lors de notre entrevue, le responsable de site a sorti un dossier contenant les évaluations annuelles individuelles de Vincent. Manque de communication, ne sait pas faire remonter les informations, problèmes relationnels avec sa hiérarchie, ce genre de trucs. Tout était prêt et Vincent avait déjà un pied dans la tombe.

Qu'est-ce que je pouvais faire ?

Je l'ai revu, deux semaines plus tard. Il avait perdu neuf kilos. Ses yeux étaient vitreux, et son attitude résignée. Quand je lui ai demandé s'il voulait être arrêté, il a acquiescé en silence, avec cet air hébété qu'ont les gens atteints d'une maladie incurable qui acceptent l'opération de la dernière chance. J'ai inscrit en tremblant sur sa feuille d'arrêt maladie : *Choc post-traumatique. Changement de poste recommandé. Urgent*, surligné au stylo rouge. *Forts soupçons de pulsions autoagressives.*

Indemnités journalières et tout le bataclan. La direction a refusé de reconnaître la maladie professionnelle, comme il fallait s'y attendre. L'inspection du travail est venue lui rendre visite. C'est aussi dans l'ordre des choses. La chasse aux fraudeurs, ce genre d'inepties…

Vincent avait ses objectifs à tenir. Retour à la case départ et obligation de faire ses preuves, comme un débutant. Après vingt-deux ans de bons et loyaux services et un paquet de cheveux blancs au vide-ordures. Quand il est revenu dans mon cabinet, il avait l'air paumé. L'air con, aussi, sans ses cheveux. Il m'a parlé d'implants capillaires, de motivation, de retraite, de temps libre, mais ni lui ni moi n'étions dupes. J'ai lu dans ses yeux qu'il ne tiendrait plus très longtemps.

Il a quitté mon cabinet et, par la fenêtre de la salle d'attente, je l'ai vu, assis au volant de sa voiture, la tête entre les mains. J'ai eu mal. Pour lui, pour moi, pour tous les autres. Gorge nouée et paupières remplies de larmes. Une douleur effroyable au ventre. Un goût amer de bile dans la bouche, un début de vertige.

J'étais impuissante. D'un point de vue :

Professionnel,

Humain,

Médical,

Juridique,

Je ne servais plus à rien.

J'ai attendu une vingtaine de minutes que sa voiture sorte du parking, puis je suis rentrée chez moi. Je me suis allongée sur mon lit sans me déshabiller et j'ai guetté la fin d'une crise d'angoisse d'une violence inouïe.

*

Nuit blanche, les yeux agrippés au plafond comme deux crochets, à compter et recompter les fissures.

Ce type allait mourir.

Il n'était plus maître de son destin.

Dans tous les cas de figure, ce n'était pas lui qui choisirait. Ses bourreaux programmaient le jour et l'heure de son exécution, au moyen d'une espèce de logiciel aléatoire mortel. Ils décidaient à sa place. Je parle de meurtre, là. D'homicide programmé, concerté et organisé. De sang, de rubrique nécrologique et de pierre tombale. De fossé abyssal entre les intentions, le chiffre d'affaires et les résultats. Je parle de la mort d'un homme.

Du monde du travail d'aujourd'hui.

Je n'ignore pas ce que ma conclusion a d'excessif. Je mesure chaque mot, je le soupèse avec une infinie patience pour le poser à sa juste place. Je sais aussi qu'elle ferait bondir les chantres de la responsabilité individuelle et les gourous du libre arbitre.

Mais je ne suis pas folle.

Au petit matin, à bout de forces, je me suis levée pour aller aux toilettes, la vessie prête à éclater. Au retour, debout dans le couloir, une pénombre glaciale et solitaire m'a accueillie. Je me suis immobilisée. J'ai repensé à ces mots écrits par Louis Althusser à sa compagne, Franca.

Ça continue. Je t'ai portée en moi si lourd, lourd mon soleil noir.

J'ai revu Vincent Fournier, assis au volant de sa voiture. Qui pleurait, pleurait sans pouvoir s'arrêter.

Mon soleil noir.

Les images des salariés qui se sont succédé dans mon cabinet au cours des deux dernières années ont défilé à toute vitesse. Leurs aveux, leurs larmes, leur culpabilité, leur honte surtout.

Soleil noir. Tu as bien gagné le droit de repos.

Et là, j'ai compris que j'avais bien travaillé et que Vincent, lui aussi, avait fait sa part. Il avait donné son maximum. À sa manière. Il avait rempli sa mission mais ça n'avait pas suffi et, maintenant, il avait gagné son droit au repos.

Mon soleil noir, laisse la machine en paix.

Je suis retournée dans la chambre, j'ai contourné le lit et j'ai ouvert le tiroir de la commode. Sous la pile de draps, toujours à sa place, le Beretta 92. Neuf cent cinquante-cinq grammes de métal offerts un jour par un ami gendarme qui craignait pour ma sécurité après qu'un patient m'avait menacée en pleine consultation.

Je l'ai saisi.

À n'utiliser qu'en cas d'urgence et comme outil de dissuasion.

On y était.

Un salarié est un malade comme les autres.

Vincent a le droit de partir avec dignité. Comme ces légumes qui hantent les mouroirs des hôpitaux et que personne ne peut débrancher parce que la loi l'interdit. Je ne les laisserai pas lui infliger toutes ces souffrances. Ils ne le tueront pas. Pas cette fois-ci. Ni lui ni les autres, d'ailleurs.

Il est temps de remettre les choses à leur place.

Sans hésiter, j'ai glissé l'arme au fond de mon sac, un flacon de Sécobarbital dans ma poche, et je me suis rendue au travail. J'ai pris rendez-vous avec Vincent pour le soir même, à l'heure de la fermeture de la plate-forme.

Il aurait pu refuser.

Il aurait pu ne pas se présenter au travail, ce jour-là.

*

Je ne me suis pas assez préparée à la décompensation qui a suivi. Perte de repères dans l'espace, tremblements, convulsions, nausées, agoraphobie. Mon système nerveux dans son intégralité s'est effondré. Appliquée à soulager Vincent, je me suis oubliée. Pour tenir, je me dis : J'ai fait le plus dur.

C'est vrai en partie.

En partie seulement.

Mon geste n'est pas l'œuvre d'une démente. À bien y réfléchir, il est dans l'ordre des choses. Comme s'il était l'aboutissement d'une lente et douloureuse succession de causes et d'effets, une imbrication noueuse de tenants et d'aboutissants dont je ne suis que l'un des maillons. Pour survivre depuis cent cinquante ans, l'industrie s'est toujours attachée à organiser le travail. Et donc à trier les hommes avec soin. Une sorte de sélection sociale. Une procession morbide de fidèles, de soldats et d'esclaves. Chaque dieu, maître ou théoricien, a contribué à sa façon à la grande machine, à coups de miracles, de lois divines, de règles de fonctionnement, de découpages des tâches, de coups de bâton et de pointeuses. Les Ford et les Taylor ont industrialisé le travail à la chaîne, préparant le terrain à l'organisation scientifique de la consommation qui allait voir le jour à partir des années 1950, à grand renfort de sondages d'opinion, de publicité et de services marketing.

À chaque fois, les règles du travail ont été revues, et à chaque fois, les Vincent Fournier se sont adaptés, quel qu'en fût le coût. Cancers du poumon, effondrements et coups de grisou dans les mines. Asbestoses et mésothéliomes pour les travailleurs de l'amiante. Troubles hématopoïétiques mortels et cancers thyroïdiens pour les employés du nucléaire. Stress, fatigue nerveuse, angoisses, diarrhées, vomissements, troubles du sommeil, hallucinations. Mais aussi surendettement, prêts à la consommation, accidents de travail, faillites, divorces, suicides et meurtres.

On pourrait comprendre cette liste à la Prévert comme une énumération de phénomènes secondaires, voire marginaux, mais il n'en est rien. L'ensemble de ces symptômes dresse en réalité un tableau parfaitement cohérent. Global. De tout temps, le travail industriel a été à ce prix. Encadrer les corps, canaliser les esprits et, au besoin, éliminer les inutiles. La grandeur du Progrès industriel, coûte que coûte. La réponse quasi mécanique à la question de Saint-Exupéry, un pont vaut-il le prix d'un visage écrasé ? Les morts ne sont jamais qu'une variable d'ajustement. Et tant mieux s'ils favorisent l'essor de l'industrie et si leur sang a coulé dans ses fondations – elles n'en seront que plus solides ! On parle toujours des victimes du charbon, des victimes de l'amiante, des victimes des cadences infernales, des victimes de ci ou de ça, mais l'industrie n'a que faire de *victimes*. Pourquoi ? Simple question de vocabulaire : pas de ciment sans martyr, pas de science sans cobaye, pas de progrès sans héros.

Vincent Fournier est l'un d'entre eux.

Un spécimen d'*homo tripalis*, du nom de cet instrument de torture à trois pieux utilisé par les Romains pour corriger les esclaves rebelles. Un héros des télécommunications, un cobaye du service après-vente, un martyr du téléphone sans fil.

Le fils mort-né de son siècle.

Dont je suis l'accoucheuse.

En le tuant avant qu'ils ne le fassent, je le réhabilite en tant qu'homme.

Non pas une punition, ni un accident, une erreur ou un acte désespéré, mais bien un geste prémédité et délibéré. En mettant fin à ses jours d'une façon aussi violente, je rends visible aux yeux de tous le processus. Je hurle en même temps sa souffrance, sa vie d'homme et le système qui y a mis fin. En revêtant les vêtements du bourreau, moi, le médecin, celle qui prodigue habituellement les soins et panse les plaies, qui sauve les enfants et guérit leurs parents, je l'institue en victime.

Je le ressuscite.

*

La sonnerie du téléphone ne me réveille que deux heures après la découverte du corps. Je somnole encore, sous l'effet des anxiolytiques. Je me redresse péniblement, prise de vertiges, je tends le bras et je porte le combiné à mon oreille.

« Oui ? » je balbutie d'une voix pâteuse.

C'est la direction régionale de la société. Ils me préviennent du décès et souhaitent que je sois présente sur le site à la première heure demain. Encadrer les collègues de bureau, soutien moral, prévention, le type de conneries auxquelles un DRH pense aussitôt en situation de crise.

« La police voudra vous interroger. J'ai eu un lieutenant au téléphone qui me dit vouloir un accès aux dossiers médicaux de Fournier. J'ai déjà donné tout ce qui concernait ses fiches d'évaluation semestrielles.

– Et la famille ? » je coupe, nerveuse.

Un long soupir à l'autre bout du fil.

« On s'en est occupé.

– Sa femme est sur le site ?

– Bon Dieu, non ! Vous savez dans quel état ils l'ont mis ? »

Alors je fais ce qu'un médecin fait dans ces cas-là : je demande des détails. Je crois que j'ai lâché prise quand mon interlocuteur a prononcé le mot *discrétion*.

Une fois son monologue terminé, je vais prendre une douche, j'enfile un vieux pull et je m'installe devant mon PC. Des dizaines de rapports en retard. Il faut que je sois opérationnelle pour le lendemain.

Me dénoncer.

Je travaille jusqu'aux environs de 8 heures du soir. Les yeux rougis par l'effort et les jambes ankylosées, je me tire hors de mon fauteuil et gagne tant bien que mal le réfrigérateur dont j'extrais la seule chose comestible qu'il contienne encore, un yaourt et un morceau de gruyère sec comme du pain grillé. J'engloutis le tout devant un programme télé stérile sur lequel je ne parviens pas à me concentrer. Vers 10 heures, le téléphone sonne une nouvelle fois. Je décroche à la douzième sonnerie.

Ma fille.

« Maman ? »

Je marmonne une réponse pour lui faire comprendre que je n'ai pas la tête à parler. Elle insiste.

« Ça va ?

– Il y a eu un meurtre au boulot. »

Elle manque de s'étrangler.

« Quoi ?

– Un type a été assassiné. Sur mon lieu de travail.

– C'était quand ? »

Lui avouer. Tout lui dire, à elle.

« J'en sais rien. Ils l'ont trouvé ce matin.

– C'est dingue. Tu dis qu'il est mort ce matin ?

– Ils m'ont rien dit. Sans doute. »

Seulement à elle, ça me fera du bien.

« Tu le connaissais ?

– C'était un patient.

– Merde. »

Essayer, au moins.

« Écoute, Vanessa, je suis crevée et je me lève tôt demain. Ils veulent que… Enfin, il faut que je sois présente. Bref, je dois te laisser.

– Mais toi, ça va, je veux dire, tu prends ça comment ? »

C'est maintenant ou jamais.

« Ça va, ça va.

– T'es sûre ? Maman, je sais que ça n'a pas été

simple pour toi, ces derniers temps. Tu as déjà craqué plusieurs fois.

– Ça ira.

– Tu disais la même chose en novembre.

– T'inquiète pas, je vais bien mieux. C'était une fatigue passagère. Je fais mon boulot. Allez, bonne nuit. »

Je raccroche, pour couper court, à bout de souffle. Prête à exploser, au bord de la crise de larmes. Je ne pensais pas que ça serait si difficile de lui parler. Comment vais-je faire demain, devant les salariés, les collègues, le directeur ? Les flics ?

Me dénoncer ?

Je ne suis plus tout à fait certaine que ce soit la seule solution.

Je reste prostrée une heure, au pied de la commode, le téléphone à la main. Douleurs au ventre, mal de crâne effroyable et crampes dans la main droite. Des images de Vincent et de ma fille se superposent dans mon esprit, sans réelle cohérence.

Une série joyeuse de coups de klaxon dans la rue, devant chez moi, me tire de ma léthargie. Je relève la tête et balaie le salon d'un œil hagard. Le téléviseur est encore allumé. Une course poursuite en voiture, deux types qui braquent des armes de gros calibre et défouraillent à tout-va. Je lutte contre la nausée. Au prix d'un effort violent, je me relève pour éteindre. L'écran devenu noir me soulage aussitôt. Je saisis mon réveil, le règle à 5 heures et prends un Xanax, avant de retourner m'allonger sur le canapé.

J'attrape les *Lettres à Franca* et l'ouvre au hasard à la page du 11 octobre 1961. « Je veux te dire encore une chose, Franca. Chasse de ton esprit toute idée d'obligation et de préparation, de prévision. »

Mon soleil noir.

« S'il t'est trop lourd, trop difficile, trop angoissant de prévoir. »

Mon soleil noir veille sur moi.

Moins d'une minute plus tard, je lâche enfin prise.

3

De : christine.pastres@plate-forme.dir.com
À : PLATE-FORME/VAL/Tous
Objet : Mise au point technique
Date : vendredi 21 novembre 2008

Bonjour à tous,

Suite aux différentes infos communiquées lors des derniers briefs, à la dérive et au laxisme de certains (sur le plateau), je vous fais un rappel sur les règles de fonctionnement :

1. - Tout retard de moins d'1/4 heure doit faire l'objet d'une signalisation, dès votre arrivée, auprès de votre manager et régularisé si possible le jour même (à voir avec le manager de vigie pour traçage). Je vous rappelle que les retards évoqués sont les retards de log. Jusqu'à présent une tolérance de 5 minutes était accordée. Désormais tout retard (même d'1 minute) sera noté dans le rapport de vigie.

2. - Tout retard de plus d'1/4 heure doit faire l'objet d'une signalisation auprès de votre manager et d'un mail IMPRÉVU PPP pour régularisation.

3. - La prise d'appels s'effectue dans la minute qui suit le log. On ne se logue plus dès qu'on arrive (pour ne pas « être en retard ») et ensuite on s'installe tranquillement en prenant son café ou en faisant le tour du plateau pour dire bonjour à tout le monde avant de prendre son premier appel. Cependant rien n'interdit d'arriver 10 minutes plus tôt pour dire bonjour à ses collègues (mais sans les déranger s'ils sont déjà en plein travail).

4. - Pas de pause entre 12 heures et 14 heures. N'oubliez pas que les pauses sont tolérées et que cette tolérance n'excède pas 5 % du temps logué.

5. - Pas de départ avant l'heure (même d'1 minute). On ne reste pas non plus en Wrap up plusieurs minutes en attendant l'heure de partir.

6. - Les retraits Wrap up maîtrisés (pas d'excès). 30 % du temps logué en Wrap up est, pour l'instant, un maximum. Tout comportement hors jeu fera l'objet de sanctions (demande d'explication, avertissement, 1/30e sur le salaire…).

7. - De plus, un plus grand respect des autres est demandé : on laisse le soir en partant un bureau nickel : débarrassez vos gobelets, vos feuilles de brouillon, vos photos perso, en 2 mots « votre bordel » (conseil : rangez votre casque, vos cahiers et crayons dans vos tiroirs). Quand on occupe, le vendredi par exemple, le bureau d'un collègue, assurez-vous à la fin de votre vacation que vous laissez le bureau aussi nickel qu'en arrivant (rangez tout ce que vous avez déplacé : chaise, écran, etc.).

Ces règles de vie, que vous connaissez déjà mais que vous n'appliquez pas systématiquement, seront appliquées à la lettre à compter du lundi 24 novembre.

Christine Pastres
Responsable d'équipe d'appels
Poste : # 41 20

4

À mon arrivée sur le site, ce lundi matin, l'horloge de la voiture indique 6 h 30. Ma place de parking est déjà occupée par une Peugeot 306 blanche flambant neuve, aux côtés d'une dizaine de véhicules dont deux arborent les couleurs de la police nationale. Je reconnais l'Espace du directeur, un peu plus loin, garé au même endroit que d'habitude, au millimètre près. Je grimace, effectue une manœuvre et recule à côté, manquant de rayer sa portière de justesse. Mal au ventre, un début de règles douloureuses, au réveil.

Je coupe le contact, reste un instant immobile, les yeux fixés sur la façade du bâtiment. Trois étages de béton troués de baies vitrées. Modèle années 1980, rénové vingt ans plus tard à la sauce couleurs criardes. Logo de la société étalé au niveau du deuxième, visible de la rocade est. Grondement des véhicules qui se pressent déjà aux portes de la ville. Les cris silencieux des hommes et des femmes passés dans mon cabinet me hantent.

Le regard vide de Vincent Fournier, trois jours plus tôt.

Je ne sais pas si je vais pouvoir entrer.

On frappe à la vitre de ma portière, je sursaute et tourne la tête.

Un sourire fragile aux lèvres, Patrick Soulier, le vigile, me fait signe de la main. Il est blanc comme un linge. Dents jaunies par le tabac, cernes noirs sous les yeux, visage livide. Cinquante ans, dont vingt dans le métier de gardiennage, cent kilos de muscles, d'embonpoint et de colère. Une vie pas simple, un père qui le battait, un passage en foyer, des soupçons de viols dans son enfance, jamais prouvés. Je devine qu'il n'a pas dormi depuis hier matin.

Je souris à mon tour, saisis mes affaires et m'extrais de la voiture.

« Bonjour, docteur.

– Bonjour, Patrick, je ne vous ai pas vu arriver.

– Je vous ai fait peur ? »

Il refait le geste de frapper à la vitre de l'Audi, je secoue la tête. Échange de banalités. Il a envie de parler, je le sens, je le sais. Depuis l'agression dont il a été l'objet, en juin dernier, il passe souvent me voir. Séquelles physiques, mais surtout : insomnies, crises d'angoisse, sentiment d'oppression dans les grandes surfaces. Il ne fait plus les courses depuis, ne se déplace qu'aux heures creuses sur les grands axes, de peur d'être pris dans un embouteillage. Il a arrêté de boire il y a trois mois, mais fume deux à trois paquets par jour.

Je pose ma main sur son avant-bras.

« Ça va ? »

Il hoche la tête et me désigne du menton la porte de la tour B.

« Je crois qu'ils vous attendent là-dedans.

– Vous avez l'air fatigué.

– J'en ai vu d'autres. »

J'évacue sa réponse d'un geste du bras.

« Vous devriez rentrer chez vous.

– Mon service ne finit qu'à 8 heures.

– Je sais, je sais. »

Il grimace.

« Vous n'avez rien à vous reprocher, Patrick. Vous n'êtes responsable de rien.

– Mais j'étais là.

– Ils vous soupçonnent ?

– J'étais seul, j'ai un passé violent, j'ai une arme…

– Je sais que vous êtes incapable de faire un truc pareil.

– Pas eux ! coupe-t-il, un éclair de colère dans les yeux. Ils savent que j'étais seul sur le site. »

Je me mords les lèvres et retire ma main.

« Je vais leur parler. »

C'est tout ce que je trouve à dire avant de le quitter et de m'introduire dans le bâtiment.

*

La porte du cabinet bâille, la lumière filtre. Le sang me monte à la tête. Je me précipite et l'ouvre du pied en grand.

« Qui est-ce qui vous a permis d'entrer ici et de fouiller dans mes affaires ? »

Le type assis dans mon siège se relève d'un mouvement brusque. Assez jeune. Moins de trente ans, sans doute. Silhouette longiligne et sportive, des yeux noirs intenses, des mains fines. Un air indéfinissable.

Ses joues s'empourprent.

« Qui êtes-vous, d'abord ?

– Lieutenant Richard Revel, de la brigade criminelle de Valence. »

Une main volontaire se tend, que je refuse de serrer

pour marquer le coup. Il la retire sans commentaire, la tête légèrement penchée sur le côté.

« Docteur Matthieu, je suppose.

– Vous n'avez rien à faire ici. »

Je contourne mon bureau sans répondre, le bouscule et pose sac et mallette à côté de mon casier.

« Ces coupures de presse concernent certains des salariés qui passent dans votre cabinet ? »

Je tourne la tête et le foudroie du regard. Le lieutenant pointe du doigt les rares articles de journaux que j'ai affichés derrière mon casier, à l'abri du regard des patients. Chaque suicide médiatisé. Quotidiens nationaux, canards locaux, presse spécialisée. J'ai un dossier dans un tiroir rempli de photocopies. Quatre ans à tout consigner. Je ne garde sur mon casier que les cas que j'ai eus à traiter en tant que médecin. Histoire de me rappeler chaque jour quel est l'objectif de mon boulot.

Un signe de faiblesse, peut-être.

« Ici, on peut difficilement faire comme si tout ça n'existait pas. »

Mon ton est plus agressif que je ne le voudrais. Il scrute mes réactions, ce qui accroît mon agacement. Je me tiens droite, du haut de mes quarante-deux ans et de mon mètre soixante-huit. Comme pour marquer la différence d'âge qui nous sépare et affirmer mon statut de maîtresse des lieux. Jeu puéril. Je dois avoir l'air stupide.

Il lève les mains, en signe de paix, et se déplace jusqu'au centre de la pièce. Devant le bureau.

« Vous êtes en colère, je suis désolé de…

– Ça se voit tant que ça ? »

Ma langue claque.

« Écoutez, je ne voulais pas vous brusquer.

– Entrer dans mon cabinet, fouiller mes affaires, ce n'est pas la meilleure façon de procéder. Qui vous a ouvert, d'abord ? »

Il ouvre la bouche pour répondre, quand un raclement de gorge derrière moi l'interrompt.

« C'est moi. »

Je me retourne pour faire face au directeur du site, Éric Vuillemenot, quadragénaire sec au visage de fouine, costume de circonstance, traits tirés et raie de côté.

« Vu les événements, je me suis permis… Le lieutenant Revel voulait vous attendre, mais je me suis dit que ça ne poserait pas de problème qu'il le fasse dans votre bureau. »

Je le dévisage un bref instant en serrant les dents, me retiens de lancer une nouvelle pique, puis je désigne la porte du menton.

« Si vous voulez bien me laisser m'installer, je suis à vous dans une minute. »

Le directeur hausse les épaules, habitué à mes sautes d'humeur. Il sait que je ne l'apprécie pas et que je désapprouve ses méthodes. Dans une entreprise qui a à son actif le plus fort taux de suicide par salarié du pays, les médecins du travail, même les plus réactionnaires, représentent un contre-pouvoir urticant. D'abord parce qu'ils sont eux-mêmes salariés de l'entreprise. Ensuite parce qu'ils ont le conseil de l'Ordre derrière eux, une sorte d'entité externe. Enfin, à cause du secret médical, sacro-saint pilier de la profession sur lequel les dents des managers zélés se cassent quand la corporation tolère les électrons libres comme moi. Mélange des genres, confusion des frontières entre sphères professionnelle et privée. Ce qui se dit dans ce bureau n'en sort pas. Une sorte de camp retranché en territoire hostile. Une belle épine dans le pied de la direction. Un pouvoir que beaucoup m'envient.

S'ils savaient…

Vuillemenot n'insiste pas et se dirige vers la sortie, suivi par le policier, qui a opté pour le silence. La porte se referme sur eux sans bruit.

La pression retombe aussitôt. Je m'effondre dans mon siège comme un boxeur groggy. Je farfouille dans mon sac à main à la recherche d'un demi-Lexomil que j'avale sans eau en fermant les yeux. Les visages des morts dansent une seconde derrière mes paupières et me regardent de haut. Leurs orbites sont vides et leurs lèvres ont disparu, laissant apparaître des rangées de dents menaçantes.

Je ne tiendrai pas.

Toute la rage qui m'animait quand j'ai pressé la détente vendredi soir s'est envolée.

Un flic est déjà dans mon bureau.

La vie de Vincent qui s'en va, la bave qui s'écoule de la commissure de ses lèvres, la détonation. La fuite.

Tout avouer n'est peut-être pas la seule solution.

Mais est-ce que je suis capable de tenir ?

*

Au terme de cinq longues minutes, je parviens à me ressaisir. Je quitte mon siège, traverse la pièce et gagne la salle d'eau. Le reflet dans le miroir me force à baisser les yeux. Je lave mes mains, une fois, deux fois, puis je me rince la figure à l'eau glacée et lève à nouveau la tête. Front court, pommettes saillantes, encore séduisante, peut-être même belle. Des lèvres fines et des traits toujours juvéniles. De grands yeux verts, cerclés de cils longs et épais. Mes boucles brunes attachées en arrière me donnent un air sévère, je les libère d'un mouvement précis de l'index et du pouce de la main droite.

Une ombre se dessine toujours, invisible, comme subliminale. Je la cherche un moment du regard, espérant déceler des traces de sa matérialité, en vain. Cette maigreur, peut-être, que je devine dans le creux de mes joues. Ou cette veine un peu trop saillante qui serpente sur ma tempe. Les marques d'un début de vieillesse ? La fatigue ? La mort d'un homme…

Qu'est-ce que j'ai fait, bon Dieu ?

J'attrape une serviette et me sèche les mains et le visage. 6 h 51. Les premiers employés arriveront dans moins de dix minutes. Je baisse mon pantalon, ma culotte, jette ma serviette hygiénique tachée, m'assois sur les toilettes et lâche un jet d'urine brûlante.

*

Quand j'ouvre la porte du cabinet, à l'abri derrière le masque de la professionnelle de santé, je ne peux m'empêcher d'espérer que le flic, las d'attendre, est retourné vaquer à d'autres occupations.

Peine perdue.

Le directeur et lui se tiennent debout dans le couloir. Deux figures silencieuses se tournent vers moi.

« J'ai cinq minutes à vous consacrer, lieutenant. »

Vuillemenot jette un œil à sa montre et secoue la tête.

« Prenez le temps qu'il faudra, docteur.

– Je veux être disponible pour les premiers arrivants.

– Vous les verrez plus tard, dans ce cas. »

Je m'immobilise, interloquée.

« Je vous demande pardon ? »

Mal à l'aise, le directeur grimace une mimique d'incompréhension à l'intention du flic, qui choisit de rester impassible.

« Vous n'êtes pas en train de me dire que vous allez les mettre au travail dès leur arrivée, quand même ?

– Vous voulez qu'ils fassent quoi d'autre ?

– Merde, faites pas semblant de ne pas comprendre ce que je veux dire ! Il faut mettre en place une cellule d'écoute, préparer une réunion pour leur annoncer la nouvelle. Si vous voulez, je peux m'en charger. D'ailleurs, oui, je préfère m'en charger.

– Ma hiérarchie pense qu'il vaut mieux ne pas faire de ce drame un événement et je…

– Je m'en moque, de ce que pense votre hiérarchie ! je hurle, hors de moi. Bon sang, vous vous rendez compte de ce que vous êtes en train de me dire ? Redescendez sur terre cinq minutes ! Les clients peuvent bien attendre une journée.

– Une journée ? »

Il s'étouffe.

« Vous n'y pensez pas une seconde ! On ne peut…

– Bien sûr que si, on peut ! Des plateaux d'appels comme celui-là, il y en a au moins dix dans la région. Alors, faites votre boulot, vous appelez vos collègues, vous transférez les appels, vous faites tourner les bons boutons ou connecter les bonnes lignes, mais il est absolument hors de question qu'un seul téléphone de ce plateau sonne aujourd'hui. »

Le directeur recule de trois pas.

« Vous n'avez aucune légitimité pour prendre ce genre de décision.

– Ah oui ? Le lieutenant ici présent est témoin de ce que je vais dire. À partir de maintenant, vous allez fermer ce site pour une durée d'*au moins* vingt-quatre heures par mesure de sécurité. Le personnel du site a besoin d'être encadré. Le meurtre d'un collègue est un facteur anxiogène majeur, surtout s'il a eu lieu dans les locaux. Mieux vaut crever tous les abcès avant que les rumeurs les plus folles ne circulent. Je vais prévenir le conseil de l'Ordre de ma préconisation. Je vais rencontrer les salariés, avec les délégués du personnel, au besoin un par un. Et s'il le faut, je ferai appel à des collègues.

– Vous ne pouvez rien décider.

– Il s'agit de ma responsabilité de médecin, j'enchaîne sans tenir compte de sa remarque. Vous comme moi avons un devoir de santé envers les salariés et je prendrai toutes les mesures nécessaires. Vous voulez m'en empêcher, grand bien vous fasse, mais sachez que s'il y a un incident aujourd'hui ou demain, je n'hésiterai pas une seconde à parler de vos méthodes irresponsables et à vous dénoncer pour non-assistance à personne en danger.

– C'est du délire, je…

– C'est tout ce que j'ai à dire. »

Je vois un sourire naître sur les lèvres du lieutenant Revel. Au moins, je ne suis pas seule.

Profitant d'un léger flottement, je fais demi-tour et pénètre dans mon cabinet. J'entends les deux hommes se donner rendez-vous plus tard, puis la porte claque. Je suis déjà installée à mon bureau, l'ordinateur est en train de s'allumer. Le sifflement caractéristique de la ventilation, la musique désagréable d'ouverture, quelques notes standard d'une mélodie sur mesure.

Sans relever la tête, je fais signe au lieutenant de s'asseoir face à moi. Je termine de vider ma mallette. Je glisse une pile de dossiers dans un tiroir.

Je m'adosse au siège, croise les bras, inspire une grande goulée d'air et lève enfin les yeux sur Richard Revel.

« Qu'est-ce qui est arrivé exactement à Vincent Fournier, lieutenant ?

– Je venais vous poser la même question. »

*

La première fois que Vincent Fournier est entré dans mon cabinet, situé au rez-de-chaussée de la plate-forme d'appels, je rentrais d'un séminaire de formation au CHU de Lyon. C'était en avril 2005 et la conférence portait sur les pulsions suicidaires en milieu carcéral.

Tout un programme.

Le parallèle avec le monde du travail était si peu évident pour la plupart des intervenants que l'orateur, une psychiatre bordelaise spécialisée et passionnée, avait dû réexpliquer à trois reprises qu'elle n'était là que pour transmettre son expérience et ses propres méthodologies de travail pour enrayer le phénomène. Elle travaillait sur la maison d'arrêt de Bayonne où les conditions étaient catastrophiques. Le faible intérêt suscité par la question dans le monde du travail et la quasi-inexistence des analyses sur ce sujet tabou suffisaient selon elle pour créer un pont entre les deux univers, professionnel et pénitentiaire. Des voix de médecins s'étaient élevées dans la salle, protestant contre un parallèle douteux et hors de propos, mais la psychiatre avait tenu bon et au moins deux ou trois d'entre nous étaient repartis convaincus qu'il y avait là un champ d'investigation important, sinon fondamental. Sur une soixantaine de participants, dont une large part de praticiens désespérément conservateurs, cela s'apparentait à une réussite.

Il faut sans doute expliquer que, pour les médecins du travail, les pathologies dont souffrent leurs patients se découpent en deux parties clairement distinctes, même s'ils ne l'avouent pas tous en public. D'un côté, les accidents du travail à proprement parler. En gros, tout ce qui touche au corps. Un manœuvre qui tombe d'une poutrelle, un conducteur de bus qui se fait agresser, un carreleur qui reçoit un sac de ciment sur le pied. Case réservée en général aux métiers manuels et aux accidents violents avec témoins de confiance. Les arrêts maladie pleuvent. D'un autre côté, tout ce qui relève de la sphère privée. Traduire : les risques psychosociaux.

Les suicides font bien sûr partie de la seconde catégorie.

Le corps relève de la médecine du travail, le psychisme, non. C'est aussi simple que ça. Le foie, les muscles, les traumatismes crâniens, les entorses, les foulures, les bras cassés, les fémurs brisés, les infections, les irradiations, tout cela ou presque rentre avec le temps dans les cadres établis par la déontologie médicale. Par contre, ce qui se passe dans la tête doit rester dans le cadre strict du domicile. Au mieux, on parlera de stress. Au pire, on vous demandera de garder vos idées noires à la maison. Un salarié qui tente de se suicider sera presque soupçonné de vouloir nuire à l'image de son employeur. Ou, plus grave, au monde du travail en général.

Bien sûr, je caricature. Le vernis médical est plus subtil que ça sur la forme. Nombre de mes confrères et consœurs ne se plient pas à cette triste règle. Mais la bureaucratie ministérielle éprouve des réticences à augmenter la liste des maladies professionnelles. Le constat est finalement le suivant : le suicide n'est pas reconnu comme maladie professionnelle. À choisir, il est encore préférable de mourir d'un cancer des poumons par une trop forte exposition à l'amiante plutôt que de mettre fin à ses jours, poussé à bout par des conditions de travail intolérables.

Alors que je vérifiais la tension et les réflexes de Vincent Fournier, simple visite annuelle de routine, j'ai évoqué ce sujet. Il a dit :

« Je ne crois pas à la thèse du suicide pour raisons professionnelles. »

J'étais abasourdie. Lui comme moi savions qu'il y avait eu des suicides en France cette année-là, y compris dans notre propre entreprise, même si les médias en avaient peu parlé. Comme je m'étonnais de sa réponse abrupte, il a ricané.

« Un coup des syndicalistes pour tenter de raviver leur cause.

– Vous ne croyez pas qu'on puisse souffrir au travail ? »

Il a secoué la tête, d'un air triste, prenant la mesure de ma question.

« Ces suicides sont dramatiques. Pour les familles et les collègues, c'est horrible, je ne vous dirai pas le contraire.

– Vous ne répondez pas à ma question. »

Il a souri.

« Enfin, docteur, vous connaissez nos conditions de

travail comme moi. Cette boîte est l'une des plus tranquilles du pays.

– Vous biaisez.

– Et quand bien même les conditions ne seraient pas si agréables que je le prétends, a-t-il dit en évacuant ma remarque de la main, quel employé serait assez fou pour mettre fin à ses jours ? »

Comme je le regardais avec perplexité, il a insisté.

« Un petit patron, je comprends ! Il est propriétaire des murs et du matériel. Quand sa boîte fait faillite, ça le remue, il pète un plomb. Bref, c'est un coup dur personnel pour son ego. Mais un employé ?

– Vous voulez dire qu'il faut être chef d'entreprise pour se suicider au travail ?

– À peu de chose près.

– Comment vous expliquez qu'il y en ait autant, alors ?

– Autant de quoi ?

– De suicides. D'employés. Dans votre propre entreprise.

– Je viens de vous le dire.

– Vous pensez la même chose des pulsions homicides ? »

Il m'a alors dévisagée de haut en bas, comme s'il se demandait si je le faisais marcher ou si j'étais stupide. Je suppose qu'il a opté pour la seconde solution parce qu'il a aussitôt changé de sujet.

Trois ans plus tard, le 23 juin 2008 exactement, un jour de grève nationale, Vincent Fournier se jetait sur sa responsable hiérarchique qui lui demandait s'il faisait grève, et tentait de l'étrangler. Sans l'intervention de ses collègues, il la tuait.

Sans l'ombre d'une hésitation.

*

Le lieutenant Revel demeure silencieux pendant toute la durée de mon récit.

« Qu'est-il arrivé ensuite ?

– Six mois plus tard, il faisait sa première tentative de suicide au boulot. Trois jours après Noël.

– Comment ? »

Je pousse le dossier médical de Vincent vers lui. Notre entretien de vendredi soir y est consigné noir sur blanc. Ce détail n'échappe pas à Richard Revel.

« Il était dans votre bureau le soir du meurtre. »

J'acquiesce.

« Vous vous êtes séparés à quelle heure ?

– 19 h 30.

– Et après ?

– Je suis rentrée chez moi.

– Vous a-t-il dit quelque chose de particulier au cours de la consultation ? »

Je secoue la tête et réponds sur un ton agressif.

« Vous voulez dire, à part son idée de se foutre en l'air ?

– Au moment de vous quitter, peut-être ? poursuit Revel, imperturbable.

– Il devait remonter chercher ses affaires.

– Je vois.

– Puis il devait rentrer chez lui rejoindre sa femme et ses gosses. »

Il parcourt ma note du regard.

« Je lis : *forte probabilité de passage à l'acte, inaptitude au poste. Arrêt de travail indispensable et urgent.* Vous avez souligné trois fois l'adjectif *urgent.* »

Il relève les yeux sur moi.

« Pourquoi ?

– Pourquoi ! »

Je lève les bras au plafond.

« Un scénario hétéro-agressif et une tentative de suicide en un an, qu'est-ce qu'il vous faut de plus ? J'avais peur qu'il ne passe pas le week-end, voilà pourquoi !

– Mais vous l'avez laissé repartir. »

Je me fige.

« C'est censé signifier quoi, exactement ?

– Rien d'autre que : vous avez inscrit *urgent* dans son dossier et vous l'avez laissé rentrer chez lui.

– Qu'est-ce que je pouvais faire ? J'ai insisté pour qu'il aille voir un spécialiste et qu'il s'arrête immédiatement, mais je ne pouvais pas le forcer à m'écouter.

– Je comprends.

– Non, vous ne comprenez pas ! Je suis *médecin du travail*, pas juge.

– Vous avez quand même un pouvoir de prescription.

– Un médecin du travail n'a même pas le droit de faire une ordonnance ! Tout ce que je peux faire, c'est remplir mes dossiers, soigner une blessure au mercurochrome et alerter ma hiérarchie ou le conseil de l'Ordre en cas de problème de santé. »

Il hoche la tête sans me quitter des yeux.

J'insiste :

« En tant que médecin salarié, je pratique sur l'ensemble du secteur de Valence. Sept sites en tout. C'est sur deux d'entre eux et durant quatre ans que j'ai connu puis suivi Vincent Fournier dans les méandres de sa vie professionnelle. J'ai pu dresser un tableau clinique précis de sa détérioration mentale et physique. On ne parlait jamais de sa famille. J'ai transmis à *ma* hiérarchie, j'ai alerté *sa* hiérarchie, j'ai demandé des expertises spécialisées, comme mes prérogatives m'y autorisent, mais c'est tout ! Pas de traitements, pas de prescriptions, pas d'arrêt maladie. Tout le monde savait. Vous trouverez tous ces détails dans son dossier. »

Il pose sa main à plat sur la pile de feuilles.

« J'en ai comme ça sur chaque salarié de cette plateforme.

– Je peux y avoir accès ?

– Faites-en bon usage. »

Il enchaîne.

« Le directeur dit qu'il ne se souvient d'aucune alerte particulière concernant Vincent Fournier.

– Tu parles ! »

Je me raidis sur mon siège. Poussée d'adrénaline. Difficile pourtant de ne pas se rappeler que Vincent s'est défenestré du deuxième étage en pleine réunion, à l'annonce de sa nouvelle mutation, le 28 décembre 2008.

Revel feuillette le dossier rapidement jusqu'à tomber sur ce qu'il cherche. J'observe sa réaction à la lecture de mon rapport.

« Le directeur était à cette réunion, lui aussi ?

– C'est lui qui annonçait les mutations.

– Je vois. »

Il tourne la page.

« Pourquoi ce n'est pas indiqué ?

– Il ne l'a pas poussé. »

Pas physiquement, en tout cas.

Je le regarde fixement. Le lieutenant pense la même chose que moi. Il ne reprend la parole qu'après une longue respiration.

« Deux étages, il s'en est drôlement bien sorti.

– C'est une façon de voir les choses, je fais en levant les yeux au plafond.

– Deux côtes cassées, une jambe et un bras dans le plâtre, ç'aurait pu être pire.

– Il boitait encore deux mois après. »

Je consulte ma montre. 7 h 12.

« Il va falloir que j'y aille.

– Je comprends. »

Il se gratte le sommet du crâne du bout des doigts. Je remarque que ses ongles sont longs.

« Ça arrive souvent ?

– Les suicides, vous voulez dire ? »

Il acquiesce.

« Trop.

– J'ignorais que c'était si fréquent. Je veux dire, ça m'a étonné de… »

Je l'interromps.

« Ce qui est étonnant, lieutenant, c'est qu'il n'y en ait pas encore plus. »

Il paraît noter ma réponse mentalement.

« Une dernière question. »

Je lui fais signe de poursuivre.

« Vous avez une idée de qui lui en voulait au point de lui tirer une balle en pleine tête ? »

Je soupire et ouvre les bras.

« Tout ça, lieutenant.

– Je ne comprends pas.

– Cette entreprise, ce plateau téléphonique, les gens comme Vuillemenot et les autres, le système économique dans lequel on vit et qui pousse des gens comme lui à se balancer par la fenêtre pour faire comprendre à leur entourage qu'ils ne vont pas bien.

– Vous ne répondez pas à ma question.

– Je ne fais que ça, au contraire. »

Il se tait. Sans faire d'autre commentaire, je me lève, j'attrape un bloc-notes et un stylo, je me dirige vers la porte.

« Vous venez assister à la réunion ? »

5

Guilherand-Granges, le 20 février 2009

À l'attention du Dr Carole Matthieu

Chère Consœur,

Merci de m'avoir adressé Mme Christine Pastres dans le cadre d'un avis sapiteur, suite à l'impossibilité de mon confrère, le Dr Jacques Bon, de la recevoir dans les plus brefs délais. Je l'ai reçue le 10/02/2009 à mon cabinet.

Mme Pastres est ponctuelle, elle apparaît tendue par rapport à cet entretien. Elle m'explique que cela fait plusieurs années que vous lui avez conseillé de s'arrêter mais qu'elle a toujours refusé. Elle me dit être passée trois fois en conseil disciplinaire car jugée trop « dure » avec les salariés dont elle a la charge sur la plate-forme d'appels de Valence. Elle décrit bien l'impossibilité d'exercer actuellement son métier devant une montée de la violence et en même temps la nécessité de rester ferme et de ne pas dépasser des limites.

Depuis l'agression dont elle a été l'objet le 23/06/2008 par M. Vincent Fournier, elle ne dort plus la nuit, même lors de ses vacances en août, pense toujours au travail, supporte de plus en plus mal les astreintes. Elle me dit avoir les mains moites en permanence et transpirer énormément. Elle refuse des médicaments pour supporter cette situation professionnelle.

Mme Pastres fait le constat qu'elle n'est plus en phase avec « notre société ». Elle va même jusqu'à dire : « Je suis pour les goulags pour la vieille génération de salariés. » Elle sent qu'elle a de la violence en elle.

Enfin, elle cumule au niveau médical des ATCD cardiaques qu'elle surveille de loin en loin (dernier contrôle 18/11/2006) pour des cicatrices sur le cœur.

Clinique : Le contact s'établit facilement, même si au départ le ton est un peu « bourru » et colérique. En fait, il est vite perceptible que Mme Pastres a une sensibilité à fleur de peau et qu'elle est susceptible de craquer sur un mode hétéro-agressif à tout moment. Sentiment d'incompétence personnelle. Le problème est général et très préoccupant. Il ne peut être analysé qu'à la lumière des mutations de la plate-forme et du secteur professionnel dans lequel elle travaille.

Conclusion : J'exclus d'emblée toute volonté de manipulation, toute recherche de bénéfices primaires, toute pathologie psychotique de type persécutoire. La souffrance est authentique et à haut risque de décompensation. Il me semble très dangereux pour elle et pour ses subalternes de rester sur ce type de poste de travail tant au niveau d'un risque de passage à l'acte violent qu'au niveau d'une décompensation cardiaque. Un poste sans responsabilité managériale me paraît préférable. Pour toutes ces raisons il me semble qu'une inaptitude médicale au poste s'impose et ce en utilisant la procédure d'urgence.

Je vous prie d'agréer, chère Consœur, l'expression de mes meilleures salutations,

Dr Jean-Pierre Faure
Cabinet de psychiatrie Bon & Faure
– 07500 Guilherand-Granges

6

La salle de réunion est pleine à craquer. L'annonce de la mort de Vincent Fournier s'est répandue comme une traînée de poudre parmi les effectifs. La majorité de ceux qui ne sont pourtant pas de service ce matin est présente. Traits tirés, regards soucieux et mâchoires crispées. Je scrute les visages à la recherche de traces de leur souffrance. Réflexe professionnel. Je suis devenue incapable de les voir autrement qu'à travers le prisme d'un tableau clinique. Pupilles dilatées, tics nerveux, têtes penchées, yeux fermés, cernes, plaques d'urticaire, rougeurs, psoriasis, résurgence d'acné juvénile, pellicules, toux sèches, douleurs articulaires, bruxisme, infections urinaires à répétition. Mais encore : irritabilité, anhédonie, agitation, asthénie, variations de poids observables à l'œil nu, dysthymie. Autant de cases à remplir, de lignes dans mes rapports. Variante médicale des fiches d'évaluation individuelle, des tableaux Excel, des notes comptables de la société. Critères biologiques d'un côté, économiques de l'autre. Une guerre sans merci que se livrent les symptômes et les chiffres.

La vérité, c'est que j'ai mal pour eux.

Pour ces chiffres devenus symptômes.

Comment en suis-je arrivée là ? Je veux dire, j'ai fait mon travail comme il fallait. J'ai respecté la déontologie. J'ai administré les vaccins, testé les réflexes, relevé les risques d'accidents du travail, rassuré et écouté. Mon boulot ? Déceler les problèmes et les signaler. Je suis là pour accompagner le travail. J'ai accepté les règles du métier et j'ai toujours fait de mon mieux, en quinze ans de carrière.

Pourtant, je n'ai rien vu venir. Ni les dépressions, ni les suicides. Les signaux d'alerte se sont multipliés, mais je n'ai pas su les interpréter.

À présent, je les regarde toutes et tous et je suis dépassée.

Samuel, Patricia, Jean-Pierre, Henri, Sofia, Claudine, Hervé. Tous ceux qui sont là ce matin sont passés dans mon cabinet. Tous sans exception. Les gradés comme les sous-fifres, les CDD comme les trente-ans-de-métier, ceux dont les dents raclent le sol ou les placardisés. Je connais la plupart de leurs secrets. L'enfance difficile de Sally, la commerciale. Les fugues de la fille adolescente de Josiane, la secrétaire. La pile cardiaque du responsable du service informatique. Les varices de la comptable. Les fantasmes érotiques du technicien de plateau. La dépendance à la cocaïne de Sonia, la jeune téléconseillère au chemisier blanc toujours impeccable. Les affections nerveuses du jeune Camille, que j'ai repérées dès notre premier entretien, il y a quatre ans, et que je vois parler seul, dans sa voiture, le matin, sur le parking.

Certains m'ont avoué des trucs que même leur mari, leur femme ou leur mère ignorent. Leurs pleurs, leurs joies, leurs larmes, leurs cris. Ils sont comme des enfants de cinq ou six ans, incapables de me cacher le moindre de leurs secrets. Je suis certainement le seul lien humain qui existe entre eux et personne ne s'en est jamais aperçu. Je suis leur confidente, leur mère, leur réceptacle, leur fosse à purin, leur objet de fantasme en même temps que la prostituée sur laquelle on s'épanche pour ne pas craquer. Parfois tout cela à la fois.

Je suis le dernier recours.

L'extrême-onction.

Je pense : Donne-moi la force, mon soleil noir !

En réponse à mes interrogations, une douleur soudaine m'irradie le bas-ventre.

Une main me caresse l'épaule. Je tourne la tête.

Pierre, la cinquantaine, cheveux clairsemés et ventre proéminent, responsable de l'entretien des photocopieuses et des fournitures de bureau, me domine de son mètre quatre-vingt-dix. Je pense : Ancien chercheur en microélectronique, reconverti malgré lui en magasinier, deux arrêts maladie longue durée et un accident cardiovasculaire en huit mois.

Il me sourit.

« Ça va, docteur ? »

Je hoche la tête en grimaçant et m'avance.

*

Vuillemenot est déjà sur l'estrade. Il arbore un air grave de circonstance. Impénétrable. Lisse. Le regard dans le vague, Henri, le type du service communication du site, est assis à sa droite. Raie sur le côté, veste bon marché, rasé de près. Une carapace de mauvais goût. Alcoolique. Enfin, je suppose, parce qu'il ne passe dans mon cabinet qu'une fois par an, pour l'examen d'aptitude obligatoire, et qu'il a toujours été irréprochable. Mais il m'est arrivé une paire de fois, le soir, en regagnant ma voiture, de croiser sa silhouette, affalée au volant, avec ce qui ressemblait à une mignonnette de whisky qu'il portait à ses lèvres. Je peux me tromper. Je ne le juge pas. Il n'a rien à faire ici.

Un homme que je n'ai jamais vu auparavant se tient en retrait, derrière eux, et complète le triumvirat. Tenue impeccable, tête haute, sourcils taillés et costume Hugo Boss. Ses longues mains aux ongles parfaitement manucurés sont posées à plat sur les accoudoirs de son fauteuil. Je devine aux sourires polis et coups d'œil nerveux que lui lance le directeur de site par intermittence qu'il s'agit d'un cadre de haut rang. Nos regards se croisent à l'instant précis où je pénètre dans l'espace qui sépare les salariés de l'estrade. Ses yeux se plissent de façon imperceptible. Je sens qu'il m'évalue. Sans ciller, il se lève et me tend une main moite que je serre du bout des doigts.

« Carole Matthieu ?

– Et vous êtes ? »

Ton sec, voix tranchante. Je ne suis pas d'humeur. Il le sait, mais feint de l'ignorer.

« Éric Saint-André. Ressources humaines, Paris.

– Je n'ai jamais entendu parler de vous. »

Un sourire discret se dessine sur ses lèvres.

« Vous avez la mémoire des noms ?

– Seulement de ceux de mes patients et de ceux qui figurent dans leurs dossiers.

– Disons que je suis tout spécialement mandaté par la direction du groupe, enchaîne-t-il du tac au tac, croyant dissiper le malaise. Pour suivre cette douloureuse affaire.

– Douloureuse, oui, c'est le mot, monsieur Saint-André.

– Appelez-moi Éric.

– Et vous, appelez-moi docteur, comme tout le monde ici. »

Sans attendre sa réaction, je le plante là et contourne les trois hommes pour aller m'installer à l'autre bout de l'estrade, dans le dernier fauteuil. Je crois qu'il lorgne sur la courbe de mes hanches au moment où je m'assois, mais je n'en suis pas certaine. Un taré de plus. Et moi, la seule femme à cette table. Un assassin face à son tribunal.

Ou l'inverse.

Merde, je vais devenir folle.

Vuillemenot se racle la gorge et lève la main pour demander l'attention de la salle. Un silence percé de craquements de chaises et de froissements de tissu s'abat sur l'assistance. Je lis la colère et l'incompréhension sur les traits tirés. Les poings et les bras serrés pour contenir l'angoisse qui noue les estomacs. Je connais les symptômes. Tout à l'heure, dans mon cabinet. Demain. Encore et encore. Certains me cherchent des yeux. Je les évite et balaie l'assemblée du regard sans m'attarder sur aucune tête en particulier.

Adossé au mur, dans le fond, le flic m'observe. Je décroise et recroise mes jambes, tentant de maîtriser ma nervosité croissante.

Le directeur tient un papier dans la main. Je sais déjà ce qu'il va dire et je devrais intervenir maintenant, avant qu'il ne soit trop tard. J'aimerais parler la première pour les rassurer, trouver les mots qui soulagent, mais je suis paralysée. Comme une imbécile, coupable, coincée sur mon siège, face aux collègues de Vincent. Au cœur de la machine.

« La direction m'a envoyé ce message. »

Vuillemenot brandit le papier comme une preuve.

« Certains managers l'ont peut-être déjà lu, il était dans toutes leurs boîtes mails ce matin, dès 7 heures. »

Hochements de têtes, mouvements approbateurs du menton, visages fermés.

« Il résume parfaitement ce que je ressens aujourd'hui. Je vous le livre tel quel. »

D'une voix grave :

« C'est avec tristesse et colère que nous avons appris hier le décès d'un de nos collègues, téléconseiller sur le site de Valence. Vincent travaillait dans l'entreprise depuis près de vingt-deux ans. Il avait cinquante-deux ans, il était marié et père de deux enfants. Ce drame nous touche tous profondément et au nom de l'ensemble de l'entreprise je m'associe à la peine de ses collègues qui l'appréciaient, tant pour ses qualités humaines que professionnelles, ainsi qu'à la douleur immense de sa famille et de ses proches vers lesquels vont mes pensées les plus solidaires. Hier, dès que j'ai appris le drame, j'ai interrompu une réunion de famille et je suis immédiatement rentré en contact avec votre directeur de site, M. Vuillemenot, que j'apprécie et dont je connais les qualités humaines. Je l'ai chargé de vous transmettre ce message. Je me suis également mis en contact avec les partenaires sociaux, pour évaluer avec eux la marche à suivre. »

Je tourne la tête, à la recherche des intéressés. Je connais bien Alain, l'un d'eux. Je m'étonne qu'il ne m'ait pas avertie. Je le trouve assis dans le fond, à droite, légèrement en retrait. Il baisse la tête, regarde ses mains, posées à plat sur ses genoux. Quelques regards sont braqués sur lui. Une drôle d'impression me traverse l'esprit – ils ont déjà une longueur d'avance sur moi –, que je réprime en frissonnant. Je prends note mentalement d'aller voir le délégué syndical pour savoir ce qui s'est dit. Le directeur poursuit son laïus, après m'avoir lancé un coup d'œil étrange.

« Dès aujourd'hui un dispositif d'accompagnement et de soutien psychologique dédié est mis en place pour l'ensemble des salariés du site de Valence. Votre médecin du travail, Carole Matthieu, sera rejointe dans la journée par l'un de ses confrères de Lyon, le Dr Hervé Guillon, et ils agiront en binôme pour assurer une présence permanente sur le site. Des psychologues seront également présents sur le site dès demain. Une présence RH de proximité est organisée pour les prochaines semaines. Par ailleurs, une équipe d'enquêteurs du commissariat de Valence… »

Je ne l'écoute déjà plus. Les mots s'embrouillent dans ma tête. Impossible de me concentrer. Un autre médecin du travail est muté sur le site. Sans même que je sois prévenue. Sans aucune concertation. Les salauds. Ils connaissent mes liens avec les employés. Ils savent que je serai toujours là pour eux, vingt-quatre heures sur vingt-quatre. Mais Vuillemenot n'a pas pu se retenir de me court-circuiter. Et puis ils parlent de la mort de Vincent comme s'il s'agissait d'un simple décès et pas d'un meurtre, comme pour en atténuer l'impact.

L'espace d'une seconde, une peur panique m'envahit. Je suis déjà soupçonnée ? Ma voiture a été aperçue vendredi soir, à l'heure du crime, Patrick, le vigile, m'a dénoncée.

Je secoue la tête, malgré moi.

Non, le lieutenant de police Revel m'aurait arrêtée. Garde à vue, interrogatoire.

Ils ne se doutent toujours de rien.

Des rapports de pouvoir. Simplement des rapports de pouvoir internes. Vuillemenot n'apprécie pas que je refuse de lui manger dans la main. Le secret médical l'emmerde. La confidentialité de mes entretiens avec *ses* salariés l'emmerde. Mon silence. Mon respect pour eux. Ce foutu code de déontologie. Il sait que je les défendrai jusqu'au bout.

Mais il ignore encore de quoi je suis capable.

«… pour recueillir remarques et contributions et mettre en œuvre immédiatement des premières mesures. En mon nom personnel comme au nom de tous les managers de la société, je veux exprimer toute la compassion que ce drame humain et cette abomination appellent chez chacun d'entre nous. Je souhaite que la plus grande solidarité s'exprime à tous les niveaux de l'entreprise. Que nous dépassions cette épreuve… »

Un flot de colère me submerge. Colère pour Vincent, colère pour ceux qui restent. Je scrute les visages et j'y trouve le même sentiment. Beaucoup ne suivent plus le discours du directeur. J'entends les chuchotements et les messes basses.

Au fond, le lieutenant Revel écoute, sans me perdre des yeux. Il cherche un coupable, et moi à sauver ces hommes et ces femmes. D'eux-mêmes et de la folie ambiante.

Je le fixe, dubitative.

Il fouille ses poches et en ressort son téléphone portable, qu'il porte à l'oreille sans rien dire. Je le vois hocher la tête une fois, puis deux, puis tendre la main vers la poignée de la porte et quitter la salle sans un bruit.

Je me redresse.

La voix de Vuillemenot s'arrête. Un brouhaha lui succède. Je me lève. Deux salariés inquiets se précipitent vers moi pour parler. Impuissante, je sors mon agenda et prends les demandes de rendez-vous pour la fin de matinée. Sourire forcé, tape amicale sur l'épaule.

Rassurer, pendant que les autres se pressent déjà vers leur poste de travail.

La direction a obtenu que l'activité ne soit pas interrompue, à l'exception du service de Vincent, fermé pour les besoins de l'enquête. Chacun de ses collègues sera interrogé dans la journée. Je sais que certains ne le supporteront pas. La mort plane au-dessus de nos têtes.

Ma faute, ma faute, ma faute.

Éric Vuillemenot passe la porte, qui se referme sur lui. Revel n'a pas réapparu.

Je sors à mon tour.

7

Éric Vuillemenot, manager de l'année
15 novembre 2008 – Note d'information interne

Éric Vuillemenot s'est vu décerner, hier soir, le prix Manager 2008.

« Je dédie ce prix à l'ensemble des salariés du centre d'appels de Valence centre. » C'est avec ces mots qu'Éric Vuillemenot a accepté le prix Manager 2008, qui lui a été remis hier soir des mains du président du groupe, Pierre-Simon Jourdan, lors de la cérémonie organisée pour la 4e année consécutive.

Cette cérémonie récompense chaque année ***les réussites des équipes françaises du groupe et de leurs managers.***

Elle distingue quatre lauréats dans les catégories suivantes :

– ***Le prix Salarié de l'année*** *récompense le vendeur qui a réalisé les meilleurs objectifs de l'année et ainsi contribué à la réussite du groupe.*

– ***Le prix Équipe de l'année*** *récompense les sites qui ont connu la progression en termes de chiffres de ventes la plus importante au cours des dix derniers mois.*

– ***Le prix Révélation de l'année*** *récompense un*

manager dont l'arrivée, les efforts et les performances ont été remarqués.

*– **Le prix Manager de l'année** récompense un directeur de site pour ses performances, sa stratégie et son activité au cours de l'année écoulée.*

Éric Vuillemenot s'est dit très fier de recevoir cette récompense. Il a conclu en ajoutant : « Je prends ce prix comme un encouragement pour accélérer la transformation de nos activités et pour poursuivre notre politique managériale et pas comme une fin en soi. »

8

Les bureaux de la direction sont situés au dernier étage, dans l'angle opposé du bâtiment. Je longe un long couloir aux murs constellés d'affiches publicitaires des principaux clients du centre d'appels, puis je tourne à droite. Coup d'œil à une caméra de surveillance. Je pousse le battant d'une porte antifeu et me retrouve dans le hall d'accueil, que je traverse à grands pas. Salut de la tête à la standardiste, sourire crispé et regards fuyants. Bernadette, célibataire de trente-sept ans, un enfant à charge, employée à mi-temps, sourde d'une oreille depuis l'annonce de la fin de son contrat en juin. Passée trois fois dans mon cabinet depuis le début du mois.

La sonnerie du téléphone retentit, elle baisse les yeux et décroche d'une simple pression sur son moniteur. J'accélère et gagne la tour d'accès nord.

La porte se referme derrière moi en claquant. Le bruit résonne sur les parois de la cage d'escalier. La minuterie automatique se met en marche. Béton omniprésent. Des odeurs mêlées de renfermé, de peinture et de poussière en suspension se disputent les lieux. Je gravis deux marches en tremblant, puis je pose une main sur la rambarde et m'immobilise, soudain tétanisée.

Je m'affaisse et me laisse glisser contre le mur.

Le souffle court, je tente de chasser le voile noir qui m'obscurcit la vue.

Les silhouettes fantomatiques de Vincent Fournier et Patrick Soulier, le regard inquisiteur de Revel dansent et tournoient devant moi. Trois index accusateurs se pointent vers moi. Je me recroqueville en attendant que ça passe. Deux, trois minutes.

J'ai tué un homme.

Quatre, cinq minutes.

Combien de temps me reste-t-il ?

L'instinct de survie est plus fort. Je prends appui sur la marche supérieure et me redresse.

Quand j'atteins le dernier étage, toute trace de peur a disparu.

*

« Entrez ! »

La porte est entrebâillée. Je pousse le battant de la main et m'avance de trois pas vers le directeur. Mobilier standard, diagrammes et chiffres de vente sur les murs, table impeccable et plantes d'intérieur plastifiées disséminées aux quatre coins de la pièce.

« Vous auriez pu me prévenir avant de faire venir un autre médecin ! »

Vuillemenot lève les yeux.

« Docteur Matthieu, évidemment ! Écoutez, je n'ai pas le temps, j'ai un train pour Lyon. Réunion au siège de la direction régionale. »

Il consulte sa montre.

« Je dois être à la gare dans trente minutes.

– Vous quittez le site ? Maintenant ! Et les salariés ? Et Vincent Fournier ? »

Geste embarrassé de la main.

« Justement, il faut se préoccuper de l'avenir.

– De l'avenir ? je m'exclame, interloquée. On a besoin de vous, ici et maintenant, pas dans deux jours !

– Je sais, je sais. Je ne pense qu'à ça, mais la mort de Fournier n'est pas une publicité idéale pour nos affaires.

– On s'en fout, de l'image de la boîte !

– Je suis comme vous, docteur. Moi aussi, je suis choqué par ce qui est arrivé, mais le site doit continuer de tourner. Ressaisissez-vous, je vous en prie !

– C'est une blague ? »

Il détourne les yeux, incapable de soutenir mon regard, avant de poursuivre.

« On a deux concurrents directs, rien que sur Valence, qui n'attendent qu'un faux pas de notre part pour nous piquer le marché, ça aussi c'est un principe de réalité. Faites votre boulot et laissez-moi faire le mien. Je fais ce que je peux. Ça fait déjà des mois que je me bats avec la hiérarchie pour sauvegarder sur leur poste de travail des types comme Fournier. Et merde, je ne suis pas responsable de ce meurtre ! »

J'ouvre la bouche pour répondre, mais aucun son ne franchit ma gorge.

« Pour répondre à votre question, le Dr Hervé Guillon est spécialiste des situations de crise. Vous verrez, c'est un type charmant, très pro. Il devrait être là dans moins d'une heure. »

Il se lève, glisse une pile de dossiers cartonnés dans sa mallette, qu'il referme d'un mouvement nerveux, et décroche le combiné de son téléphone.

« Je serai de retour en fin de journée. »

Il désigne la porte de la main.

« Si vous voulez bien me laisser, j'ai encore deux coups de fil à passer. »

Incapable de répondre, je fais demi-tour et regagne la porte en me demandant ce que ça produirait chez lui si je lui avouais être la responsable du meurtre de Vincent. Au moment de sortir, je me retourne. Vuillemenot dodeline de la tête et grimace un sourire.

« Je suis désolé », ajoute-t-il en composant un numéro sur son poste.

Je me précipite dans le couloir.

Il est désolé.

Comme l'était avant lui la responsable de Vincent la première fois qu'il a parlé de suicide, peu de temps avant de mettre sa menace à exécution. Peu de temps avant sa lente dégringolade.

Désolé.

Nous le sommes tous.

Mais ce n'est pas ce qui résoudra le problème.

*

À mon retour au cabinet, l'un des salariés de la plate-forme, Hervé Sartis, est assis, prostré, dans la salle d'attente. Ma colère retombe aussitôt.

Il lève la tête à mon arrivée.

« Bonjour, docteur. Nous avions rendez-vous, vous vous souvenez ? »

Après un instant d'hésitation, je lui tends la main et j'acquiesce.

Cheveux grisonnants tirés en arrière, cernes noirs, rides sur le front, vêtements à la mode et barbe de trois jours, Hervé est un survivant. Même profil que Vincent. La cinquantaine, vingt ans dans la société, cinq ans à être ballotté de service en service, deux tentatives de suicide en un an et quatre mois cumulés d'arrêt maladie. Je me demande comment on peut revenir au travail après ça, reprendre ses écouteurs, les visser sur sa tête et accepter de répondre aux récriminations des clients. L'argument de façade, c'est le fric. Un salaire qui tombe à la fin du mois, un travail auquel se raccrocher. Je comprends que ça puisse retenir un salarié pendant quelques mois, mais cinq ans ! Quel homme peut porter et nier une telle souffrance aussi longtemps ? Tout le monde sait. Sa femme, ses enfants, ses voisins, ses collègues. Malgré ça, il s'est présenté à son poste une fois son dernier arrêt achevé, avec obligation de se présenter à la médecine du travail tous les lundis pendant six mois pour vérifier qu'il ne présentait plus aucun risque pour lui-même.

C'était il y a trois semaines.

« Lundi, 8 heures… Excusez-moi. Avec tout ça, la… mort de Vincent, l'enquête de police, notre entretien m'est sorti de la tête.

– Vous voulez annuler ? »

Une lueur d'angoisse brille un instant dans ses yeux. Ils ne guérissent jamais vraiment. Il reste toujours des traces, mal dissimulées au cœur des plis des apparences.

Je le rassure.

« Ça me fait plaisir de vous voir. Je vais avoir une journée chargée, de toute façon.

– Merci.

– Je fais mon travail. »

Un léger malaise s'installe, que je m'empresse de dissiper en sortant les clefs de mon sac et en ouvrant grandes les portes du cabinet.

« Entrez et installez-vous. »

Cinq minutes passent sans que nous échangions

autre chose que les banalités d'usage. Prise de tension, pouls irrégulier, le même souffle au cœur, les mêmes douleurs intestinales, séquelles de la forte dose de somnifères ingurgitée le 28 janvier dernier, à son poste, pendant la pause déjeuner. Procédure identique chaque lundi matin. Puis je remballe mon matériel, il renfile son pull, mais reste assis dans le fauteuil, face à moi. Je me décide à poser la seule question qui justifie sa présence.

« Ça va, Hervé ? »

Il me dévisage en silence, comme s'il prenait son temps avant de déclamer une tirade maintes fois répétée. Comme s'il pesait le pour et le contre. Je le laisse prendre son temps. J'ai l'habitude. Son visage s'anime une seconde avant qu'il prenne la parole.

« Je sais ce qui a tué Vincent. »

Ses yeux plantés dans les miens, il croise les bras. Un frisson glacé me remonte le dos et vient se ficher dans l'arrière de mon crâne.

« Comment ça ?

– Vous le savez très bien. »

Je déglutis péniblement.

« Vous voulez dire que vous connaissez l'identité de celui qui l'a tué ? »

Il secoue la tête sans cesser de me fixer, comme si ma réponse l'étonnait.

« C'est moi.

– Quoi ?

– C'est vous, poursuit-il sans tenir compte de ma réaction. C'est Vuillemenot, les syndicats, les collègues, ces fichus clients qui pleurent à longueur de journée au bout du fil. Tout le monde, ici ou dehors, a sa part de responsabilité.

– Je ne vois pas…

– Vincent n'allait pas bien depuis des mois. Comme moi et comme beaucoup d'autres. Il crevait à petit feu dans l'indifférence générale. Alors, oui, j'ignore qui a porté le coup fatal, mais ce dont je suis sûr, c'est que tôt ou tard il s'en serait chargé lui-même.

– Il vous l'avait dit ? »

Hervé recule son fauteuil et se lève, sans cesser de secouer la tête.

« Il fallait être aveugle pour ne pas le voir. Je connais ces symptômes par cœur et vous aussi. »

Il se dirige vers la porte, attrape la poignée et la baisse, le regard dans le vague, puis se retourne d'un mouvement brusque.

« J'y pense encore, docteur. »

Il franchit le seuil.

Je crois l'entendre marmonner en refermant derrière lui : « Depuis dimanche, depuis l'annonce de la mort de Vincent, je ne pense même plus qu'à ça. »

Je me demande si j'ai rêvé ou s'il a vraiment dit qu'il allait remettre ça.

Le temps que je réagisse et que je me précipite dans le couloir, Hervé Sartis a déjà regagné son poste. Une jeune salariée, Sylvie Mangione, trente-trois ans, embauchée comme ingénieur deux ans plus tôt, a pris place au fond de la salle d'attente. Ses paupières sont rouges d'avoir trop pleuré. C'est la septième fois depuis septembre qu'elle vient me voir.

L'idée de tout laisser tomber et d'aller me dénoncer me traverse l'esprit une fraction de seconde, mais je réalise aussitôt qu'il est trop tard pour reculer.

Je ne peux pas les abandonner. Pas maintenant. J'ai encore un peu de temps devant moi avant que le scandale n'éclate. Je dois prendre une décision.

La sonnerie du téléphone résonne dans le bureau. Je

laisse sonner une douzaine de coups avant qu'elle ne s'interrompe.

Sylvie Mangione me dévisage, étonnée.

« Vous ne répondez pas ? »

Je me force à sourire et lui fais signe d'entrer.

*

À 9 heures, Jacqueline, l'infirmière permanente du site, arrive pour prendre son service. Je termine ma cinquième consultation et sept demandes supplémentaires sont arrivées par courrier électronique. Trois d'entre elles ont été orientées vers un spécialiste avec un mot de ma part demandant expressément de mettre les salariés en arrêt séance tenante. Motif : idées noires, idéations suicidaires, fragilité émotionnelle, possibilité de passage à l'acte. La direction veut les remettre au travail, tant mieux ! Je les sortirai de là un par un. Ce qu'ils prennent d'un côté, je le redonne de l'autre. Un peu de dignité. De la compassion. De la considération, surtout. Une façon de crier à mes patients qu'ils ne sont pas malades mais qu'on les rend malades pour que la machine à fric avance plus vite. Ça m'aide à ne pas craquer.

Cheveux blond platine, visage sec et placide, longues jambes engoncées dans un jean difforme, pull à col roulé brun, Jacqueline est l'antithèse du prototype de l'infirmière érotisée. Je crois qu'elle en souffre, sans en être vraiment certaine. Nous échangeons très peu sur elle. Jamais un mot de trop. Aucune empathie. C'est sa manière à elle d'envisager son boulot et de se protéger. Je sais qu'elle voit un psychiatre du travail depuis six mois. J'attends qu'elle m'en touche un mot.

Elle a entendu parler du meurtre dès hier soir, par le

biais de son mari qui est membre du comité d'entreprise de l'une des filiales du groupe située dans l'agglomération de Montélimar, une cinquantaine de kilomètres au sud de Valence. Les mauvaises nouvelles circulent vite.

« C'est horrible ! dit-elle sans émotion apparente. On sait qui a fait ça ? »

Je secoue la tête.

« Vous l'avez vu ? »

Je me retiens d'acquiescer de justesse.

« Je ne suis arrivée sur le site que ce matin.

– Mon mari dit qu'on lui a tiré une balle en pleine tête, c'est vrai ?

– À bout portant.

– On m'a dit que le travail reprenait, enchaîne-t-elle sans attendre que je développe. Je ne sais pas comment font ses collègues pour retourner à leur poste dans la salle où il vient de mourir.

– La salle a été fermée pour les besoins de l'enquête. »

Je m'écarte et jette un coup d'œil à la salle d'attente. Elle suit mon regard.

« Deux patients », dit-elle d'une voix monocorde.

Je consulte ma montre.

« Il faut que j'y aille.

– Je m'occupe des rendez-vous ? »

J'acquiesce lentement, saisis l'agenda noir et le lui tends.

« Je crois qu'il n'y aura pas de vaccins à faire, ce matin. »

La sonnerie de mon mobile nous interrompt. Je décroche une fois la porte refermée sur l'infirmière.

« Docteur Matthieu ?

– Qui êtes-vous ?

– Pierre Penain, France 3.

– Comment avez-vous eu ce numéro ? »

Un silence, puis :

« La direction régionale. J'aimerais vous interviewer pour l'édition de ce soir, suite au meurtre de Vincent Fournier.

– Je n'ai pas de temps à vous consacrer, désolée », je coupe, sur un ton que je veux le plus tranchant possible.

J'hésite.

Tout lui dire, à lui. Faire une déclaration publique. Un coup d'éclat. Un médecin du travail assassine son patient…

Il comprendrait peut-être.

Je réfléchis à toute vitesse. Le journaliste s'entête.

« Je me permets d'insister. Votre point de vue de médecin du travail m'intéresse particulièrement.

– Je n'ai pas le temps maintenant, je suis en consultation. Laissez-moi vos coordonnées et je vous rappelle dès que j'ai les idées plus au clair.

– Je vous remercie.

– J'ai un patient qui m'attend. »

Il me laisse son numéro de portable, je raccroche.

Je dois prendre ma décision. Maintenant.

Ce que je sais et qu'ils ignorent :

J'ai tué Vincent Fournier.

Justifier sa mort est la chose que je souhaite désormais le plus au monde. Quand les flics découvriront que je suis l'assassin de Vincent, quand Richard Revel ou un autre aura la preuve de ma culpabilité, la seule chose qu'ils retiendront sera : Carole Matthieu est une meurtrière, le Dr Matthieu est coupable. Puis ils repartiront vaquer à leurs affaires, sans se préoccuper des raisons, ni des faits et des résultats. C'est à cela que s'en tiendra leur version officielle.

La vérité m'apparaît comme un coup de masse en pleine figure : je me suis plantée et je dois tout faire pour que l'idée de meurtre passe au second plan. Je dois me démener pour écrire l'histoire de Vincent et celle de tous les salariés qui passent dans mon cabinet. Pour ne pas avoir tué Vincent Fournier en vain. Et si son cadavre ne suffit pas à dénoncer la situation de souffrance qui règne dans l'entreprise, ses dossiers médicaux et ceux de ses collègues achèveront de le faire.

L'autre Histoire est encore à écrire. D'un côté, les forfaits à 29,90 euros et les offres illimitées et, de l'autre, les conditions de travail qui permettent ces prix défiant toute concurrence et leurs conséquences sur la santé des salariés. Ils doivent savoir. Une autre Histoire qui n'est pour l'instant que monceaux de feuilles imprimées et agrafées de manière aléatoire, mais qui doivent être mises sur la table en même temps que le jugement me concernant. Je dois faire éclater la vérité au grand jour. Il faut qu'ils comprennent que l'entreprise n'est pas un lieu secret. Quand un salarié souffre ou meurt, assassiné ou suicidé, cela concerne tout le monde, les collègues, les familles, les journalistes, les salariés, la société tout entière.

J'ai lu quelque part qu'on pardonnait plus aisément le meurtre que les chèques sans provision.

J'avance, j'avance, je suis pressée par le temps. Je dois courir plus vite que l'histoire officielle.

*

À l'idée qu'il puisse y avoir d'autres Vincent Fournier, une liste de noms me vient aussitôt à l'esprit. Je tente de la chasser et me mets à trembler. Je fouille dans ma poche à la recherche d'une boîte de Xanax. Je l'ouvre d'un geste fébrile. Le bouchon saute, des gélules se répandent sur le carrelage et roulent comme des billes aux quatre coins de la pièce.

« Merde ! »

Mon téléphone se remet à sonner.

Prise d'un vertige, je gueule :

« Qu'ils aillent tous se faire mettre ! »

Un raclement de gorge me fait tourner la tête.

Jacqueline est plantée dans l'encadrement de la porte, une main sur la poignée, l'autre occupée à gratter nerveusement la poche de son jean.

« Quoi ? »

Le ton de ma voix est plus agressif que je ne le veux.

« Excuse-moi, je suis à cran.

– Pas de souci.

– Qu'est-ce qu'il y a ?

– J'ai la direction régionale au téléphone qui voudrait planifier une annonce à la presse, histoire de calmer les esprits.

– Et alors ?

– Ils aimeraient que vous participiez. »

Je couvre mes yeux de la main, en proie à une violente envie de hurler. Ne pas craquer, maintenant que je sais quoi faire. Je serai plus forte qu'eux. Plus forte que la mort qui rôde dans mon cabinet, portée par les cassés, les fatigués, les à-bout-de-forces, les broyés, les sourds, les aveugles, les déchets, les rebuts de l'ère industrielle, les malades chroniques, tous les nouveaux tayloriens du tertiaire qui en prennent plein la gueule depuis vingt ans.

Quand je retire ma main, l'infirmière est toujours là, à se demander si je ne suis pas en train de devenir folle.

« Dis-leur que, quand je serai certaine que mes patients sont sauvés, ce jour-là, et seulement ce jour-là, je serai prête à aller faire le guignol sur tous les plateaux télé du pays et à leur expliquer ma façon de penser sur leurs méthodes de management. »

Les doigts de Jacqueline descendent de sa poche à sa cuisse, sans cesser de gratter.

« Dis-leur aussi que quand ça arrivera, ils trouveront ma lettre de démission dans leur boîte aux lettres. »

Je reprends mon souffle et tente d'oublier mon mal de ventre. L'infirmière bat en retraite.

Patient suivant.

Juste avant qu'elle ne referme la porte, je lance :

« Tu peux faire entrer Cyril Caül-Futy, s'il te plaît ? »

J'ouvre son dossier : choc post-traumatique suite à l'explosion d'un écran d'ordinateur, un an plus tôt. La danse macabre continue et une petite voix me dit : Tu es la seule à pouvoir les sauver.

*

Une heure plus tard. Je m'apprête à entamer ma onzième consultation de la journée lorsque l'infirmière fait à nouveau irruption dans le cabinet. Cette fois-ci, je crois deviner un léger frémissement à la commissure de ses lèvres quand elle m'annonce qu'un délégué du personnel souhaite me parler immédiatement.

« Passe-le-moi dans mon bureau. »

Je lui fais signe de sortir. Elle hoche la tête et referme la porte. Je décroche à la première sonnerie.

« Docteur ? »

Je reconnais la voix.

« Bonjour, Jean-Paul. Qu'est-ce qui se passe ?

– C'est Patrick, le vigile.

– Quoi ? je m'exclame d'une voix étranglée.

– Les flics ont trouvé un flingue non déclaré dans sa voiture. »

Je serre les dents pour ne pas crier.

« Il s'est…

– Non, ils viennent de l'arrêter. »

Je connais déjà la réponse, mais la question sort malgré moi :

« Pourquoi ?

– Pour le meurtre de Vincent Fournier.

– Il n'a rien fait !

– Je l'espère pour lui, docteur. Je l'espère vraiment pour lui. »

9

Fait à Valence, le 27 février 2009

Objet : *Rapport d'expertise n° 12 088-C*

Je soussigné, Dr Jacques Bon, certifie avoir reçu à mon cabinet le 27/02/2009 M. Soulier Patrick, né le 3/08/1959, dans le cadre d'une expertise L 141, à la demande du Dr C. Matthieu.

La présentation est correcte, M. Soulier est ponctuel, le sens de la mission est à peu près compris, mais l'analphabétisme et la complexité du dossier ne facilitent pas la tâche.

M. Soulier nous laisse à peine présenter et lire notre mission. Il veut nous dire immédiatement qu'il a peur d'être ici (non dans le cabinet, mais à Valence). Il nous montre son téléphone portable et le numéro de téléphone du policier qui assure sa protection. Il tient d'ailleurs à ce que nous lui téléphonions pour prouver que c'est vrai.

M. Soulier habite depuis le 25/01/2009 à Cornas car il avait trop peur de rester à Valence même. Il s'est fait aider par des policiers pour trouver cet appartement, nous dit-il.

L'agression déclarée en accident du travail a eu

lieu le 11/06/2008 sur le parking de la plate-forme d'appels de Valence dont il assurait la surveillance, il était 13 h 45, il y avait une vingtaine de personnes d'après lui qui ont vu ce qui s'est passé. Trois hommes lui ont donné des coups de poing dans la mâchoire, des coups de cutter dans le dos, il a été, nous dit-il, « tabassé à mort ». Un dépôt de plainte a été fait. ITT 9 jours, arrêt de travail 5 jours, 10 jours de soins. Certificat établi par le Dr N'Kamasa Baptiste à l'hôpital de Valence.

M. Soulier nous dit avoir subi une deuxième agression, le 26/07/2008, par le père des agresseurs du parking (coups de pied et de poing).

M. Soulier aurait subi une nouvelle agression le 04/09/2008 par des hommes proches de ceux du parking. Ils lui auraient dit : « On va te crever. » Il aurait reçu des coups de poing dans la figure. CMI œdème labial, contusion auriculaire, contusion occipitale, contusions mandibulaires bilatérales, TC sans PC. ITT 1 jour, pas d'arrêt de travail, soins jusqu'au 12/09/2008.

Clinique :

M. Soulier nous dit aller mieux depuis qu'il sait que deux de ses trois agresseurs ont été incarcérés.

À ce jour, il n'a plus de cauchemars, il a par contre des phobies et n'arrive plus à se déplacer dans les grandes surfaces. Il s'est remis à fumer après son agression, pas de haschisch, pas d'alcool. Il aurait refusé une mutation à Lyon ou Marseille, sur une autre plate-forme. Il estime que son employeur n'a pas été solidaire avec lui et que tout le monde a peur de témoigner.

Il prend un traitement : Effexor 37,5/J, Bromazepam ¼ /j, Zopiclone 7,5 deux à trois par nuit, Tiapride un à cinq par jour. Il reconnaît qu'il prend trop de médicaments et qu'il dépasse les doses prescrites, mais c'est pour lutter contre son anxiété.

Conclusion :

Nous retiendrons un impact psychologique à l'agression survenue sur le parking de l'entreprise le 11/06/2008 déclarée en AT sans tenir compte des autres, relevant, elles, d'une expertise pénale si les plaintes sont instruites.

Un taux d'IPP de quinze pour cent en fonction du barème en vigueur nous semble correspondre au choc psychologique et à la peur engendrée ce jour-là.

Dr Jacques Bon
Cabinet de psychiatrie Bon & Faure
– 07500 Guilherand-Granges.

10

Ce que j'ai semé.

Je cherche sur mon bureau les coordonnées du lieutenant Richard Revel. Il m'a laissé une carte de visite, j'en suis presque certaine.

Patrick Soulier n'a rien fait. Je suis coupable.

Une montagne de papiers, les dossiers de tous les salariés reçus depuis 8 heures. Hystérique, je fouille dans mes notes, les feuilles volent. Garde ton calme, Carole, trouve cette fichue carte. Ma douleur au ventre se mue en une armée d'aiguilles acérées qui semblent s'enfoncer dans ma chair.

Prévenir les flics que Patrick est fragile, qu'il ne doit pas être laissé seul, qu'il peut s'en prendre à lui-même, qu'il a un traitement à suivre. Leur dire que les coupables ne se suicident pas. Je trouverai les mots. Combien de temps ça dure, une garde à vue ? Une heure, dix, vingt-quatre, deux jours ? Sans anxiolytique, il ne tiendra pas dans une situation de stress.

« Je l'ai ! »

Un cri de victoire. Je tiens la petite carte dans la main gauche et compose avec fébrilité le numéro de mobile qu'elle indique. Ligne directe.

Première sonnerie.

Réponds !

Deuxième.

Réponds, bon sang ! Réponds !

Juste avant la quatrième :

« Revel, à l'appareil.

– Pourquoi l'avez-vous arrêté ? Il n'a rien fait !

– Docteur Matthieu ?

– Patrick Soulier. C'est une erreur ! Ce n'est pas lui, j'en suis sûre. »

Silence au bout du fil, pendant que je bafouille.

« Pourquoi dites-vous que c'est une erreur ?

– Patrick est un de mes patients. Il ne ferait de mal à personne, c'est l'homme le plus droit que je connaisse. Vous devez me promettre de veiller sur lui. Il est extrêmement vulnérable. Le pire est à craindre, vous comprenez ?

– Comment ça ? »

Les coupables ne se suicident pas.

« Il est incapable de commettre un tel crime. Il est sous traitement et ne pourrait même pas tenir une arme à feu. Il a subi trois agressions en huit mois, sur son lieu de travail et chez lui. Il est fragile et pourrait tenter de mettre fin à ses jours. Il faut le surveiller.

– Vous dites que lui aussi a été agressé ?

– C'est ça, Patrick est une victime. »

Nouveau silence au bout du fil. J'insiste pour que Patrick soit relâché ou protégé de lui-même. Le lieutenant m'interrompt d'une voix posée.

Presque réconfortante.

Pour lui, je ne suis qu'un médecin du travail trop soucieux de la santé de ses patients.

Pas une meurtrière.

« Je passerai dans l'après-midi sur la plate-forme pour prendre votre déposition. Vous m'expliquerez tout ça calmement.

– Qu'allez-vous faire pour Patrick ?
– Je vous tiendrai informée.
– Mais il est innocent !
– L'enquête suit son cours. Ne vous inquiétez pas. »
Des voix à l'autre bout de la ligne. Revel chuchote quelque chose que je ne parviens pas à saisir.
« Je dois vous laisser.
– Où est Patrick en ce moment ? »
Un grésillement, puis la tonalité. Revel a déjà raccroché.
Prise de vertige, je me laisse tomber dans mon fauteuil.
Patrick.
La seule chose à faire, me dénoncer. Question : Et les autres ? Qui va s'en occuper ?
Je me frotte les yeux, passe mes doigts dans une mèche de cheveux qui glisse sur mon front, et lève la tête sur le mur, face à moi. Mon regard se pose machinalement sur le tableau punaisé sur le mur, la reproduction sur papier glacé d'un nu de Picasso. Un portrait de Jacqueline, la dernière compagne du peintre, déclinaison subtile de gris, d'ivoire et de blanc, oreiller à dentelles qui rappelle la *Maja desnuda* de Francisco de Goya. Lascive et impudique, la femme me dévisage avec un mélange de tendresse et d'inquiétude bienveillante. Reflet dans un miroir, hors du temps.
Comme moi.
Comme Franca Madonia.
Ma douleur, mon soleil noir.
Deux coups secs frappés à la porte me font l'effet d'un bistouri planté dans l'avant-bras.
Jacqueline entre sans attendre que je réponde. Son air interrogateur semble me demander si je compte laisser Patrick enfermé une minute de plus. Le paral-

lèle avec la *Femme à l'oreiller* est troublant. Même prénom, même indifférence ou, plutôt, même observation silencieuse piquée d'une curiosité sans nom.

« Docteur ? »

Je dois prendre une décision.

« Je fais entrer la personne suivante ? »

Je hoche la tête sans comprendre ce qu'elle me dit. Puis, au moment où elle s'apprête à ressortir, je me réveille subitement et l'interpelle :

« Non, non, pas tout de suite !

– Je lui demande de patienter cinq minutes ?

– Dis-lui de revenir plus tard. »

Je me lève d'un bond, enfile ma veste et attrape ma mallette.

« Vous sortez ? »

Je passe devant elle en trombe.

« Je suis de retour d'ici une demi-heure. »

*

Le commissariat de police est à l'autre bout de Valence, la Ville-vent. Le mistral souffle par rafales sur les branches nues des platanes du parking du centre d'appels. Il me siffle dans les tympans :

« Et Patrick ? »

Il me hurle :

« Et les autres ? »

J'introduis la clef dans la serrure de l'Audi et me précipite à l'intérieur pour mettre fin aux sifflements. Refuge temporaire, des voix continuent de murmurer dans mon crâne. Je prends ma respiration et tente de reprendre le contrôle de mes émotions. Le rétroviseur me renvoie le visage blême d'une malade. Je le saisis à pleine main et le tourne vers la droite d'un mouvement brusque, manquant de le déboîter. Coup d'œil paranoïaque sur la façade de l'immeuble. Pas de salariés aux fenêtres, pas de journaliste zélé planté devant la sortie. J'espère que personne ne m'observe.

Je ne les laisserai pas me détruire.

Le moteur diesel démarre dans un vrombissement sonore. La climatisation se met aussitôt en marche et un courant d'air chaud se répand dans l'habitacle pendant que je passe les grilles du site et m'insère dans la circulation. Pour me vider la tête, je tourne le bouton de l'autoradio et règle l'appareil sur la fréquence d'une station locale. Baisse de la TVA dans la restauration, les élections européennes, la crise économique vue par la Chine, la publication d'un rapport du Centre à l'énergie atomique et de l'INSERM sur l'apport de l'imagerie cérébrale dans les recherches sur le cerveau. Pour les amateurs de loto, il fallait jouer les 27, 35, 36, 44 et 45, et le 2 comme numéro complémentaire. Conneries ! Rien sur Vincent Fournier. Tant mieux. J'insère une cassette de Peter Gabriel dans le lecteur et me concentre sur la circulation.

Déserte, Valence défile à vive allure. Bâtiments sans imagination, artères trop étroites et longilignes, travaux perpétuels sur la voirie. Une ville dont l'âme semble s'être envolée, taux de criminalité record, ceinturée par la deux fois deux voies N7, à l'est, l'autoroute A7, le Rhône et leurs cadavres, à l'ouest, et coupée en deux par la ligne TGV. Une dalle de granit au-dessous, un ciel noir comme le plomb au-dessus. Comme si le mistral n'était là que pour balayer les gaz d'échappement et le vacarme incessant des poids lourds. Vivre à Valence ressemble à une mise en liberté conditionnelle avec port obligatoire de bracelet électronique. Les barreaux et les serrures sont invisibles à l'œil nu, l'enfermement est dans la tête, et il est impossible de s'éloigner sans y laisser une main ou un pied. Je ne m'explique toujours pas ce qui m'a attirée ici.

J'atteins l'avenue Jean-Jaurès moins de cinq minutes plus tard. Je la descends deux cents mètres, tourne à droite sur l'avenue du Président-Herriot avant de m'engouffrer dans les petites ruelles qui encerclent le commissariat. Je tourne quelques minutes dans le quartier des fonctionnaires, quand une place se libère devant moi, rue d'Arménie, à deux pas de la Farnerie. Trottoirs flambant neufs, merdes de chiens dans le caniveau et portes d'entrée en chêne massif. Je verrouille les portières et fonce tête baissée.

*

L'agent de faction à l'accueil est jeune et râblé. Tenue de fonction, lèvres pincées et œil goguenard. Il tient le combiné d'un téléphone dans la main gauche et un stylo dans l'autre, qu'il s'applique à réinsérer dans son capuchon. Je balaie le hall d'entrée du regard. Porte grillagée dans le fond, un couloir barré d'une porte antifeu, salle d'attente à l'avant, une douzaine de sièges en plastique sur lesquels patientent une femme aux cheveux teints au henné, en partie masqués par un foulard blanc, et un adolescent au visage rongé par l'acné. Aucun lien entre les deux, trois sièges d'écart. Un ersatz de plante d'intérieur en plastique verdâtre décore le tout, dissimulant une affiche aux couleurs du drapeau tricolore. En retrait, deux agents de la BAC braillent, hilares. Bombers noirs, jeans, baskets et brassards orange, la quarantaine. Je croise le regard de l'un d'entre eux. Leur conversation s'interrompt. Deux paires d'yeux braquées sur moi. Je reporte mon attention sur la baie vitrée et blindée de l'entrée.

Je patiente deux minutes avant que l'agent ne raccroche et ne daigne s'intéresser à moi.

« Madame ?

– Dr Carole Matthieu. Je souhaite voir l'un de mes patients, Patrick Soulier, en garde à vue depuis ce matin. »

Nullement impressionné par mon titre, le policier demande :

« Vous avez une autorisation écrite ? »

Il évite de croiser mon regard.

« Bon. Vous n'êtes pas de la famille non plus, je suppose.

– Je suis son médecin. Cet homme est sous traitement et il a besoin de moi. Il a été emmené sans ses médicaments et je… »

L'agent m'interrompt, agacé, les yeux toujours rivés sur un point imaginaire situé à côté de moi.

« Je suis désolé, mais il me faut une autorisation. »

Il pianote sur son clavier.

« Vous avez dit quel nom ?

– Soulier. Patrick Soulier, avec un "r".

– Je n'ai rien à ce nom. Vous êtes sûre qu'il est ici ?

– Il a été arrêté il y a moins d'une heure par le lieutenant Revel. »

Ses doigts toujours sur le clavier, le nez à quelques centimètres d'un écran situé en dessous du guichet.

« Non, je ne vois rien. Peut-être n'est-il pas encore enregistré.

– Il lui faut son traitement. C'est impératif.

– Écoutez, je vais prendre votre demande et la transmettre au service concerné. Le lieutenant Revel, c'est ça ? Vous avez une pièce d'identité ? »

Je sors ma carte professionnelle et mon permis et les lui tends. L'opération prend quelques minutes. Le policier n'est pas pressé. Il me rend mes papiers et m'explique que je peux attendre si je le souhaite.

« Il y en a pour longtemps ? »

Il répète :

« Je vais transmettre au service concerné. Je vous appelle dès que j'ai une réponse. »

J'insiste :

« Vous ne pouvez pas appeler le lieutenant tout de suite ?

– Allez vous asseoir et je vous tiens au courant. »

Je jette un œil à la femme et à l'adolescent affalé dans la salle d'attente. Ma montre indique 10 h 30.

Je mens :

« Je dois lui faire une prescription sans tarder. Il risque de faire une crise dans vos locaux. Il a le droit de voir un médecin. »

Le policier hausse les yeux au ciel comme s'il avait l'habitude. Deux personnes se pressent derrière moi.

« Écoutez, je ne vais pas déranger un lieutenant de police pour un détenu qui n'est peut-être même pas dans les murs. Allez vous asseoir ou repassez plus tard. »

Je brandis mon téléphone portable.

« Mais je connais le lieutenant Revel, j'étais avec lui ce matin. J'ai son numéro de portable.

– Dans ce cas, posez-lui directement vos questions ! »

Sans attendre ma réaction, il presse une touche sur son clavier, se penche sur la droite et lance à la jeune femme située derrière moi :

« C'est à vous ! »

Je reste plantée devant lui, comme une imbécile. Je

regarde une nouvelle fois ma montre, puis la salle d'attente. La jeune femme se presse contre le guichet, nos avant-bras se frôlent. J'hésite à insister une nouvelle fois et à menacer mon interlocuteur de faire un scandale. Deux secondes. Le temps pour moi de comprendre que j'agis comme si Patrick était coupable et que j'étais seulement là pour le soutenir. Comme si ce n'était pas moi qui avais besoin de me blottir contre lui et de laisser enfin les larmes couler.

La jeune femme me pousse du coude.

Je me résigne.

Patrick Soulier est quelque part, au-dessus de ma tête, dans une cellule puant la crasse et le vomi, comme un criminel. À cause de moi. Parce que je n'ai pas prévu qu'ils trouveraient d'autres coupables que moi. Mes doigts tremblent sur mon portable, ma main toujours posée sur le guichet. Je la retire précipitamment et fais demi-tour, réalisant soudain que j'ai peur de me retrouver à la place de Patrick.

Cellule crasseuse et odeur de vomi.

Comme une criminelle.

Je quitte le commissariat, sous l'œil circonspect de l'agent d'accueil.

Mes propres démons à mes trousses.

Dehors, une voiture de police passe devant moi toutes sirènes hurlantes et s'engouffre dans une rue adjacente. Je regagne ma voiture en courant. Là, je verrouille les portières et sors de mon sac un anxiolytique, que j'avale aussitôt. La tête me tourne, la dose est très forte, la quantité raisonnable largement dépassée. Je ne tiendrai pas longtemps à ce rythme.

Dix minutes plus tard, pupilles dilatées et tension en chute libre, je suis de retour au centre d'appels. Mes douleurs au ventre redoublent. La salle d'attente est pleine.

Je me précipite dans les toilettes de mon bureau pour vomir la bile qui sature mon estomac. Je me lave les mains et les dents, puis je demande à Jacqueline de faire entrer le rendez-vous suivant.

Je m'accroche au réel.

11

Valence, le 23 février 2009

À : Dr C. Matthieu

Chère Consœur,

La lecture des éléments du dossier de M. Marc Vasseur, décédé par suicide le 11/08/2008 sur son lieu de travail, la plate-forme d'appels située au 114, boulevard de la Libération, à Valence (Drôme), et l'autopsie réalisée par nos soins le 13/08/2008 ne laissent aucun doute sur la motivation de l'acte suicidaire :

– Absence d'antériorité.

– Absence d'événements de vie concomitants.

– Accident du travail ayant entraîné 42 interventions chirurgicales avec des douleurs décrites par le Dr Charra, chirurgien de la main, comme insupportables.

– Chronologie de l'acte survenant après une proposition d'amputation du membre inférieur, qu'il a refusée.

– Courrier laissé pour ses proches.

En conséquence de quoi le décès par suicide du 11/08/2008 peut être imputé à l'arrêt de travail du 20/10/2006.

Je vous prie d'agréer, chère Consœur, l'expression de mes meilleures salutations,

Dr Pierre Dumezil
Cabinet Allaoui, Dumezil, Charles Millet
Médecine légale – 10, rue du Maine - 26000 Valence

12

« Comment allez-vous, aujourd'hui ? »

Christine Pastres s'assoit et contemple ses mains, sans répondre. Ses doigts sont d'une finesse extraordinaire. Sa peau, parsemée de taches de rousseur, est soyeuse en dépit de la bouteille de gin qu'elle dissimule dans le tiroir du bas de son bureau, derrière une pile de dossiers réservés aux entretiens d'évaluation. Pour masquer l'odeur de l'alcool, elle a recours à un parfum vanillé trop fort pour elle et mâchonne en permanence des chewing-gums mentholés. La quarantaine, chevelure blonde épaisse, visage poupon et regard bleu pénétrant, accentué par des cernes gris. Elle devait être une charmante petite fille avant que la cellulite et son ambition professionnelle ne deviennent ses préoccupations principales. Jupes légères, pulls échancrés et chaussures à talons, sobre, toujours très sobre dans le choix des couleurs. Un calcul constant de présentation de soi probablement épuisant.

Promue responsable d'une équipe de vingt personnes, elle a travaillé durant douze longues années comme technicienne dans une équipe de lignards. Une promotion pareille était inespérée. Surveiller, corriger, noter. Punir, au besoin. Récompenser parfois. Garde-chiourme, maîtresse d'école, contremaître, experte en manipulation émotionnelle. Un boulot de salope. J'imagine qu'elle s'en est satisfaite, un temps.

Ce temps est révolu.

Christine Pastres est l'ancienne supérieure hiérarchique de Vincent Fournier. Je n'aime pas cette femme, mais mon travail n'est pas de la juger.

Je dis :

« Nous avions rendez-vous la semaine prochaine, je crois. »

Comme elle reste toujours muette, j'insiste :

« Cela a-t-il un rapport avec la mort de Vincent Fournier ? »

Elle secoue la tête, ses doigts agrippent sa jupe. J'ouvre un tiroir et en sors son dossier. Je le consulte en diagonale. Je le connais par cœur.

« Toujours ces insomnies ?

– Trois heures par nuit.

– Vous n'êtes pas allée consulter votre généraliste pour vous faire prescrire des somnifères ?

– Je prends deux fois la dose nécessaire. Je m'endors dix minutes, je me réveille en sueur, épuisée. J'attends une heure, prends un nouveau cachet et rebelote. J'en peux plus.

– Vous souhaitez vous arrêter quelque temps ? »

Elle pose les yeux sur moi, brièvement.

« J'ai appris hier soir, pour Vincent. »

Je m'immobilise et je me tais. Picotements, bouffée de chaleur. Les secondes s'égrènent. Christine poursuit.

« Je n'arrête pas de penser à notre dernier entretien. »

Je dis :

« Lequel ? L'entretien de progrès du semestre ?

– C'est ça. Ses objectifs n'étaient pas remplis, pas

tous… une grande partie… Je lui ai annoncé qu'il ne toucherait pas de prime, cette année. Il l'a mal pris. J'ai été…

– Dure ?

– Oui, enfin…

– Vous culpabilisez ?

– Les derniers mots que je lui ai dits, c'était qu'il n'y arriverait jamais, que ce job n'était pas fait pour lui. »

Je pense : Tes derniers mots étaient durs, ils étaient humiliants. Tu lui as craché à la figure qu'un type qui fait deux tentatives de suicide n'a pas sa place dans ton équipe. Je le sais parce qu'il était dans mon bureau dans l'heure qui a suivi.

Je dis :

« Cela vous empêche-t-il de dormir ? »

Elle me dévisage, roule des yeux, comme si ma question la choquait, puis elle répond :

« Non, enfin, j'y pense beaucoup. Je crois que j'aurais pu être plus compréhensive.

– Vous voyez un rapport avec sa mort ?

– Non ! »

Elle manque de s'étouffer. Puis elle ajoute, d'une voix plus calme :

« Non, bien sûr que non.

– Vous savez que Vincent a été tué avec une arme. »

Elle hoche la tête.

« Vous savez aussi que ce n'est pas un suicide. »

Elle hoche la tête, encore une fois.

« Vous n'êtes donc pas responsable de sa mort, mais ça vous empêche de dormir, c'est bien ça ? »

Elle ne répond pas. Elle ne hoche pas la tête. Elle se contente de regarder ses doigts, serrés sur l'ourlet de sa jupe, dévoilant la moitié de sa cuisse sans y prendre garde. Elle n'est pas là pour ça. Je le sais, mais je me tais et j'attends. Les secondes s'éternisent. Christine se décide à poursuivre.

« Après la réunion d'accueil de ce matin, j'ai été interrogée par le lieutenant de police chargé de l'enquête. Roland Revel.

– *Richard* Revel. »

Elle me regarde bizarrement.

« Oui, c'est ça.

– Votre entretien s'est-il mal passé ?

– Je ne crois pas. »

Une lueur de doute danse dans ses prunelles.

« Comme je suis la supérieure de Vincent, il avait tout un tas de questions sur le comportement de Vincent, sur ses rapports avec ses collègues.

– Ou avec vous.

– Il m'a dit avoir contacté le service informatique pour avoir accès à tous les échanges de mails, entrant ou sortant du poste de Vincent. Même chose pour les coups de fil.

– Ils soupçonnent peut-être quelqu'un de l'extérieur, une histoire de règlement de comptes.

– C'est moi qu'il interrogeait, pas quelqu'un de l'extérieur !

– Calmez-vous.

– Je ne suis pas une criminelle ! » hurle-t-elle.

Coup d'œil vers la porte.

Ceux qui sont dans la salle d'attente l'ont certainement entendue. Elle s'en rend compte et ses paupières se gonflent de larmes.

Je réfléchis : Tu as peur qu'il te soupçonne. Tu sais que le lieutenant a interrogé les collègues de Vincent et tu crois qu'ils ont dit du mal de toi. Tu penses : Ils t'ont chargée parce que tu t'acharnais sur lui depuis des mois, malgré ses tentatives de suicide, son alopécie, la charge de travail folle que tu faisais peser sur ses épaules, les objectifs inatteignables. La paranoïa te gagne. Tu te rappelles ceux dont tu as supprimé les primes. Tu te souviens de toutes ces mesures d'exception destinées à remplir *tes* quotas et *tes* objectifs. Tu imagines le portrait de toi que Richard Revel est en train de dresser sur son petit carnet noir de lieutenant de police, et ça te fait flipper parce que Vincent avait plus de raisons de te tuer que l'inverse. Tu as en mémoire ce jour de grève où Vincent, en panne de voiture, est arrivé en retard pour travailler malgré tout. Tu sens encore ses mains autour de ton cou quand il a tenté de t'étrangler après que tu lui es tombée dessus. Tu revois les marques rouges sur ta peau.

Ce 23 juin 2008, tu t'es remise et tu n'as pas porté plainte parce que tu savais que tu aurais tous les syndicats sur le dos si tes pratiques managériales apparaissaient au grand jour. Aujourd'hui, tu pisses de peur dans ta petite culotte parce qu'un flic fait remonter tout ça à la surface.

Je pense : Elle est coupable.

Richard Revel se dit : Elle peut vouloir se venger pour toute la haine que ses subalternes éprouvent pour elle.

Les collègues de Vincent se disent : elle a raison d'avoir peur.

Christine Pastres respire par saccades. Je devine à son haleine qu'elle a bu une gorgée ou deux avant de venir. Je me penche vers elle. Mon visage à quelques centimètres du sien. Ma voix, mielleuse et empathique. Je ne l'aime pas, mais je dois faire mon boulot : panser les plaies, soigner, écouter.

« Christine, écoutez-moi. »

Elle renifle. Ses paupières sont gonflées de larmes qui ne coulent pas.

« Vous n'avez pas tué Vincent.

– Je n'ai fait que mon travail », hoquette-t-elle.

Écouter, soigner, panser : rien sur mes traits ne trahit ce que je pense vraiment d'elle.

Je saisis sa main.

« Vous devez prendre du repos. »

J'attrape un stylo, griffonne un nom et un numéro de téléphone sur une feuille et la lui tends.

« Allez voir de ma part le Dr Faure. »

Elle refuse.

« Je ne veux pas être mise en arrêt maladie.

– Vous en avez besoin.

– Je peux tenir.

– Vous allez craquer. »

Elle hésite, saisit l'autre bout du papier. Je ne lâche pas.

« Il faut penser à vous.

– Le lieutenant de police veut me revoir.

– Je lui parlerai.

– Je peux toujours prendre un congé.

– Vous savez comme moi que vous avez déjà pris trois semaines depuis le début de l'année. »

Elle finit par abdiquer. Une larme coule sur sa joue. La tension descend d'un cran. Pour elle. Pas pour moi.

Je lâche la feuille. Christine reste la main en l'air. Je me tais. Picotements, bouffée de chaleur. Les secondes s'éternisent. Christine a terminé.

Elle me remercie, sort un mouchoir en papier de sa poche et s'essuie les yeux, puis elle sort rapidement.

D'autres salariés se pressent dans la salle d'attente,

l'estomac noué et la culpabilité à fleur de peau. Dehors, les médias commencent à parler. Richard Revel interroge Patrick Soulier à propos de son arme.

Je me précipite dans les toilettes pour vomir.

13

11 heures passées. Un salarié est assis face à moi et me raconte ses angoisses. Un collègue de Vincent. Le dernier à l'avoir vu avant moi. Idées noires, peur, incapacité à se concentrer ce matin. Je hoche la tête.

« Je comprends, je comprends. »

Il poursuit. J'essaie de ne pas perdre le fil. Surdose de Xanax, je suis dans un état second. Armoire à pharmacie, étagère du haut, à droite, deux boîtes d'un dérivé de morphine. Je ne cède pas à la tentation. Pas encore. Un instant, je me dis que Vincent n'est pas mort, que tout cela n'est pas arrivé, puis je pense à nouveau à l'étagère du haut de la pharmacie.

Le salarié se lève, l'entretien est terminé.

« N'hésitez pas à revenir me voir.

– Merci, docteur. »

La porte se referme. Je m'adosse au mur et laisse aller ma tête en arrière contre le béton.

La sonnerie du téléphone me fait l'effet d'un électrochoc. L'infirmière est censée prendre les appels à ma place. Elle a dû faire une pause. Je la maudis en silence et je décroche. Ma fille.

« Tu n'es pas en cours ?

– On est en pause.

– Comment tu vas ?

– C'est plutôt à toi que je dois poser la question. Pas trop dur, ce matin ?

– J'ai pas trop envie d'en parler.

– Tu veux qu'on mange ensemble à midi ?

– Je ne vais pas avoir le temps, désolée. Mes consultations… c'est la panique, ici. »

Un silence.

« J'ai entendu à la radio qu'ils avaient arrêté le coupable. Le vigile, c'est ça ?

– Non ! »

Elle ne reprend pas tout de suite.

« Tu ne le savais pas ?

– Non, enfin, je veux dire : si. Mais il est innocent.

– Tu le connais ?

– C'est un patient à moi. »

Silence gêné à l'autre bout de la ligne.

« Un type bien, je t'assure. »

Vanessa sait que je suis sensible sur le sujet. Elle se rappelle aussi ce patient qui m'avait agressée en pleine consultation, un an plus tôt, parce qu'il avait pété les plombs. Un nez cassé, des contusions. Rien de grave. Elle avait insisté pour que je porte plainte, ce que j'avais accepté de faire, mais on ne soigne personne dans un tribunal.

Elle pense : Tes patients, c'est sacré, maman, hein ? Elle dit :

« J'ai eu papa au téléphone, tout à l'heure. Je l'ai mis au courant.

– Ah.

– Il m'a dit de te demander de prendre soin de toi. »

Dix ans de vie commune, deux maîtresses, divorce en fanfare. Je ne serai jamais une bonne épouse. Ni une bonne mère. Une amante, une passade, un coup de vent, un médecin.

« Je dois te laisser.
– Mais ça va, tu es sûre ?
– J'ai une consultation qui m'attend.
– Je passe te voir ce soir.
– T'es gentille, mais c'est pas la peine. »

Pas la force de dire : je n'ai pas envie.

Vanessa insiste, d'une voix faussement légère :

« Je viendrai te faire à manger.
– Je risque de travailler tard, tu sais.
– C'est pas grave, je t'attendrai.
– Bon, je dois y aller.
– À ce soir. »

Je raccroche, épuisée.

Un signal sonore m'avertit de l'arrivée d'un courrier électronique. Je contourne mon bureau et ouvre le message émanant du président directeur général du groupe.

Madame, Mademoiselle, Monsieur,

Nous traversons une épreuve, collectivement et individuellement.

Comme vous, je suis bouleversé par le drame qui nous touche et je comprends le désarroi que le meurtre de l'un de nos collègues suscite en interne, mais aussi dans votre entourage. Je peux d'ores et déjà vous annoncer que le coupable a été arrêté et qu'il devra rendre compte de ce crime odieux devant la justice. Son arrestation par les forces de police de Valence est un soulagement pour nous tous.

Comme vous, je suis triste de l'image malmenée de notre groupe, qui ne fait pas justice à nos réussites, à nos immenses efforts, à l'esprit qui nous anime dans ce que nous avons entrepris ensemble. Je veux rendre hommage ici au formidable travail du directeur de site, Éric Vuillemenot, à la médecine du travail, en la personne de Carole Matthieu, aux partenaires sociaux, et à vous, salariés, pour le courage dont vous faites preuve dans ces moments difficiles.

Comme vous, je veux continuer d'être fier de ce que nous avons accompli et de ce que nous accomplirons encore.

Nous réussirons. Ensemble.

Je tape du poing sur le bureau de toutes mes forces. Je retiens un hurlement de colère. La direction nationale n'a pas perdu de temps pour se saisir du meurtre de Vincent et en faire un outil de communication interne. Les termes « image », « réussites », « immenses efforts » me font l'effet de coups de poignard et se superposent au film des salariés en souffrance qui défilent dans mon cabinet toute la journée.

Je pense : Ils ne respectent même pas la mort.

Je murmure : Les enfants de salauds !

Les larmes aux yeux, je tente de relire, m'étouffant à chaque mot. L'image de Vincent, broyé pendant toutes ces années, s'intercale entre les phrases. Je revois ses cheveux tomber en même temps que sa fierté. Je le vois passer du statut de salarié à celui de rouage. Du rouage à la bête aux abois. De la bête aux abois au légume. Du légume à l'oubli. Honte sur eux. Honte sur moi.

Je crache : Les putains d'enfants de salauds !

Ne pas hurler. Penser, murmurer, cracher, écumer de rage, mais ne pas hurler pour que les salariés recroquevillés sur leur siège dans la salle d'attente ne m'entendent pas.

Je manque d'air.

Je prends appui des deux mains sur le bureau, j'inspire, j'expire, je tente de reprendre mon souffle, mais je m'étouffe. Ma colère est trop forte. J'inspire, j'expire, je continue de m'étouffer. Je me redresse, force l'air à pénétrer dans ma poitrine, mais j'écope d'une toux caverneuse qui m'étouffe davantage. Le sang afflue vers mon cerveau. Je vois rouge. Des larmes dans les yeux, sur les joues, dans la bouche. Quand, soudain, je reprends enfin pied. Mes poumons laissent échapper un sifflement douloureux puis se remplissent d'un seul coup. Mon rythme cardiaque décélère, je me laisse tomber en arrière. Ma tête heurte le mur. Une douleur vive m'irradie le crâne, avant de disparaître en quelques secondes. Tout va bien.

Ma respiration est redevenue normale.

Je me relève et gagne la salle d'eau. J'ouvre le robinet, passe mon visage sous l'eau froide. Je sens une bosse sous mes doigts. Je me sèche et me recoiffe, en prenant soin d'éviter mon reflet dans le miroir pour ne pas y voir : la peur, le désespoir, la colère. J'attrape un Lexomil, le brise en deux et en dépose une moitié sur ma langue. Je saisis un gobelet en plastique et me sers un verre d'eau que je bois par petites gorgées en me disant que l'air est décidément vicié dans cette entreprise.

Des perspectives nouvelles prennent forme. Une vision plus claire des trois derniers jours. L'ordre naturel des faits et des idées se renverse.

Je ne suis pas folle.

Ce qui signifie : ils sont coupables.

Comme Christine Pastres. Comme Vuillemenot. Comme tous ceux qui se taisent et qui laissent faire.

Il me reste peu de temps.

Je décroche le combiné du fixe et compose le numéro du cabinet de psychiatres Bon & Faure de Guilherand-Granges avec qui j'ai l'habitude de travailler. Je tombe sur une secrétaire à qui je demande que me soient faxées des copies de tous les rapports d'expertise concernant mes patients au cours des dix dernières années. La femme rouspète et finit par accéder à ma requête. Je raccroche puis compose le numéro direct de Jacques Bon, l'un des deux associés du cabinet, pour m'assurer que la secrétaire fera bien son travail. Je tombe sur un répondeur et laisse un message succinct dans lequel je lui explique ce que je veux et lui demande de me rappeler. Je sais qu'il ne cherchera pas à me joindre, mais le message sera passé.

Cinq minutes plus tard, le fax se met à ronronner.

Autant de preuves.

*

Je passe l'heure suivante à vider ma salle d'attente. L'infirmière part déjeuner et m'invite à l'accompagner. Je décline et m'attaque aux dossiers des patients. Courriers électroniques, feuilles de soins, notes internes, notes personnelles, rapports d'expertise, coupures de presse, lettres. Tout ce qui est inutile part dans le broyeur. Année par année. Mois par mois. Pathologie par pathologie. Patient par patient. Les documents les plus importants sont photocopiés et étalés sur mon bureau, en une douzaine de tas. Le reste est empilé dans trois cartons que je transporte dans le coffre de ma voiture avant de revenir. Là, j'ouvre le broyeur et j'en extrais le sac-poubelle rempli de filaments de papier. Je le dépose moi-même dans le local de la tour B, où je le balance dans la première benne à ordures venue.

14

Valence, le 12 mars 2009

Je soussigné, Dr Jacques Bon, certifie avoir reçu à sa demande M. Hervé Sartis à mon cabinet suite à sa tentative de suicide du 28/01/2009 sur son lieu de travail, le centre d'appels de Valence.

Je l'ai reçu le 17/02/2009, il est ponctuel, sa présentation est correcte, propos intelligibles. M. Sartis essaie de m'expliquer de manière synthétique, à l'aide de documents, la chronologie des événements en rapport avec sa carrière professionnelle. J'exclus d'emblée une pathologie de type psychotique et notamment un délire de persécution. De la même manière il n'existe aucune théâtralité et recherche de bénéfices secondaires. La souffrance me paraît authentique et le fruit d'un long processus remontant à plusieurs années.

De 1991 à 2004, M. Sartis décrit un réel plaisir au travail. En janvier 2004, suite à la fermeture de son service, il accepte un poste de contractuel dans un centre d'appels en Service après-vente (SAV). M. Sartis signale à plusieurs reprises à son responsable sa surcharge de travail. Aucune suite n'est donnée. M. Sartis réussit malgré tout sa période d'essai. Il est titularisé le 01/04/2004 sur le poste et devient rapidement chef d'équipe.

En janvier 2008, M. Sartis apprend au cours d'une assemblée du personnel qu'un poste de chef d'équipe SAV est ouvert. Il s'agit en fait de son propre poste. Aucune information préalable ne lui a été faite. M. Sartis demande lui-même des explications et il accepte le nouveau poste qu'on lui propose. Même salaire, mais moins de responsabilités. Quelques jours après sa prise de poste le 21/01/2008, M. Sartis fait une première tentative de suicide par ingestion de médicaments, il est hospitalisé quelques jours à Valence et il a un arrêt de travail de dix jours.

En octobre 2008, il apprend qu'une partie importante de son activité est supprimée et transférée, rendant la viabilité professionnelle de son poste incertaine. M. Sartis se trouve donc de plus en plus isolé, avec peu de contacts avec ses collègues de travail sur un profil de poste en deçà de ses compétences professionnelles. Le 28/01/2009 il absorbe une forte dose de somnifères sur son lieu de travail. Il se rappelle qu'il essayait de trouver un hébergement pour un déplacement professionnel et que les réponses négatives ont généré en lui une angoisse. À partir de là, amnésie jusqu'à son réveil en réanimation. Les séquelles immédiates sont importantes en raison de l'hypothermie et de la rhabdomyolyse et nécessitent une prise en charge psychiatrique.

La biographie de M. Sartis ne montre aucune antériorité psychiatrique familiale ou personnelle. En conséquence de quoi, suite à mon examen psychiatrique, suite à la lecture attentive des documents fournis, je peux affirmer que la tentative de suicide de

M. Sartis sur son lieu de travail est imputable à son service et doit relever du régime accident de service.

Dr Jacques Bon
Cabinet de psychiatrie Bon & Faure – 07500 Guilherand-Granges

15

Je tire la chasse d'eau, glisse une serviette hygiénique entre mes cuisses et remonte ma culotte. La peau de mes doigts est rêche. La peau de mes cuisses est rêche. Le tissu de mon jean est rêche. Mon ventre émet des gargouillis. Je m'imagine un instant, attablée devant un plateau, plat du jour et fruits frais, restaurant d'entreprise, discussions entre salariés. Une vague nauséeuse émet un signal d'alerte dans mon estomac. Je déglutis. J'ai faim mais je ne peux rien avaler.

Je referme la porte.

La salle d'attente est vide. Jacqueline n'est pas encore rentrée. Je m'installe derrière mon bureau. L'ordinateur est en mode veille. J'effleure du bout des doigts une touche du clavier, la soufflerie se remet en route. Je consulte l'horloge à droite, en bas de l'écran. 13 h 51.

J'attrape le courrier et commence le tri pour tuer le temps.

Invitation à donner une conférence sur les risques psychosociaux en entreprise. Expéditeur : inspection du travail départementale.

Je la glisse dans le broyeur.

Invitation à un séminaire d'étudiants internes en dernière année de médecine au centre de formation de Valence. Expéditeur : professeur Yann Fontaine, ancien camarade de bancs de la faculté, président de l'association des anciens élèves de Grenoble, rédacteur en chef d'une revue spécialisée sur la santé au travail, devenu un ami au fil des ans. J'hésite. Date prévue : vendredi 17 avril 2009, amphithéâtre nord.

Broyée.

Lettres suivantes. Trois demandes d'interviews pour la presse généraliste, déjà reçues par courrier électronique la semaine dernière. Thèmes : les femmes et la fibromyalgie, le médecin du travail face à la santé des salariés, les suicides au travail.

Broyeur et mains qui tremblent.

Message de soutien d'un collègue.

Broyé.

Note d'information.

Broyée.

Rapport d'expertise que je consulte rapidement avant de l'insérer dans le dossier concerné. Classé à la lettre « S » comme Sartis. Hervé Sartis. Sartis le : dévalorisé, méprisé, muté, arc-bouté, psychorigide, ouvert, angoissé, réanimé, sauvé *in extremis*. Sartis et sa tentative de suicide par ingestion de somnifères. Un document à charge de plus. Je laisse le tiroir ouvert.

Message d'insulte du fils d'un ancien salarié, mort après une chute de quatre mètres d'une nacelle.

Broyeur et nausée.

Publicité pour des dérivés de Xanax.

Broyée.

Invitation à caractère commercial à une démonstration d'une nouvelle machine d'imagerie cérébrale par la société X, dans ses laboratoires de Lyon. Plus une brochure publicitaire traitant des autres innovations de la société X dans le domaine des biotechnologies.

Longue énumération du musée des horreurs, litanie des insanités médicales, une rivière de déchets destinés à faire : du fric, du fric, du fric. Sur le dos des patients. Sur le dos des salariés. Sur le dos des médecins.

Broyées, page par page, avec une rage non contenue.

Publicité pour le laboratoire Y.

Broyée.

Dépliant sur le produit pharmaceutique Z.

Broyé.

Coup d'œil à l'horloge sur l'écran : 13 h 59. Mes jambes et mes bras sont engourdis. Je m'étire, réprime un bâillement et une poussée nauséeuse.

La merde industrielle.

Broyée.

Les assassins de Vincent Fournier.

Une enveloppe blanche non timbrée attire mon attention. Les lignes de mon nom sont tracées d'une écriture maladroite. Matthieu est écrit avec un seul *t*. Je la décachette avec fébrilité. Une feuille au format A4 pliée en quatre. Je la déplie et jette instantanément un coup d'œil à la signature.

Patrick.

Mon cœur trépigne et se brise.

Trois lignes.

Docteur, je vous ai vue quitter le parking à 7 h 30 vendredi soir et revenir à pied, 3/4 d'heure après. Depuis hier, je ne pense qu'à ça. On doit parler. Patrick Soulier.

Mes muscles se raidissent, comme si de la glace s'étendait par nappes successives le long de mon système nerveux.

Qu'a-t-il vu d'autre ?

Je l'imagine distinctement dans un bureau de police, en compagnie de Richard Revel, racontant qu'il m'a vue quitter le centre d'appels à 19 h 30, puis revenir descendre Vincent, moins d'une heure après. Ce qui explique que le coup de feu n'ait alerté personne.

Ce qui n'explique pas : la découverte du corps dimanche, en fin de matinée.

Ce qui n'explique pas : son arrestation et non la mienne.

Je relis son mot une deuxième fois, sans trouver de réponse.

Il écrit : *On doit parler.*

Pourquoi ?

Je revois notre échange ce matin et je comprends. Son abattement n'était pas dû au soupçon de culpabilité qui pesait sur lui, mais au fait que j'étais liée à ce crime, d'une manière ou d'une autre. Il ne tremblait pas pour lui.

Mais pour moi.

L'étau de glace qui me comprime les muscles s'étend à ma poitrine. Je suffoque. Je m'accroche au bureau, les yeux vissés sur la feuille pliée en quatre.

On frappe à la porte.

*

Le Dr Hervé Guillon a quatre heures de retard. Quinquagénaire débonnaire, yeux verts, cirrhose avancée et coupe de cheveux à la brosse. Une centaine de kilos pour un mètre soixante-quinze.

Je serre la main qui se tend, arborant l'attitude la plus détachée possible.

Derrière moi, le broyeur finit de mâcher la lettre et l'enveloppe de Patrick.

« Docteur Matthieu, je présume. »

Ton glacial, les premiers mots qui sortent de ma bouche :

« Vous êtes en retard.

– Je n'ai été prévenu que ce matin. Le temps que je m'organise, vous savez ce que c'est. »

Clin d'œil complice.

Je pense : Un foutu médecin du travail.

Comme tant d'autres de nos confrères.

Je le coupe net dans son élan :

« Non, je ne sais pas. Quand on m'appelle pour une urgence, j'ai l'habitude de venir *en urgence*. »

Il me dévisage d'un air de dire : le type est mort, il n'y a plus aucune urgence. Son sourire s'efface pour laisser la place à une grimace circonspecte. Il se demande si je me fous de sa gueule.

Je fais les questions et les réponses :

« Vous n'êtes pas là pour le mort.

– Je suis là pour vous filer un coup de main.

– Non. Pour dissuader les salariés de cette boîte qui envisageraient de rejoindre Vincent Fournier. »

Un point d'interrogation se dessine sur son visage. La hiérarchie a dû oublier de lui donner le nom de la victime. Je hausse les épaules avec agacement. Il finit par comprendre et n'insiste pas.

« Bon. Comment on s'organise ? »

Il se gratte le cou. Ses ongles laissent deux marques rouges parallèles.

Je dis :

« Vous préférez mon bureau ou la salle de repos située au fond du bureau de l'infirmière ?

– Salle de repos.

– Pour les consultations de cet après-midi, le plus simple est que je me charge des patients qui fréquentent déjà régulièrement mon cabinet et que nous nous répartissions les autres.

– Ça me va. »

Il fait mine de partir. Je lève la main et j'ajoute :

« Et les deux psychologues que la direction a promis ? Ils seront là demain ?

– Demandez-lui. »

Il sort.

Au moins, les présentations sont faites.

Je saisis le combiné du téléphone et compose le numéro de Richard Revel. Je tombe à nouveau sur son répondeur. Je ne laisse pas de message. Je raccroche et me mets en contact avec un poste interne. Occupé. Je réessaie. Une fois, deux fois, trois fois. Quelqu'un décroche. Je reconnais Jean-Louis Mallavoy, le trésorier du syndicat majoritaire.

« Est-ce que je pourrais parler à Alain, s'il vous plaît ?

– De la part ?

– Dr Matthieu.

– Je vais voir s'il est disponible. »

Conseil de guerre. Les syndicats sont sur le qui-vive. Ils hésitent sur la marche à suivre. Est-ce une question de sécurité dans l'entreprise ? Faut-il au contraire insister sur les conditions de travail et le stress des salariés, les suicides et les tentatives d'homicide déjà constatées sur certains sites ? Faut-il demander l'embauche de vigiles supplémentaires ou relancer le débat sur la santé ? Est-ce le moment pour relancer des négociations ? Tracts, appels téléphoniques, jeux de pouvoir et contre-pouvoirs. Grève, pas grève ?

Intersyndicale ou pas ? Mobilisation, simple communiqué de presse ?

Trente secondes après, la voix d'Alain résonne dans le haut-parleur.

« Qu'est-ce que je peux pour toi ?

– Tu peux descendre me voir, un moment ? »

Je sens qu'il hésite.

« On a pas mal d'urgences à gérer, ici.

– Tu préfères que je vienne ?

– Ce soir, ça m'arrangerait. »

Ton sec :

« Tu crois que les patients qui sont dans ma salle d'attente ne sont pas des urgences ?

– C'est pas ça… »

À présent, l'hésitation laisse la place à la gêne.

« Bon, j'arrive. Cinq minutes, hein ? »

Je raccroche.

*

Alain est l'un de mes contacts les plus sûrs dans le milieu syndical de l'entreprise. Un mètre quatre-vingt-quinze et cent vingt kilos. Suffisamment imposant pour inspirer le respect. Un visage poupon qui respire la gentillesse et assez de jugeote pour sentir le vent tourner. Ancien rugbyman de haut niveau reconverti en délégué syndical réformiste, il a noué avec l'ensemble du personnel une relation de confiance basée sur un constat assez simple à comprendre : ménager la chèvre et le chou. Autrement dit : ne se mettre personne à dos, ne pas emmerder la direction, accepter toute demande de négociation et surtout, surtout, être toujours disponible pour les salariés.

J'ai couché deux fois avec lui. Une douceur inattendue. Trop câlin pour moi. Le type contre lequel on ressent le besoin de se pelotonner, avant qu'il demande à téter le sein. Histoire sans lendemain dont nous n'avons reparlé ni l'un ni l'autre.

À peine a-t-il poussé la porte qu'un peu de chaleur humaine s'engouffre dans le cabinet.

Il pointe la salle d'attente du pouce.

« J'ai vu Salima.

– Yacoubi ? La sous-traitante de la société de nettoyage Dumay & Fils ? »

Il acquiesce.

« Tu as le droit de recevoir les salariés des autres boîtes ?

– Disons que je fais une exception. »

Alain me scrute des pieds à la tête, sans fausse pudeur, et pose une main sur mon épaule.

« Ça n'a pas l'air d'aller. »

Je me dégage d'un geste que j'aurais aimé moins brusque. Son visage se ferme.

Il reprend sa voix de délégué.

« Désolé pour ce matin. J'aurais dû te prévenir de la réunion avec la direction.

– C'est légitime, non ?

– Le but n'était pas de t'exclure, je t'assure. »

Il fait un pas dans ma direction. L'odeur douce de sa transpiration le précède.

Il m'attire encore.

Je secoue la tête.

« C'est pourtant l'effet que ça me fait. »

Il a l'air contrarié par ma réaction, mais je m'en contrefous. Les vibrations des voix de Patrick Soulier, de Richard Revel et de Vincent Fournier résonnent jusque dans mon crâne.

« C'était quand ?

– Hier, en début d'après-midi. Dès que j'ai appris la nouvelle pour Vincent, j'ai appelé les collègues et on s'est pointé sur le site. Le directeur était déjà là. Les flics, les pompiers. On a enchaîné avec la réunion.

– Pourquoi ne pas m'avoir avertie à ce moment-là ?

– Vuillemenot te craint comme la peste, tu sais bien. »

Je serre les poings.

« Il l'a dit ?

– Pas comme ça.

– Et tu l'as laissé faire ?

– Je me suis dit que tu aurais bien assez de boulot comme ça aujourd'hui. Je voulais pas t'emmerder un dimanche. Et puis c'était pas si formel que ça. Il avait déjà pris la décision, de toute façon. Il nous a juste informés.

– C'est pas comme ça que Vuillemenot l'a présenté, ce matin !

– Tu sais ce que c'est. C'est sa manière de se persuader que c'est un homme de dialogue. Les copains étaient pas très contents qu'il laisse entendre qu'on s'était concerté sur la question.

– Tu parles ! »

Je pense : Va te faire foutre, Alain ! Va te faire foutre avec ton patron et tes copains !

Je dis :

« Soulier était là ?

– Les flics l'interrogeaient. La découverte du corps, tout ça… Il était sacrément secoué.

– Et maintenant il est en taule.

– Tu crois que c'est lui ?

– Comment tu peux croire qu'il ait fait une chose pareille ?

– J'ai entendu dire qu'il avait une arme dans son coffre.

– Il a été agressé trois fois en moins d'un an, et tu le sais très bien. C'est un mec bien. »

Un mec bien qui est peut-être en train de me dénoncer auprès de Revel. Qu'est-ce que je ferais à sa place ?

Alain traverse la pièce et s'appuie contre mon bureau.

« Je sais pas. J'ai jamais eu beaucoup de contacts avec lui.

– Merde, Alain, te fais pas plus con que tu ne l'es ! Un type qui se fait agresser trois fois en neuf mois et qui se retrouve derrière les barreaux et suspecté de meurtre. Tu es capable d'imaginer dans quel état il doit être en ce moment, non ? »

Il hoche la tête et cligne des yeux sans répondre.

Je ne lui laisse pas le temps de réfléchir :

« Maintenant, si tu me disais pourquoi tu ne m'as pas appelée, dimanche ?

– Je t'ai déjà expliqué que… »

Je crie :

« Pas de ça avec moi ! On se connaît assez, tous les deux. Sois franc. »

Il réfléchit quelques secondes.

« J'ai pensé que tu connaissais peut-être le coupable de ce merdier.

– Quoi ?

– Ça cause, dans les couloirs, dans les bureaux. Tu es celle qui en sait le plus sur chacun d'entre nous. Une fois, tu m'as raconté ces histoires de scénarios homicides que te confient certains salariés. Je me suis dit…

– Tu t'es dit que je couvrais l'assassin.

– Le prends pas comme ça. T'es tenue au secret

médical, je comprends très bien la position dans laquelle tu te trouves. »

Je pense : Ils me soupçonnent de faire de la rétention d'information.

« C'est ce que pense l'enquêteur aussi. »

Alain prend l'air offusqué.

« On ne lui a rien dit !

– Mais ça cause dans les couloirs, je sais.

– Alors ?

– Alors quoi ? »

Je lui lance un regard mauvais.

« Tu sais quelque chose, ou pas ?

– C'est marrant, ça, moi je ne suis là que pour les problèmes, les malades et les envies de tirer son coup !

– Carole…

– Les réunions importantes, celles où se prennent les décisions, j'y ai pas droit. Les bilans positifs, les projets dont tout le monde est satisfait, le plaisir des primes de fin de mois, le travail bien fait ? Je ne le vois pas non plus. La joie de venir au boulot le matin ? Les bonnes relations de bureau ? Les fêtes entre collègues ? Je ne suis jamais invitée. La bonne ambiance, le plaisir, l'épanouissement, la reconnaissance ? Toujours pas. Ce que je vois, dans ce cabinet ? Les troubles du comportement, les insomnies, les malades, les larmes, les cris, les cheveux qui tombent, les joues rouges de colère, la rancœur, les anxiolytiques et les aspirines ! Merde, ce que je vois, ce sont les cachets pour le mal de ventre, les cachets pour le mal de dos, les cachets pour le mal de tête, les cachets pour rien, juste pour avoir le sentiment de soigner quelque chose quand tout va mal. Les salariés en concurrence. Les salariés prêts à tout pour avoir un poste, un projet, la place d'un autre. Les salariés prêts à tout pour commander, dirigeer, manager. Les machines. Les humains transformés en robots. Au mieux les moutons. Voilà ce qui entre dans ce cabinet. Voilà ce qui en ressort. Rien d'autre. Le positif, il y en a peut-être. Ailleurs. Pas ici. Jamais. C'est ça, ma vision de l'entreprise : des vies gâchées qui défilent en larmes dans ce fauteuil en face de moi. »

Ce que je sais : vous êtes tous coupables de la mort de Vincent Fournier parce que lui non plus n'a jamais eu son mot à dire. Il a subi ses mutations et les brimades les unes après les autres sans jamais avoir voix au chapitre. Ils décident, nous confirmons et exécutons.

D'une voix tendue :

« Ce qui se dit dans ce cabinet n'en sort pas. Ce qui te regarde, par contre, c'est votre attitude vis-à-vis de Vincent. Tu sais comme moi que ça fait des mois que je vous parlais de lui, que je lançais des alertes. Et pendant tout ce temps, vous n'avez rien fait pour lui.

– C'est faux.

– Tais-toi ! Tu sais très bien ce que je veux dire. Tes copains syndicalistes n'aimaient pas Vincent. Tu n'aimais pas Vincent. Pourquoi ? Parce qu'il avait claqué la porte du syndicat il y a longtemps, parce qu'il était trop usé pour militer et qu'il n'y croyait plus. Vous le lui avez fait payer à votre manière.

– C'est n'importe quoi ! se défend Alain en serrant les dents.

– C'est vrai, et tu le sais. Merde, vous ne l'avez même pas pris au sérieux ! Tu n'as pas fait ton boulot, tu peux au moins admettre ça, non ? Je dis ça pour lui, mais c'est valable pour les autres aussi. Parle-moi de Cyril Caül-Futy ! De Sylvie Mangione ! De Christine Pastres !

– Cette nana est une hystérique. Toute son équipe est en dépression à cause d'elle !

– Mais c'est une salariée comme les autres. Et Salima Yacoubi dont tu me parlais justement tout à l'heure.

– Écoute, Carole, tu mélanges tout. Mme Yacoubi est une femme très gentille, mais elle n'est pas de la boîte. On ne peut pas… »

Je l'interromps en hurlant. Mon ventre en feu, ma tête en feu, mes muscles en feu.

« Tu ne peux pas ? Mais à quoi tu sers, Alain, dis-moi ?

– C'est plus compliqué que ça.

– Non, c'est très simple au contraire. Il est plus que temps que les gens se mettent à parler dans cette boîte ! Plus que temps, crois-moi. Avant que tout ça ne pète pour de bon. »

Alain se tait. Il attend que je me sois calmée. Ma respiration est saccadée. Je suffoque. Il recule et gagne la salle d'eau. Un bruit de liquide qui coule. Il revient un instant après avec un verre d'eau qu'il me tend en silence.

Je bois avec avidité.

Je pense : Je te malmène, je t'accuse, Alain, mais tu sais que j'ai raison, n'est-ce pas ?

Les aiguilles de l'horloge filent à toute vitesse.

14 h 28.

Je passe la main dans mes cheveux. Je reprends mon souffle. Alain voit que je me suis calmée.

Je reprends :

« Parle à tes copains du syndicat. Dis-leur tout ce que je viens de te dire. Que Patrick Soulier est innocent. Que la situation est grave. Qu'on ne peut plus continuer comme ça. Dis-leur, je t'en prie. »

Mon verre toujours à la main, je me rapproche. Près de lui. Encore plus près.

« Dis-leur. »

D'une voix presque inaudible :

« Je t'en prie. »

Alain me prend dans ses bras. Pas longtemps. Je m'écarte.

Il demande :

« Ça va ? »

Je hoche la tête, plusieurs fois, les larmes aux yeux. Vite ravalées. Vite séchées.

« Tu vas tenir le coup ? »

Je pense : Pas longtemps.

Je dis :

« Ne t'inquiète pas pour moi. »

Je le pousse vers la sortie, doucement. Il finit par céder et s'en aller en me faisant promettre de l'appeler si j'ai besoin de quelque chose.

*

Le miroir de la salle d'eau me renvoie le visage d'une femme admissible en cure de désintoxication. Deux mèches me barrent le front. Je les écarte de l'index. Des reflets bleus dansent dans l'angle supérieur de la glace. Hallucinations. La douleur au ventre augmente d'un cran jusqu'à devenir insoutenable. Le sentiment d'oppression sur ma poitrine s'accroît par saccades cadencées et régulières. J'ai peur.

De mes propres mensonges.

De mes actes.

Je sors un flacon de tranquillisants de ma poche et m'enfile deux gélules coup sur coup, sous l'œil torve de mon reflet.

L'effet est immédiat.

Un sourire se dessine.

Il se transforme en grimace quand la sonnerie du téléphone retentit. Je l'ignore.

Nouvelle confrontation avec mon fantôme.

Je mens à Alain. Je mens à ce flic de la criminelle de Valence. Je mens à Soulier. Pour l'instant, je mens à tout le monde en attendant d'avoir réuni et trié toutes les informations en ma possession : rapports médicaux, expertises, notes de service. Ensuite, je pourrai enfin dire la vérité.

Pourtant une trouille indicible m'envahit. Une autre gélule achève de m'anesthésier. Après ça, je pourrais boire dix verres et danser dans le couloir sans ressentir la moindre inhibition.

Le mal de ventre s'estompe. Je laisse filer une minute, me passe la tête sous l'eau et prends encore une minute supplémentaire.

L'apesanteur disparaît. Je me recoiffe une nouvelle fois. Mes doigts semblent flotter dans l'air. Sentiment de bien-être.

Je m'avance sur le pas de la porte en zigzaguant un peu. Je me ressaisis et tourne la poignée. L'air frais de la climatisation m'arrive en plein visage.

Jacqueline a changé de chemisier. Elle me sourit et me tend une bouteille d'eau pétillante et un sandwich végétarien que j'accepte d'un geste mécanique.

« C'est tout ce qu'il restait. »

Je la remercie, lui promets de tout manger, même si nous savons toutes les deux que je n'y toucherai pas.

Je penche la tête dans la salle d'attente.

Sourire forcé.

« Madame Yacoubi, c'est à vous, je crois. »

*

Foulard sur les épaules, paumes calleuses et doigts rongés par la Javel, Salima Yacoubi est fatiguée. Dans le jargon, on dit *agent de nettoyage*. Beaucoup disent *femme de ménage*, mais la plupart l'appellent Salima ou Mme Yacoubi. Presque la soixantaine, accent algérien, une peau qui a dû être douce et cuivrée, des cheveux noirs striés de blanc. Sous-traitante pour une société de nettoyage implantée dans la zone industrielle de Saint-Péray, CDI à mi-temps, des horaires aménagés. Client principal : le centre d'appels. Pas de statut, horaires merdiques, une vie professionnelle dans l'ombre des salariés de la plate-forme. Contrainte principale : pas de recrutement, aucun collègue de travail, seule à nettoyer trois étages, quatre tours, et à vider soixante-dix-huit poubelles tous les jours de la semaine. Seule avec ses yeux pour pleurer.

Ce que je vois, sur cette chaise, face à moi, visage dur et cernes noirs : une femme usée jusqu'à la corde.

Tentative de viol par un jeune cadre supérieur salarié du centre d'appels, le 14 mars 2008, peu avant la fermeture du site. « Juste quelques caresses, a-t-il plaidé. Elle était consentante. » Traduisez : un doigt dans l'anus à travers sa robe et des insultes à caractère raciste. Le vigile n'a rien vu. Mme Yacoubi était seule, comme d'habitude, pour faire son travail, c'est-à-dire : aucun collègue pour la soutenir, aucun collègue pour témoigner, aucun collègue pour lui venir en aide. Sa parole contre celle de son bourreau.

Ses yeux pour pleurer.

Le jeune cadre a été fichu à la porte, avec une lettre de recommandation du directeur. Nouveau lieu de travail ? Une société de services, située un peu plus haut, dans la même rue. Sept employés. Même société de nettoyage sous-traitante. Salima Yacoubi continue de le voir tous les jours et vit un enfer. Elle ne souhaite pas en parler à son employeur, ni à la direction de la société de services. Silence, déni et tabou. J'insiste, mais elle refuse. Elle est là, c'est presque une victoire en soi.

La mort de Vincent ravive l'agression dont elle a été l'objet.

Je l'écoute se confier sans intervenir.

Sa voix est rauque. Timide et apeurée, comme toujours. Ses gestes sont lents et posés. Elle est grand-mère pour la troisième fois depuis deux jours. Elle aurait aimé prendre un congé sans solde. Son chef d'équipe l'a envoyée promener. Encore une fois : seule avec ses yeux pour pleurer. Comme moi.

Elle vide son sac pendant quinze minutes et me raconte l'histoire sordide d'un cadre supérieur de vingt-huit ans qui a décidé de se taper une femme de ménage de cinquante-huit ans, un soir après le boulot, en se disant qu'une vieille Algérienne aimerait ça et fermerait sa gueule. Puis elle repart.

Chaque récit atterrit dans mon cabinet. Mes oreilles, mes notes, mes dossiers d'expertise. Je suis la seule à avoir une vue d'ensemble.

Je prends une gélule de Rivotril, que je fais passer avec de l'eau. Le gobelet en plastique me tombe des mains. Je me baisse pour le ramasser et le jeter à la poubelle. Je dois m'y reprendre à deux fois.

Mes yeux pour pleurer.

Cinq bonnes minutes et je parviens à maîtriser à nouveau mes gestes.

Patient suivant.

*

L'après-midi défile comme un mauvais rêve. J'accumule les rendez-vous. Le Dr Guillon passe régulièrement pour s'enquérir de conseils ou me transmettre ses notes. Je le vois consulter sa montre quand il entre, puis quand il sort. Il me demande si j'aurai besoin de lui demain. Cette avalanche de mauvaises consciences, de bons sentiments et de larmes l'emmerde, il n'essaie même pas de s'en cacher. Il a sa propre analyse de la situation. Un médicament pour chaque symptôme. Ces problèmes ne le concernent pas. Il n'a rien à voir avec la mort de Vincent Fournier. Il ne se sent pas coupable. Il fait son boulot. Il m'explique à deux reprises qu'il devra partir tôt et ne pourra pas assister à la réunion du CHSCT, à 18 heures. Comme je ne l'écoute pas, il insiste. Je crois qu'il me parle d'un séminaire au CHU de Lyon, mais je me tais et feuillette ses notes, dans lesquelles une idée domine les autres, en filigrane : il ne peut rien pour eux.

J'ai appris à lire entre les lignes.

Le broyeur s'empiffre.

Je prends mes petites gélules et je passe à une autre feuille.

Broyeur.

J'appelle le commissariat et demande à parler au lieutenant Revel. Une fois, deux fois. Rien, toujours rien.

Merde, merde et merde !

Mon corps me hurle d'avaler quelque chose de liquide. Mon estomac refuse. Un verre d'eau, une gélule. Je suis dans un état second. Il est 3 heures de l'après-midi. Puis 4 heures.

Un patient d'une trentaine d'années m'explique qu'il ne sait pas trop comment prendre tout ça. Ses yeux me disent qu'il va déjà mal.

Un autre, plus âgé, m'explique qu'il ressent une forme de honte pour ce meurtre. Ses yeux me crient : Aidez-moi !

Une femme, boucles blondes et piercing dans la narine gauche, que je n'ai jamais vue auparavant, embauchée la semaine dernière pour un contrat d'un mois renouvelable, me dit-elle, se demande si elle a bien fait de signer. La direction l'a convoquée le matin même pour lui proposer une promotion. Le poste de Vincent Fournier est à pourvoir. Un contrat à durée indéterminée à la clef, une fois que l'enquête sera terminée et que les scellés apposés sur la porte de la salle n° 2 auront été retirés. La place du mort. Ses yeux hurlent : Sortez-moi de là !

Je réessaie de joindre Revel. Sur son portable. Au standard du commissariat. Silence, standardiste débordé ou agacé, au choix. Je compose le numéro de Patrick Soulier. À chaque fois, le répondeur me demande de rappeler ultérieurement.

Jacqueline entre.

« Je fais entrer le patient suivant ?

– Donnez-moi une minute. »

Elle referme la porte. Je me passe la tête sous l'eau, je tente de reprendre pied, je ne sais plus trop où je suis. La journée n'est pas encore terminée.

J'ouvre la porte et passe la tête.

« Patient suivant. »

Sourire poli de l'infirmière.

Coup d'œil à l'horloge. 16 h 42.

Dans moins de vingt minutes, elle aura terminé sa journée.

Sac en bandoulière, mallette et veste à la main, Hervé Guillon la bouscule en partant, s'excuse poliment. Ses joues s'empourprent quand il me voit. Il balbutie des « Désolé, il faut que j'y aille ». Au tour de Jacqueline de s'excuser. Les rougeurs sur son visage s'estompent. Je continue de saigner.

*

Trop de gélules, trop de comprimés. Mon ventre est vide, mon crâne déborde de colère. Je délire. Un peu. Pas longtemps. Cinq minutes. Je pense au Beretta et au filet de bave qui s'écoule à la commissure des lèvres de Vincent.

Une voix me dit : Tu es coupable.

Je secoue la tête, lentement.

Une autre se joint à elle, puis une autre. Elles sont des dizaines. Elles murmurent, sifflent, crachent, grondent, chantent et crient.

Tu es coupable, tu es coupable, tu es coupable.

Je secoue la tête de plus en plus vite, sans parvenir à chasser les voix.

Les visages des salariés défilent. Vincent Fournier, Cyril Caül-Futy, Salima Yacoubi, Christine Pastres, Hervé Sartis, Sylvie Mangione, Alain Pettinotti.

Je dis à haute voix :

« Je suis coupable. »

Sans y croire.

J'ouvre une nouvelle boîte de sédatifs, puis la referme dans un claquement sec sans rien prendre. Je dois encore tenir debout quelques heures. Besoin d'un coup de fouet. Dérivés de Benzédrine. Au choix : fenfluramine et dexfenfluramine, amphétamines retirées de la vente dix ans plus tôt, suspectées d'être la cause d'hypertension artérielle pulmonaire. Propriétés : coupe-faim, antifatigue, régulation des troubles de l'attention. Pas ou peu d'effets psychostimulants. Durée de vie : dix-huit heures. Mes stocks personnels.

Je me tourne vers l'armoire. Je sors la clef, tire la clenche et fais glisser le volet métallique. Je plonge les deux mains dans le tiroir du bas. Deux boîtes entamées de Pondéral, une d'Isoméride, encore recouverte de son emballage plastique.

Un comprimé du premier, une plaquette de l'autre directement dans mon sac à main.

Mes pupilles se dilatent, ma bouche s'assèche, je serre les dents jusqu'à m'en faire mal aux mâchoires. La sensation d'euphorie est immédiate. Je ne me mets à transpirer qu'une dizaine de minutes plus tard.

Les voix disparaissent.

Je prends ma respiration et appelle le patient suivant.

*

Le téléphone sonne une dernière fois avant la réunion extraordinaire du CHSCT. L'horloge affiche 18 h 06.

Alain :

« Tu es en retard.

– Je n'allais pas mettre mon patient à la porte. »

Il se racle la gorge.

Je crache :

« Quoi ?

– L'intersyndicale a voté une marche de deuil symbolique demain, en matinée. La direction est d'accord pour y participer. On a préparé un tract et un communiqué officiel pour la presse locale. Je suis chargé de te demander d'être des nôtres.

– L'intersyndicale, hein ? »

J'ironise, dopée par le Pondéral.

« C'est la seule chose sur laquelle vous ayez réussi à vous mettre d'accord ?

– C'est un début. »

Je le coupe :

« Pourquoi tu m'appelles pour me dire ça maintenant ? On se voit dans cinq minutes. »

Nouveau raclement de gorge.

Je comprends.

« Tu veux que je sois là, mais pas eux, n'est-ce pas ?

– Je…

– Après tout ce que j'ai fait pour vous tous ! »

Leur médecin.

Leur mère, leur sœur, leur maîtresse.

« Tu viens quand même ? »

Une prière pour que je rentre chez moi, pas une question.

« Tu es encore là ?

– Va te faire mettre ! »

Je raccroche, ferme les tiroirs, l'armoire et le cabinet à double tour.

16

Valence, le 29 janvier 2009

À : Cyril Caül-Futy
Objet : mise au point

Monsieur Caül-Futy,

Vous avez envoyé un e-mail, ce jour, à Mme Christine Pastres, votre supérieure hiérarchique, l'accusant d'être responsable de la tentative de suicide de votre collègue, Hervé Sartis, suite à la mise en place d'une double écoute entre elle et lui.

Dès réception de ce courrier, tout le plateau de Valence a débrayé un quart d'heure pour faire le point.

Nous vous demandons une explication car :

– Hervé Sartis avait convenu avec Christine Pastres, sa responsable, de faire une écoute en début de semaine.

– Christine Pastres n'a jamais traité Hervé Sartis de « collabo communiste », comme vous le dites : ce propos est diffamatoire.

– Hervé Sartis n'a jamais signifié son refus de la double écoute, ni à l'oral ni par écrit, contrairement à ce que vous prétendez sans en fournir la preuve.

Affectée par votre courrier, Christine Pastres a immédiatement pris rendez-vous avec le médecin du travail, Carole Matthieu, car elle était dans l'incapacité de travailler.

Croyez-vous que vos méthodes soient des solutions pour ramener sérénité et bonne qualité de travail donc d'accueil pour nos clients, au moment où les pannes informatiques se succèdent, où la météo multiplie les signalisations, où les productions et les dérangements s'accumulent et ne sont pas traités ? La place du manager ne serait-elle pas d'être derrière un casque pour comprendre notre métier au moins un jour par semaine ?

Nous insistons sur le fait que les souffrances de nos collègues nous affectent tous et influent sur le climat qui règne sur le plateau, mais que nous ne saurons tolérer un climat de menaces et de suspicions. Merci d'en tenir compte à l'avenir.

Bien cordialement,

Éric Vuillemenot, pour l'équipe de direction de plate-forme.

17

Dans le sillage des salariés en colère, je longe le couloir qui mène au hall d'entrée et je pousse les battants de la porte antifeu. Le siège de la standardiste est vide, le hall est désert, le soleil tente de se frayer un chemin à travers les immenses baies vitrées lardées du logo de l'entreprise.

Je presse le pas en frissonnant.

Parvenue de l'autre côté, je pénètre dans la cage d'escalier et descends l'unique étage qui me conduit au bas de la tour. Locaux syndicaux, réduit à poubelles, magasin de stockage du matériel de bureau, livraisons de fournitures et monceaux de cartons.

En poche, ma réserve de pilules magiques pour les dix heures à venir. J'ai prévu large.

À mi-chemin, je suis rattrapée par Jean-Louis Faure, qui manque de me percuter dans l'escalier. Homme réservé, délégué du personnel et élu CHSCT par défaut. Jamais un mot plus haut que l'autre, sourire aux lèvres, serviable au boulot. Corpulence chétive, un petit mètre soixante. Passé dans mon cabinet, six mois plus tôt, pour me demander une attestation médicale concernant deux hématomes à la cuisse et un au bras. Une histoire d'agression. J'ai appris deux semaines après qu'il battait sa femme. À bout de forces, celle-ci venait de demander le divorce et la garde des enfants. Devant le juge, il a prétendu que c'est elle qui le maltraitait. Ses trois bleus n'étaient que la trace de la riposte désespérée de sa femme pendant qu'il y allait à grands coups de latte. Pas cher payé. Je me suis fendue d'une lettre officielle au juge aux affaires familiales. Il a perdu le premier procès mais a fait appel. Ses enfants attendent toujours leur pension alimentaire. Certains de ses collègues sont au courant, mais le type n'a perdu ni son emploi, ni ses fonctions syndicales, ni sa place d'élu.

Un patient comme les autres.

On a tous quelque chose à se reprocher.

Faure s'excuse et passe devant. Il me tient la porte du bas, mal à l'aise. Nous n'échangeons pas un mot jusqu'à l'entrée de la salle de réunion.

Les regards se tournent vers nous.

Faure bifurque sur la droite et se dirige vers deux collègues à lui.

Les regards restent braqués sur moi.

Je ne suis pas la bienvenue.

Trop de secrets passés par mon cabinet. Je connais tous les visages. Chaque petite histoire qui y est rattachée m'a été racontée et a été inscrite noir sur blanc dans mes dossiers.

Je le sais. Ils le savent. Leurs casseroles que je traîne jour et nuit font un bruit d'enfer. Même les oreilles bouchées et les yeux fermés, le vacarme est assourdissant.

Ils pensent : Elle en sait trop.

Je me retiens de dire : On a tous quelque chose à se reprocher.

Je m'avance.

*

Des tables ont été tirées et disposées en forme de rectangle. Autour, tous les élus sont assis. Six hommes, cinq délégués du personnel et l'assistant de la direction, Jean-Jacques Fraysse, et moi.

Ce faux cul de Vuillemenot n'a même pas eu le cran de venir.

Deux sièges sont vides. Absents : l'inspection du travail et l'agent de sécurité, Patrick Soulier. Alain évite de croiser mon regard. Faure se fait aussi petit que possible. Hafid Ben Ali, Claude Goujon et Sylvain Pelicca complètent le tableau.

Alain distribue l'ordre du jour. Des papiers glissent sur les tables. Stylos et carnets fleurissent. Je reste immobile, attire la feuille sous mes yeux et lis.

Le CHSCT de l'unité de Valence est exceptionnellement convoqué ce jour, le lundi 16 mars 2009, à 18 heures, pour *information sur la situation actuelle d'un salarié* et *discussion sur les mesures à prendre vis-à-vis des règles sanitaires et de sécurité du site*.

Suit une série de points à aborder au cours de la séance.

Je repousse la feuille, m'installe au fond de mon siège et me tais. Le brouhaha habituel de ce genre de réunion a cédé la place au silence. Mines graves, compassion et airs abattus de circonstance.

Alain prend la parole.

« Je propose de commencer par un bref rappel des faits. Personne n'y voit d'inconvénient ? »

Murmures d'approbation. Fraysse, l'assistant du directeur, prend déjà des notes sur son carnet.

« Bien. Tout d'abord, les représentants du personnel au CHSCT tiennent à signaler que, le 27 janvier 2009, ils ont eu connaissance d'un mail envoyé par Vincent Fournier, qui relatait son état de santé psychologique et physique. »

Les délégués retiennent leur souffle. Les mouvements du stylo de Fraysse sur son carnet font un bruit désagréable.

« Dans son courrier électronique, le salarié informait les destinataires de sa décision de mettre fin à sa vie en évoquant de façon laborieuse les problèmes professionnels et les raisons qui l'avaient poussé à prendre cette décision, à savoir harcèlement et humiliation par ses responsables hiérarchiques. »

Alain insiste sur les mots *harcèlement* et *humiliation*. Je ne fais aucun commentaire.

Je pense : Vous ne l'avez pas épargné non plus.

Je devine : Vous voulez faire endosser la responsabilité d'une partie de cette situation à Christine Pastres, et la direction s'en frotte les mains à l'avance.

« Les conflits entre le salarié et une partie de ses responsables hiérarchiques ont été évoquées à plusieurs reprises dans son courrier. Ainsi, les représentants du personnel au CHSCT font le constat que les causes évoquées par le salarié sont toutes liées aux relations professionnelles avec ses responsables hiérarchiques, telles que : manque de reconnaissance et manque de respect de la personne jusqu'à la violence verbale.

– Il ne faut pas oublier les problèmes d'organisation du travail, intervient Goujon, assis à sa droite. Nombre de clients, surcharge de travail, interruption de tâche, consignes erronées, etc.

– Merci, Claude. »

Goujon hoche la tête, les yeux rivés sur ses mains. Alain reprend :

« Les représentants du personnel du CHSCT constatent également que ce n'est pas la première fois que des salariés de Valence évoquent des tensions liées aux pratiques managériales. »

Il dit : pratiques managériales. Mais ils pensent tous : Christine Pastres et Éric Vuillemenot. Coupables désignés d'office.

« Ces salariés ont déjà dû faire face, malheureusement, au cours de l'année 2008, à un suicide et une tentative de suicide de deux de leurs collègues. »

Le compte n'y est pas. Je me retiens et complète mentalement :

Le 21 janvier 2008, Hervé Sartis, 1re tentative de suicide.

Le 23 juin 2008, Vincent Fournier, tentative d'homicide sur la personne de Christine Pastres.

Le 11 août 2008, Marc Vasseur, suicide par pendaison.

Le 28 décembre 2008, Vincent Fournier, 1re tentative de suicide.

Le 28 janvier 2009, Hervé Sartis, 2e tentative de suicide par ingestion de médicaments, sur le lieu de travail.

Le stylo de Fraysse vole sur sa feuille. Les délégués sont écarlates à force de se retenir de respirer. Alain poursuit d'une voix monocorde :

« Deux commissions ont été mises en place par les membres du CHSCT. Ces deux expériences ont ébranlé les élus et ont mis en évidence la complexité d'analyse de telles situations. Ainsi, les représentants du personnel au CHSCT estiment donc que les conditions de travail, et notamment son organisation à travers ces pratiques managériales, représentent un risque grave pour la santé psychologique et physique des salariés du site de Valence. Dans notre esprit, l'hypothèse d'un lien entre le meurtre de Vincent Fournier et le contexte de travail sur le site de Valence est forte et ne peut être écartée. Voilà pourquoi nous sommes réunis aujourd'hui. Maintenant, je vous laisse la parole. »

Surprise par cette annonce, je relève la tête.

Estomaqué, l'assistant du directeur a arrêté de prendre des notes.

Les délégués du personnel se frottent les yeux. Alain a fait ce qu'il a pu. Il n'évite plus mon regard. Si je pouvais, je lui sauterais au cou. La première lueur d'espoir que j'entrevois depuis des semaines.

Je réprime un sourire.

Jean-Jacques Fraysse trépigne. Son costume impeccable fait des plis. Il laisse éclater sa colère :

« C'est quoi, ces conneries ? »

Je réprime un deuxième sourire. À voir la tête d'Alain, ma jubilation se lit sur mon visage.

Les autres se taisent. Je me tais aussi. De toute évidence, Alain n'a prévenu personne.

La contre-attaque ne se fait pas attendre.

« Monsieur Pettinotti, vous délirez complètement ? Ce crime n'est pas du tout de notre ressort et nous sommes uniquement là pour discuter de la santé des salariés touchés par ce drame. Que Mme Pastres ait quelque chose à voir avec l'état de santé psychique de Vincent Fournier, passe encore. Plusieurs alertes sont remontées jusqu'à la direction au cours des derniers mois, mais le rapport avec le contexte de travail sur le site de Valence me paraît plus que hasardeux. Et j'oserai dire : irresponsable. La direction n'a rien à voir avec ce… ce…

– Meurtre. »

Fraysse pose sur moi un regard noir qui signifie clairement : Toi, je te tolère ici parce que je n'ai pas le choix, mais ne viens pas me faire chier.

Je secoue la tête.

À ma gauche, Sylvain Pelicca marmonne un truc à son voisin, que je ne comprends pas. Il tripote nerveusement un stylo. Son haleine sent la cigarette et le café. Les poils de sa barbe luisent de transpiration.

J'en remets une couche.

« Personne n'accuse la direction, si ? »

J'espère que ma satisfaction ne se lit pas sur mon visage. Je vois naître un ou deux sourires fugaces autour de la table. Je continue de mentir.

« Par ailleurs, l'hypothèse qu'il soulève a le mérite d'expliquer comment l'assassin est entré sur le site sans effraction et sans se faire repérer par le vigile.

– Je vous rappelle, docteur, que Patrick Soulier est entendu en ce moment même dans les locaux de la police, au cas où vous l'ignoreriez.

– Il n'a rien fait.

– Vous avez l'air bien sûre de vous.

– Soulier est un brave type. Tout le monde sait ça.

– Les prisons sont pleines d'innocents », souffle Fraysse entre ses dents.

Il se gratte nerveusement la nuque avec le capuchon de son stylo.

Je me retiens de rétorquer : Et les bureaux de direction gavés de salauds dans ton genre !

Alain intervient avant que la discussion ne dégénère.

« Je propose qu'on fasse un tour de table. Trois minutes maximum par personne. »

Coup d'œil à l'horloge.

18 h 21.

Je ronge mon frein.
La réunion ne fait que commencer.

*

S'ensuit une heure de débats plus ou moins constructifs. Je m'acharne à obtenir une interruption du travail pour la journée de demain, histoire de faire un point santé général, en vain, à la grande satisfaction de Fraysse, qui martèle à qui veut l'entendre que le marché est crispé en ce moment, et que l'annonce du meurtre de Fournier n'arrange pas le carnet de commandes. Responsabilité vis-à-vis des salariés, chômage, concurrence, pouvoir d'achat, salaires, primes, avantages sociaux, ce genre d'inepties dont les médias raffolent et qu'un communiqué s'apprête à diffuser le soir même. La mort de Fournier intervient en pleines négociations des « partenaires sociaux » avec la direction du groupe sur les salaires et les mobilités. Le rapport de forces est en faveur des syndicats. Il faut renforcer la sécurité du site. Pour une fois, ils sont tous d'accord.

Vuillemenot : 1. La santé des salariés : 0.

Claude Goujon sort faire du café au local du syndicat. Il revient avec un plateau et fait la distribution. Pelicca jette un œil vide à son gobelet fumant. Il sort un paquet de Marlboro light et propose une pause cigarette. Ben Ali et Faure l'accompagnent.

Je me brûle les lèvres en les regardant sortir. Fraysse et Goujon sirotent leur café. Alain prend des notes dans un cahier. La tension remonte d'un cran quand Alain remet sur le tapis l'hypothèse d'un lien entre le meurtre de Fournier et les conditions de travail devant les trois qui restent.

L'assistant du directeur profite de l'absence des trois délégués.

« Jouons cartes sur table. On met de côté le meurtre de Fournier et on se concentre sur les vivants. »

Alain ouvre la bouche pour intervenir, mais Fraysse lève la main pour qu'il le laisse débiter son laïus.

« Voilà ce que la direction propose. Une prime annuelle fixe de 150 euros pour chaque salarié qui dispose de plus de deux ans d'ancienneté dans la société, et l'embauche de sept téléconseillers supplémentaires en intérim, soit dix pour cent de la masse salariale.

– Et en échange ? »

Goujon lance des regards discrets en direction d'Alain. Fraysse resserre le nœud de sa cravate.

« Partons du principe que ces mesures allégeront considérablement la charge de travail et que la direction donne un signal fort en ce qui concerne la santé des salariés. On communique là-dessus. »

Alain s'est raidi sur sa chaise. Il évite à nouveau mon regard. Je bous sur place. Sûr de son coup, l'assistant poursuit son raisonnement.

« Dans ce cas, dans l'intérêt de tout le monde, on laisse la police mener son enquête sur Fournier et on se retient de lancer des accusations qui pourraient s'avérer erronées. »

Fraysse est satisfait. Fraysse s'adosse à son siège. Fraysse a craché le morceau. Je repose mon gobelet et renverse la moitié de mon café sur la table.

Je pense : Alain, non !

Alain, Goujon et Fraysse se jaugent. Je me lève, les deux poings sur la table, dans la flaque de café brûlant. Alain tourne la tête vers moi. Sur ses lèvres, je peux lire : Je suis désolé, Carole.

Je comprends : Fournier est mort, on ne peut plus rien pour lui, il faut penser aux vivants.

Fraysse a proposé ce qu'ils étaient venus chercher.

Je crie :

« Vous n'allez pas accepter ? »

Regards gênés d'Alain et de Goujon. L'assistant du directeur ne baisse pas les yeux et porte le gobelet de café à ses lèvres.

« Merde, trois tentatives de suicide, un suicide, une tentative d'homicide et un meurtre en un an, des agressions répétées contre des membres du personnel, dont la mienne, le 24 juin dernier, je vous le rappelle ! On ne peut pas laisser passer un truc pareil ! »

Je les dévisage tour à tour.

« Et Marc Vasseur ? Et Vincent ? Ils sont morts pour rien ?

– On ne les ressuscitera pas », tente Alain.

Je tape du poing. Des gouttes de café éclaboussent la place de Sylvain Pelicca.

« Si vous faites ça, je vous préviens, je dépose sur-le-champ une demande d'expertise.

– Sur quelle base ?

– Non-respect de la législation en matière de santé, pratiques managériales irresponsables et non-assistance à personne en danger de mort. Vous comprenez ça ? De mort ! »

Je suis hors de moi. Fraysse vide son verre et se lève à son tour.

« Vous ne ferez pas ça.

– Je ne vois pas très bien qui m'en empêcherait. Vous ? »

Je ricane. Un léger sourire naît dans ses yeux. Je blêmis. Je sais déjà ce qu'il va dire.

« J'ai le témoignage d'au moins trois salariés du site qui vous ont vue entretenir des rapports… disons *privilégiés* avec Vincent Fournier et Alain Pettinotti ici présent. »

Je me tourne vers Alain, écœurée.

« Tu ne peux pas laisser dire des trucs pareils ! Ma vie privée ne regarde que moi.

– Elle a raison. Vous dépassez les bornes. »

L'assistant du directeur jette un œil en direction de la porte.

Je hurle :

« Je dénoncerai vos manœuvres !

– Personne ne vous écoutera.

– Les journalistes n'attendent que ça, que je parle ! Ils font le pied de grue en ce moment même devant le portail en priant le ciel d'avoir un truc croustillant à raconter demain.

– Ça vous coûtera votre poste.

– Si vous saviez comme je m'en fous ! »

Je pense : C'est trop tard, la bombe qu'ils fabriquent depuis des années leur pétera à la gueule avant la fin de la semaine.

Fraysse secoue la tête.

« Pensez aux salariés, docteur. Vous savez comme moi que le site est en sursis depuis plusieurs mois. Une crise de cette ampleur risquerait de mettre soixante personnes sur la paille. Ce n'est pas ce que vous voulez, n'est-ce pas ?

– C'est du chantage ? »

Il hausse les épaules.

« Vous retrouverez toujours un poste. Moi aussi. Mais les autres ? »

Sa remarque fait son effet sur Alain et Goujon.

Dans l'encadrement de la porte, Pelicca, Faure et Ben Ali se tiennent debout, silencieux. Je devine à leurs échanges de regards qu'ils font tous le même constat.

Alain semble me dire : Je t'avais prévenue.

Une violente décharge d'adrénaline me monte à la tête. Mes bras tremblent de rage. Mes poings sont serrés à m'en faire mal. Mes manches sont constellées de taches de café. La douleur dans mon ventre est insupportable. Je perds le contrôle, je tente de reprendre ma respiration. Les noms de leurs victimes défilent en boucle à l'intérieur de mon crâne. Sartis, Mangione, Yacoubi, Soulier, Pastres, Caül-Futy, Fournier, Dr Carole Matthieu.

Et maintenant : Pelicca, Pettinotti, Faure, Goujon et Ben Ali.

Je pense : Les salauds ! Les salauds ! Les salauds !

Jean-Jacques Fraysse range son stylo dans la poche intérieure de sa veste.

Je crache dans sa direction, sans l'atteindre.

Les cinq délégués me regardent en secouant la tête.

Ils se disent : Ça y est, elle a pété les plombs. Bon débarras !

Je pense : Vous êtes tous responsables.

Alain ne bouge pas de son siège. Il savait depuis le début que ça se terminerait de cette manière. Il a voulu m'éviter cette humiliation. Devant Dieu et le code du travail, il est prêt à jurer qu'il a tout fait pour m'éviter ça. Il secoue la tête, lui aussi.

Je froisse mon gobelet et le jette de toutes mes forces devant moi, puis je file un coup de pied dans ma chaise, qui percute le mur.

Personne ne cherche à me retenir.

Ils croient qu'ils ont gagné.

Bon sang, j'en sais rien moi-même !

Je claque la porte.

*

Sans savoir comment, je me retrouve dehors, devant la tour A, trempée de la tête aux pieds. Perte de repères dans l'espace et le temps. Le ciel déverse sa colère sur moi. La température extérieure avoisine les deux ou trois degrés. Je me tiens accroupie en bas des marches, les bras serrés sur mes genoux. Je pleure, je pleure, et j'ignore si ce sont mes larmes ou la pluie qui m'ont mise dans cet état. Je crois que j'ai couru sous l'averse. Mes chaussures sont maculées de boue, mais le mélange Pondéral-tranquillisants fait office de parapluie et je ne grelotte pas.

L'ombre menaçante de la tour plane au-dessus de ma tête. Je lève les yeux et m'essuie le visage pour y voir.

Une minute.

Moins d'une minute pour rentrer, gravir les trois étages et me jeter dans le vide. Tout sera fini. Un cadavre de plus. Qu'ils se débrouillent sans moi.

La sonnerie de mon portable me retient. Je l'extrais de ma poche du bout des doigts.

Un message de ma fille : *Je finis de faire quelques courses et je te retrouve chez toi vers 20 heures. À tout de suite.*

Premier principe de réalité.

J'hésite à la rappeler pour décommander. Je revois la petite fille aux boucles brunes qui pleurait chaque matin, quand je partais au travail. Je n'ai jamais été une bonne mère. Un médecin à l'écoute, une épaule sur laquelle pleurer, une maîtresse insatiable : pas une bonne mère.

J'empoche le portable, me lève et rentre me mettre à l'abri.

Je peux encore tenir.

18

Valence, le 8 août 2008

Rapport d'expertise 1/2 – M. Albert Vitalis - Inspection du travail de la Drôme.

Cher Confrère,

Je soussigné, Dr Jacques Bon, certifie avoir personnellement accompli ma mission concernant Mme Carole Matthieu, confiée par le praticien conseil le Dr Gigau dans le cadre de l'article L. 141 du code de la Sécurité sociale et reçue le 31 juillet 2008 à mon cabinet de Guilherand-Granges.

Les faits :

Mme Matthieu, médecin du travail sur le centre d'appels de Valence centre, a été victime d'une agression sur son lieu de travail le 24 juin 2008, procédure pénale au tribunal correctionnel car ITT supérieure à dix jours, condamnation de son agresseur qui est en fait l'un de ses patients, M. Pierre Exertier, employé au centre d'appels de Valence centre, procédure civile en cours (6/08/08).

Doléances :

Mme Matthieu nous dit être victime d'un

« harcèlement moral et physique » sur son lieu de travail par M. Exertier, doublé d'une « pression physique » et d'une agression caractérisée. Mme Matthieu nous dit que c'est très dur pour elle de tout raconter depuis le début, car cela lui fait remonter des sensations émotionnelles intenses.

Examen :

Mme Matthieu est ponctuelle, sa présentation est correcte, le sens de la mission est compris. De par sa qualité de médecin du travail, elle a une connaissance parfaite des procédures en vigueur. Le faciès est pâle et amaigri, les yeux sont cernés. Mme Matthieu accepte de répondre à nos questions et en ajoute quand elle estime que nous n'allons pas dans la bonne voie. Je dois la rappeler à l'ordre à plusieurs reprises pour qu'elle comprenne que c'est elle qui passe l'entretien et non l'inverse. À ce titre, elle est par moments confuse et me pose plusieurs fois des questions sur ma propre activité professionnelle. L'entretien devra être interrompu à plusieurs reprises en raison de crises de larmes, mais aussi d'agacement vis-à-vis de mon attitude qualifiée à deux reprises de « légère ».

Nous demandons à Mme Matthieu de nous expliquer ce qui s'est passé entre son patient et elle.

Elle nous dit : J'étais toute seule dans mon cabinet, l'infirmière, Jacqueline Vittoz, avait terminé son service, j'étais en train de ranger l'armoire à pharmacie, il était 18 h 45, le patient est arrivé de manière assez rapide. J'ai d'abord cru qu'il venait me dire bonjour, mais il a aussitôt essayé de m'attraper. Un des gants que je tenais à la main est tombé à terre. Il m'a poussée au niveau du torse et il m'a dit : *« Tu te casses, tu n'as rien à faire ici. Tu te mêles des histoires personnelles des salariés, tu fais tes rapports, tu protèges certains salariés et tu en enfonces d'autres ! Je connais ton petit manège ! Tu as rendu un rapport pourri sur moi et à cause de toi, je viens de recevoir une lettre de mutation à l'autre bout de la France. »*

Elle me précise avant de poursuivre qu'elle n'a jamais fait une chose pareille. Elle insiste à plusieurs reprises sur ce point. Selon elle, Pierre Exertier était sous le coup d'une procédure disciplinaire pour agressivité et travail en état d'ébriété, et il faisait partie d'une liste de salariés en situation de mobilité forcée, suite à la fermeture de deux services clients du centre d'appels, ce qu'elle regrette par ailleurs – là encore, elle insiste à deux reprises.

Elle poursuit : Il m'a attrapée ensuite par le bras et il m'a dit : « *Tu es une sale pute, tu couches avec la moitié de tes patients, tu profites de la misère des salariés. » Mme Matthieu nous explique qu'il a eu l'aplomb de lui dire : « Signe toi-même ma lettre de licenciement et l'épitaphe de ma pierre tombale tant que tu y es ! » en lui tenant tête. Elle parle de chantage. Elle le sait incapable d'un geste suicidaire. Puis Mme Matthieu nous dit :* Mon patient m'a attrapée par la gorge et il a levé le poing en me hurlant *: « Je vais te frapper, si tu ne rattrapes pas le coup, et si tu te mêles encore une fois de mes affaires, je te mets un coup de fusil. » Elle m'explique à ce moment-là qu'elle le croit sur parole et qu'elle a très peur, au point de craindre pour sa vie et de perdre ses moyens.*

Un salarié de l'entreprise, responsable syndical,

Alain Pettinotti, serait alors descendu et il aurait dit à Pierre Exertier : « Tu la laisses tranquille ! » Il est alors 19 heures, nous dit Mme Matthieu, le patient était toujours dans la provocation, mais la présence de M. Pettinotti a calmé ses velléités agressives. Mme Matthieu est alors rentrée chez elle. Elle tremblait, nous dit-elle. Sa fille, qui vivait encore au domicile parental, lui a demandé ce qui se passait. Elle a vu les hématomes sur le bras et le torse, elle l'a conduite chez un médecin pour le constat des blessures, une ITT de dix jours a été fixée. Le médecin aurait conseillé à Mme Matthieu de porter plainte, ce qu'elle a fait sous l'influence de sa fille, mais en assurant à présent qu'elle le regrette.

Sur ce point, là aussi, elle paraît confuse. Nous ne parvenons pas à connaître précisément ce qui motive ses regrets. Nous l'interrogeons à ce sujet, mais elle évoque tantôt la crainte d'avoir abusé de son rôle de médecin du travail, tantôt sa peur de représailles. Nous sentons un conflit d'intérêts psychique très fort, et une difficulté à dissocier son travail de l'agression dont elle a été l'objet.

Mme Matthieu nous explique avoir continué à recevoir plusieurs courriers de son patient. Mme Matthieu nous a apporté la dernière lettre en date envoyée en recommandé avec accusé de réception le 28 juillet 2008 (cf. photocopie jointe). Dans cette lettre, son patient écrit : « S'il m'arrive quoi que ce soit, ce sera de ta faute et tout le monde le saura. » Mme Matthieu nous dit avoir été très déstabilisée par ces courriers.

Elle attend avec beaucoup d'anxiété la procédure civile qui doit se dérouler le 23 octobre 2008.

Mme Matthieu nous dit en s'effondrant en larmes qu'elle est moralement épuisée et qu'en conséquence elle vit de plus en plus mal les tensions et les incidents divers qui émaillent l'activité du centre d'appels. Elle pense avoir une part de responsabilité dans ce qui lui est arrivé car elle n'a pas su se défendre, alors que c'est son métier de soigner ses patients et de leur faire prendre conscience qu'ils ne sont, je la cite, que « des pantins aux mains de leurs propres managers ». La culpabilité est toujours présente, nous dit-elle, mais elle est générale, et elle monologue pendant une vingtaine de minutes sur le suicide de Marc Vasseur (un autre de ses patients) et la tentative d'homicide d'un autre patient qu'elle appelle « Vincent », le 23 juin 2008.

Elle nous explique qu'elle a été d'accord avec la consolidation proposée par le Dr Stihl, expert en droit commun, car elle voulait que son dossier avance et que toute la lumière soit faite, non seulement sur l'agression dont elle a été l'objet, mais aussi sur les raisons « profondes » qui ont poussé Pierre Exertier à l'agresser. Elle évoque le « management à la menace », l'organisation « délétère » du travail, l'acharnement de la direction du site, la politique de l'actionnariat du groupe. Elle nous explique qu'elle a complètement paniqué quand elle a compris que Pierre Exertier allait être l'objet de sanctions disciplinaires. Elle souhaite revenir en arrière. Elle dit aujourd'hui se sentir incapable de reprendre son travail et que, si on le lui imposait, elle démissionnerait. Elle a même eu des idéations suicidaires dont elle n'a parlé à personne.

Conclusion :

Difficulté à évaluer l'état de Mme Matthieu.

Examens complémentaires à mener dans les semaines qui suivent.

Je vous prie d'agréer, cher Confrère, l'expression de mes meilleures salutations.

Dr Albert Vitalis
Inspection du travail de la Drôme

19

Deuxième principe de réalité : Hervé Sartis m'attend devant la porte du cabinet. Cartable à la main, imperméable sur le dos. Ses paupières sont rouges et toute forme de vitalité a disparu de ses traits. L'ombre de lui-même.

Je pense : Les syndicats l'ont laissé tomber, lui aussi.

Comme moi, comme Fournier, comme Vasseur.

Les clefs trouvent le chemin de la serrure presque toutes seules. Je m'écarte pour le laisser passer. Il file s'asseoir sur une chaise, sans un mot. Je referme derrière moi. Sans prendre le temps d'aller me sécher, je m'installe en face de lui et le contemple avec tristesse.

Je découvre une blessure sur son arcade sourcilière gauche que je n'ai pas remarquée ce matin. Je lui demande comment il s'est fait ça. Il me dit s'être cogné contre le lavabo, dans les toilettes, en fin de matinée. Je me contente de son explication sans trop y croire. Il fond en larmes. Je contourne le bureau et pose les mains sur ses épaules.

Je me tais, je le laisse se vider.

Entre deux hoquets, il balbutie des excuses. Il décrit Vincent Fournier comme l'un de ses rares amis sur le site. Il ravale ses larmes et crache tout le mal qu'il pense de Ben Ali et Faure, les deux délégués du personnel. Il prétend qu'Alain Pettinotti et Sylvain Pelicca sont des hommes fiables.

Je me tais pour ne pas tout casser en pensant à Alain.

Il se remet à pleurer, je le console une nouvelle fois. Je reste derrière lui, il ne relève pas la tête. Il bégaie et avoue qu'il pense à se suicider ce soir.

Il dit :

« Il y a ce tournant, à deux kilomètres au-dessous de chez moi, au-dessus de Saint-Romain-de-Lerps. Virage à cent quatre-vingts degrés. Le vide en dessous.

– Non.

– Il me suffirait d'accélérer un peu, d'enfoncer la barrière de sécurité.

– Non. »

Impuissante, je secoue la tête et resserre mon étreinte sur ses épaules. Il pleure, pleure, et la seule chose que je peux faire, c'est décrocher mon téléphone et appeler le Dr Bon pour le persuader de le prendre en urgence. Hervé Sartis est au bout du rouleau.

J'ai peur pour lui, je tremble.

« Vous n'êtes pas en état de conduire. »

Il dit :

« Vous avez raison, docteur. »

Il n'y croit pas lui-même et je suis tentée un instant de le laisser partir.

Il espère : Laisse-moi prendre mon break et rouler, rouler, jusqu'à ce que le pare-chocs enfonce la barrière de sécurité et que ma vie bascule dans le vide.

Je le force finalement à accepter de me laisser faire, puis je compose le numéro d'une société privée d'ambulanciers. La voix d'un ami au bout du fil. Je le supplie de passer maintenant prendre mon patient pour le conduire à Guilherand-Granges. Il rechigne, il a du travail, je lui dis que je paierai tout ce qu'il faut sur-le-champ. Il finit par accepter et me fait promettre :

« C'est la dernière fois. »

Il raccroche. Je prépare mon carnet de chèques. Hervé Sartis est prostré. Je le prends par la main et le conduis jusqu'à l'entrée du bâtiment. L'eau continue de ruisseler. De mes cheveux sur ma blouse, de ma blouse sur mes chaussures, puis de mes chaussures sur le carrelage des couloirs. Sur les toits, dans les gouttières, sur nos visages. Nous gagnons le portail, je l'ouvre avec mon passe. J'attends avec lui, sous la pluie battante, que mon ami arrive. Une minute, deux minutes. Les voitures défilent à toute allure, indifférentes à ces deux paumés, plantés sous l'averse, balayés par des rafales de mistral. Nuit noire. Même les lampadaires peinent à percer l'obscurité et le rideau de pluie. L'ambulance finit par déboucher au sommet de la rue, gyrophares en berne. Sa silhouette sinistre s'immobilise devant nous. Hervé s'engouffre par la portière.

*

20 h 01. Retour au cabinet. La porte est entrouverte. Je la pousse. Alain m'attend, parka sur les épaules et sac sur le dos. Il fixe ses pieds. On dirait un collégien qui a jeté un caillou dans la fenêtre de la salle de cours et que le directeur convoque dans son bureau. Un gosse qui attend un sermon et une punition. Je reste dans le couloir. Je refuse de jouer à ce petit jeu-là.

Alain crève de chaud sous sa parka. Des gouttes de

sueur perlent sur ses tempes et dans son cou. L'effet du Pondéral. Il finit par lever la tête.

Je demande :

« C'est pour une urgence ? »

Il sourit, comme après une bonne plaisanterie. Il espère briser la glace. Mon regard, de marbre.

Il dit :

« Tu as cinq minutes ?

– Il est tard, je suis crevée. »

Je recule d'un pas pour lui signifier qu'il doit partir.

« Pourquoi tu le prends comme ça ? »

Je ne réponds pas. Je n'ai pas à me justifier. Je n'ai qu'une envie :

« Va-t'en ! »

Alain hésite. Il esquisse un geste de la main, puis la laisse retomber mollement le long de son corps sans parvenir à se décider.

Je recule d'un pas supplémentaire. La semelle de mes mocassins résonne sur le carrelage comme une menace. Alain s'approche, je me retourne. Son odeur autour de moi, démultipliée par les amphétamines. Tous mes sens en alerte. Un instant, je m'imagine me laissant aller contre lui. Il ne perçoit pas mon trouble et se faufile entre la porte et moi avant de disparaître au fond du couloir. Je respire à nouveau. Une porte claque.

Je me prends la tête entre les mains et je crie :

« C'est ça, casse-toi ! »

Puis à voix basse :

« Vincent. »

Vide.

Je regagne mon bureau en m'appuyant des deux mains sur les murs. Fatiguée, usée et vidée. J'enlève ma blouse et l'étale sur le dossier de mon fauteuil en tremblant de froid. J'attrape une serviette et me sèche les cheveux avec frénésie, mèche par mèche, comme si je cherchais à les laver de leur crasse et de ma honte. Frotter, frotter et frotter encore. Je retire mon chemisier et le tiens longuement sous le sèche-mains des toilettes. Je le renfile. La chaleur qu'il dégage me procure un sentiment de bien-être éphémère. Mes dents ne s'entrechoquent plus. Le bas de mon jean est encore trempé, mais j'ai la flemme de répéter le processus. Je me glisse dans mon manteau, m'enroule une écharpe autour du cou, puis j'éteins l'ordinateur et ramasse mes affaires.

Avant de sortir, je contemple mon cabinet une dernière fois, comme si je risquais de ne pas revenir.

Des bruits de pas, quelque part à l'intérieur du bâtiment. Des voix, au-dessus de moi. J'espère qu'Alain et les autres délégués sont déjà partis. Je me sens incapable de les affronter une nouvelle fois.

Je tourne la clef dans la serrure.

*

La pluie a cessé de tomber sur le parking de la plate-forme, mais le mistral redouble de violence. Le vent charrie des relents de pourriture. Le Rhône, tout proche. Je porte la main à mon cou pour empêcher mon écharpe de s'envoler. Mes cheveux dansent dans tous les sens. Des rafales soulèvent le bas de mon manteau. Je m'agrippe à ma mallette et à mon sac à main comme à des bouées de secours.

Cinq voitures stationnent, côte à côte, le long de l'aile sud. Je reconnais celle du directeur. Les vitres des deux suivantes sont en partie recouvertes de buée. Des hommes, assis à l'avant.

Je m'approche.

Quatre policiers en uniforme.

Deux par voiture.

Je pense : Les meurtriers reviennent toujours sur le lieu du crime. Ce genre de conneries.

Une quatrième voiture.

Une seule silhouette, au volant. Trop floue pour que je puisse distinguer ses traits.

Une bourrasque de vent m'oblige à plisser les yeux. Je presse le pas et parcours la vingtaine de mètres qui me séparent de la vieille Audi en me concentrant sur mes pieds et en veillant à ne pas marcher dans une flaque d'eau.

J'ouvre la portière arrière et jette mes affaires sur la banquette. Coup d'œil circulaire. Miettes de pain, tapis maculés de terre et de gravier, papiers, baskets, un parapluie déchiré, un carton rempli de vieilles revues médicales. Je referme. Le reflet blanc d'une paire de phares m'éblouit un instant. Le portail d'entrée couine en se refermant. Une Opel Corsa verte s'avance et se gare à l'autre bout du parking. Fumée de pot d'échappement, embrayage qui craque et courroie de transmission qui hurle. Un bruit de portière retentit derrière moi. Je ne me retourne pas. Mon attention tout entière est accaparée par le nouvel arrivant.

Je connais cette voiture.

Je connais la silhouette massive qui s'en extrait péniblement.

Patrick Soulier tourne la tête dans ma direction et m'aperçoit. Il lève le bras et l'agite en guise de salut. Je lui réponds d'un geste mécanique.

Il a été libéré.

Je souris.

Puis je me souviens de l'enveloppe, glissée au courrier, et le mot signé de sa main, et je me referme.

Docteur, je vous ai vue quitter le parking à 7 h 30 vendredi soir et revenir à pied, 3/4 d'heure après.

A-t-il parlé au lieutenant de police ? Est-il libre parce qu'il m'a dénoncée ?

On doit parler.

Me parler de quoi ?

Maintenant ?

Paralysée, mes clefs de voiture dans la main, les yeux braqués sur l'autre bout du parking. Patrick me regarde aussi, immobile. Comme si chacun attendait que l'autre fasse le premier pas.

Entre nous, deux voitures banalisées remplies de flics en uniforme.

« Ce n'est pas le moment », je susurre du bout des lèvres.

Il secoue la tête, comme s'il avait entendu. Il fait demi-tour, ferme sa voiture et se dirige d'un pas lourd vers le poste de garde.

Une voix derrière moi :

« Vous aviez raison. »

Je sursaute et lâche mes clefs à terre. Je me retourne. Mon cœur fait un bond dans ma poitrine.

Richard Revel, visage grave.

Je bégaie :

« À propos de quoi ? »

Il désigne le vigile du menton.

« Il est innocent. »

J'acquiesce.

Je cherche ma respiration.

Il dit :

« Vous avez quelque chose de prévu, ce soir ?

– Oui… Enfin, non.
– Oui ou non ?
– Non.
– Ça vous dit d'aller manger un morceau ? J'ai des questions à vous poser. »

J'accepte. Il se penche, recueille mon trousseau de clefs entre le pouce et l'index de sa main gauche et me le tend.

« Vous me suivez ? »

Les veines saillent sur ses tempes. Ses prunelles brillent d'une lueur indéfinissable. Je remarque une vilaine cicatrice à la base de son cou. Je tends la main pour l'effleurer du bout des doigts. Il se laisse faire. Sans la quitter des yeux, je hoche la tête et accepte sa proposition. Il sourit. Je devrais refuser et rentrer. Je devrais : mentir, fuir, avaler ma dose d'alcool, prendre un tube de somnifères et m'endormir pour des rêves éternels. Je devrais, mais je ne veux pas. Fascinée. Anesthésiée par les amphétamines et les tranquillisants.

20

Valence, le 29/09/2008

Cher Confrère,

Je vous adresse mon avis concernant M. Cyril Caül-Futy. Il est venu le 27/09/08, en urgence, à mon cabinet.

L'histoire médicale de ce monsieur démarre par un accident du travail : l'explosion d'un écran d'ordinateur suite à une mauvaise manipulation d'un technicien de plateau, le 24/02/2008. Depuis sa reprise d'activité, il subit des pressions au travail de la part de sa hiérarchie, qui considère que ses capacités visuelles sont en inadéquation avec les tâches qui lui sont demandées.

La complexité des symptômes, la négativité des IRM, la participation indéniable d'un psychotraumatisme ont conduit à privilégier la piste de la conversion hystérique.

M. Caül-Futy présente de toute évidence un syndrome post-traumatique à rattacher à son accident du 24/02/2008. Il y a eu une rechute le 26/08/2008, consolidée le 27/08/2008 par son médecin traitant. L'état psychique correspond tout à fait à une névrose post-traumatique. Le tableau est à ce jour stabilisé avec une souffrance morale en lien avec les séquelles physiques, la transformation de l'image corporelle, la limitation des déplacements et des mouvements.

L'examen du dossier et l'entretien clinique permettent d'évaluer le taux d'IPP à 40 % pour les séquelles neuropsychiques.

Bien à vous,

Dr Carole Matthieu
Section Rhône-Alpes

21

« Vous ne mangez pas ?

– Je vais prendre un café. »

Le lieutenant Revel hoche la tête. Je pose ma fourchette sur la nappe en papier. La salade niçoise ne passe pas. La vinaigrette me brûle la gorge. Je m'efforce de dissimuler ma nausée et lève la main pour appeler la serveuse.

Le Mag's est une petite gargote aux allures de cantine de police. Menus bon marché écrits à la craie sur de grosses ardoises, néons vulgaires, couleurs criardes, verres crasseux et assiettes copieuses. Clientèle masculine, pas de cris d'enfants, aucun couple à part nous. Le service est assuré par deux employées, la vingtaine, rondeurs excessives et décolletés plongeants. Des haut-parleurs diffusent une compilation des pires tubes des années 1980.

Richard Revel est plutôt bel homme. Pas encore trente ans, cheveux ras et cicatrice à la base du cou. Visage fin et gestes raffinés. J'aurais parié sur un prothésiste dentaire ou un chercheur en chimie, sans trop savoir pourquoi. Pas un flic.

Je tripote nerveusement ma serviette.

Mon café arrive. Je trempe les lèvres. L'amertume me soulage.

Patrick Soulier n'a pas abattu Vincent à bout portant.

Selon Revel, l'arme qui a été retrouvée dans sa voiture n'a jamais servi. Le calibre correspond à la balle qui a été extraite du corps de Vincent Fournier, mais le lien s'arrête là. L'angle de tir correspond à un homme de petite taille. Soulier est trop grand. Le lieutenant passe rapidement sur les détails. Je n'insiste pas. Soulier est resté toute la journée en garde à vue. Interrogatoire, entretien avec un psy de la maison, relevés d'empreintes. Une tonne de paperasse, rien de probant. La procédure ne m'intéresse pas, je ne pose aucune question, Revel finit par se concentrer sur son tartare de bœuf et ses haricots verts noyés dans une mare d'huile d'olive et d'ail mal émincé. Il me lance par intermittence des regards interrogateurs. Je suis presque certaine qu'il a remarqué mes pupilles dilatées. Je lui demande s'il soupçonne encore le vigile. Il me répond de manière évasive, l'air de dire : Soulier a pu fermer les yeux. Qui alors ? Il ne sait pas. Il avale une nouvelle bouchée de haricots. L'huile brille sur ses lèvres. Une manière polie de me dire que ça ne me regarde pas. Il pose les questions, je réponds, c'est comme ça que ça marche.

Une seule idée en tête :

Pourquoi Patrick n'a-t-il pas parlé de moi ?

Puis :

Patrick, pourquoi ne m'as-tu pas dénoncée ?

Je panique. J'ai envie de quitter ce restaurant et de rentrer me coucher. Mon ventre me fait souffrir le martyre. Mes doigts se resserrent sur la serviette.

Revel se méprend sur l'origine de ma nervosité.

« Dure journée ? »

Je grimace.

Il termine son assiette, repose ses couverts et place ses mains sous son menton.

Je dis :

« Pourquoi vouliez-vous me voir ? »

Il réfléchit un instant avant de répondre :

« J'aimerais en savoir plus sur Vincent Fournier.

– Je vous ai tout raconté, ce matin.

– Je m'intéresse maintenant aux rapports qu'il entretenait avec les autres salariés. J'en ai rencontré quelques-uns. Le moins que l'on puisse dire, c'est qu'il ne faisait pas l'unanimité.

– Qui avez-vous vu ?

– Un certain Sylvain Pelicca. »

Je fais :

« Oh ! »

Il sourit.

« Vous le connaissez ?

– Il est délégué du personnel. Je le vois régulièrement.

– Et ?

– Il n'a jamais apprécié Vincent.

– Vous avez une idée sur la question ? »

Je soupire. Je n'ai pas envie de rentrer là-dedans. Je veux : parler des conditions de travail sur le site, expliquer la politique managériale de la boîte, montrer à quel point les règles sont viciées dès le départ. Je bois une gorgée de café pour dissimuler mon embarras.

Il insiste :

« Des différends personnels ? »

Je craque :

« Sylvain Pelicca ne supportait pas le refus de Vincent de prendre sa carte au syndicat. Vincent était dans la boîte depuis longtemps, ils sont de la même génération, ils ont pas mal de points communs. Ils l'accusaient de ne pas la jouer collectif, ce genre de trucs.

– Ils ?

– Lui et les autres types du syndicat.

– Comme Hafid Ben Ali et Claude Goujon ?

– Vous les avez aussi interrogés ? »

Il acquiesce et se tait, attendant patiemment ma réponse.

« Quand Vincent est entré en dépression, ils ne l'ont pas vraiment soutenu. Claude Goujon était ami avec Christine Pastres, la responsable de Vincent. Une ancienne collègue de travail. C'est compliqué, les relations en entreprise… Bref, quand Vincent est revenu de son arrêt maladie, suite à sa tentative d'étranglement sur Christine Pastres, il a mal pris leur silence et le leur a reproché en public. Ç'a pas mal chauffé parce qu'il a dit qu'ils ne servaient à rien.

– Vous êtes aussi de cet avis, je me trompe ?

– Oui et non. Je pense qu'ils ont la corde autour du cou, mais qu'ils sont l'un des derniers remparts. Je n'ai pas l'habitude de me mêler de leurs affaires.

– Ils avaient des choses à se reprocher ? Le genre de choses que Vincent connaissait et qu'il pouvait utiliser contre eux ?

– Par exemple ?

– Je ne sais pas. Des vieux trucs.

– Il ne m'en a jamais parlé.

– Allons, docteur. Le secret médical n'est pas si contraignant que ça, si ? »

Je pince les lèvres pour me retenir de lancer une réponse cinglante.

« Je vois.

– Vous ne voyez rien. Goujon, Pelicca et Ben Ali sont des braves types. Ils défendent leur syndicat, c'est tout. Même si je ne suis pas toujours d'accord avec eux, on ne peut pas leur en vouloir.

– Pourtant, d'après un certain… »

Il sort un carnet de sa poche et le feuillette. Revel pense : Un médecin du travail ne s'intéresse pas au syndicalisme. Encore : Un médecin du travail ne sympathise pas avec des syndicalistes qui défendent leur pré carré.

« D'après Alain Pettinotti, vous leur en vouliez beaucoup plus que vous ne l'avouez. Au moment de cette affaire d'étranglement, vous avez pris la défense de Vincent.

– Vincent s'est jeté sur Christine Pastres, mais il aurait tout aussi bien pu se passer une corde autour du cou ou avaler un tube de somnifères. »

Le lieutenant Revel fronce les sourcils.

« C'est-à-dire ?

– Quand elles sont face à un mur, certaines personnes deviennent violentes envers elles-mêmes, et d'autres projettent leur violence sur la personne qu'elles tiennent pour responsable de leurs problèmes.

– Vincent aurait pu chercher à se suicider, c'est ça ?

– Ce que je veux dire, c'est qu'il ne lui en voulait pas personnellement. Il s'en est pris à elle parce qu'elle a fait le mauvais reproche au mauvais moment. Ç'aurait pu être Vuillemenot ou un collègue de travail.

– Vous pensez que Vincent Fournier était un homme violent ?

– Je viens de vous dire l'inverse. »

Revel me fixe un instant.

« C'était quand, déjà, cette histoire ? »

Il griffonne quelque chose dans son carnet.

« Fin juin.

– Elle n'a pas porté plainte. »

Je mens :

« Je n'en sais rien.

– J'ai vérifié dans nos archives. Il n'y a eu aucun dépôt de plainte.

– Vous faites les questions et les réponses ? »

Il poursuit sans tenir compte de ma remarque.

« Et ensuite ?

– Je suis allée voir Goujon pour lui demander de ne pas trop charger Vincent. Il a cru que je prenais sa défense. Si je comprends bien leur position, ils pensent que Vincent manquait de courage. Que sa dépression, c'était de la lâcheté.

– Vous dites : "Ils pensent." Sa mort n'a rien changé ?

– À votre avis ?

– Je prends ça pour un oui. »

Je vide ma tasse. Il commande deux cafés. Nous échangeons un moment sur la réunion du CHSCT. Il veut savoir comment ça marche, ce qui s'y est dit. Il est curieux. Je ne vois pas où il veut en venir.

Il croit :

Un syndicaliste a pété les plombs et a éliminé Vincent Fournier dans un accès de colère. Pour lui, les syndicalistes sont des excités, ils savent que la réforme voulue par le ministère du Travail les met tous dans la merde. Leur foutu syndicat, c'est toute leur vie. Fournier s'en fout. Fournier est une menace. Fournier en paie le prix par malchance.

Je lis dans ses yeux :

Le meurtre de Fournier est un règlement de comptes personnel. Les syndicalistes protègent l'un d'entre eux parce qu'il y a eu un foutu règlement de comptes personnel et que ça risque de leur retomber dessus en pleines négociations avec la direction et le ministère.

Revel se trompe sur toute la ligne, mais je me tais. Il est jeune. Il ne sait pas. Patience, mon soleil noir.

Il dit :

« Je suis surpris.

– Pourquoi ?

– J'ai rencontré une dizaine de salariés depuis ce matin et je m'attendais à plus de réserve de leur part.

– Ça vous étonne qu'ils parlent à un lieutenant de police ? »

Il fait mine d'être vexé.

« J'imagine que je voyais plus de solidarité entre eux.

– Je ne comprends pas. Vous leur reprochez de parler de leurs conditions de travail ou de vouloir élucider la mort d'un collègue de travail ?

– Je ne reproche rien.

– Ils ont besoin de parler après tout ce qui s'est passé, c'est normal.

– Vous parlez uniquement du meurtre ? »

Je réponds mentalement : Le 21 janvier 2008, Hervé Sartis, 1re tentative de suicide.

Le 11 août 2008, Marc Vasseur, suicide par pendaison.

Le 23 juin 2008, Vincent Fournier tente d'étrangler Christine Pastres.

Le 28 décembre 2008, Vincent Fournier, 1re tentative de suicide par défenestration.

Le 28 janvier 2009, Hervé Sartis, 2e tentative de suicide par ingestion de médicaments.

Je dis :

« Vous êtes un drôle de flic. »

Il rit.

Je crois que je lui plais.

Je surprends son regard sur mes seins. Je fais

semblant de ne rien voir. La situation est déplacée. Je me sens euphorique. Encore un effet secondaire du cocktail amphétamines / tranquillisants. Je réoriente la discussion en territoire connu.

« Ma salle d'attente était pleine, aujourd'hui. »

Il redevient sérieux à son tour. Il penche la tête pour m'écouter.

« J'ai peur de passages à l'acte. Deux patients m'ont parlé de suicide. »

Il jette un œil à son carnet et à son stylo, mais n'y touche pas.

« J'ai envoyé l'un d'entre eux, Hervé Sartis, chez un collègue psychiatre, sur Guilherand-Granges. Il voulait se jeter dans le vide sur le chemin du retour.

– Comment pouvez-vous être certaine qu'il l'aurait réellement fait ? »

J'inspire. Quelque chose se bloque dans ma poitrine. Je réponds :

« Le doute.

– Ça ne suffit pas toujours. C'était peut-être du chantage.

– Je ne joue pas avec la vie de mes patients. Ils exagèrent, ils dramatisent, ils dissimulent, ils déforment, ils amplifient, mais au fond d'eux, ils ne mentent jamais. »

Il esquisse un sourire. Je lui demande s'il se moque de moi. Il dit simplement :

« Vous avez l'air convaincue.

– Je le suis.

– Je ne sais pas. Peut-être.

– Les morts ne mentent pas.

– Et les vivants ? »

Je m'emporte.

« Les affabulateurs ne se jettent pas par la fenêtre.

Croyez-moi ! Dans toute expérience de souffrance, il y a une part de vérité. »

Revel me dévisage sans comprendre.

« Mais tout le monde ment !

– Pas à moi, lieutenant Revel. Pas à moi. »

J'ai envie d'ajouter :

Pas à la mère, à l'amante et au médecin.

*

La soirée s'éternise.

Richard Revel tourne en rond. Nuit blanche et journée chargée. Il est 22 h 54, ses paupières sont lourdes. Je n'ai jamais été aussi réveillée.

Nos cafés arrivent. Revel siffle le sien et commande un digestif. Armagnac. Je décline son offre. Il prend un deuxième verre, puis un autre.

Il tient mal l'alcool, le débit de sa voix augmente d'un cran. Je peux regarder plus librement sa cicatrice. Épaisse, légèrement boursouflée. Trois ou quatre centimètres de long. Je distingue nettement six points de suture. Du travail d'urgence.

Je me décide à lui poser la question :

« Vous vous êtes fait ça comment ?

– Une interpellation dans une affaire de trafic de stupéfiants qui a mal tourné, il y a quatre mois.

– Cette cicatrice est énorme. Comme si elle avait été recousue par un non-spécialiste.

– Je m'en suis occupé moi-même.

– Vous n'auriez pas fait un chirurgien très doué.

– Je n'avais pas les drogues nécessaires pour anesthésier la douleur. »

Il me regarde bizarrement. Je lis dans ses yeux : Trop de Xanax, Rivotril, Pondéral, Isoméride.

Je pense : Comment a-t-il deviné ?

Il ajoute, soudain gêné :

« Non, je plaisante. N'écoutez pas ce que je raconte.

– Vous racontez n'importe quoi. »

À la table d'à côté, trois représentants de commerce en costume bon marché et aux cheveux gominés haussent la voix. Des rires et des blagues douteuses s'élèvent dans la salle. Quatre bouteilles de vin et verres à cognac vides trônent entre leurs assiettes. Les regards convergent vers eux. Ils se disputent la note. Le plus âgé, un homme au visage rouge et au ventre proéminent, rafle la mise avec satisfaction.

Revel soupire bruyamment. Ses yeux brillent.

« Je ne tiens pas l'alcool.

– J'avais remarqué. »

Ses yeux brillent, mais je ne crois pas que l'alcool soit le seul responsable.

Je bâille, feignant le manque de sommeil. Il n'insiste pas et ricane. Il repousse son dernier verre au milieu de la table sans y toucher.

Un silence poli s'installe.

Pas longtemps. Sans que je sache trop comment, la conversation s'oriente vers les rapports hommes-femmes et je me prends à parler des *Lettres à Franca* d'Althusser. Le sujet semble passionner Revel. En particulier ces passages sur la vie du philosophe marxiste, et le fait qu'il ait assassiné sa femme. Je lui explique que son œuvre ne peut être réduite à cet acte de démence, sans parvenir à le convaincre. Revel semble être le genre de type qui juge un homme sur ses actes, non sur ses idées. Il me fait promettre de lui prêter mon exemplaire. J'accepte.

Revel croit qu'il me plaît.

Il se trompe. Je me tais. Il est flic. J'ai tué un

homme. Il finira par comprendre. Ce n'est plus qu'une question : de jours, d'heures, de minutes peut-être.

Je souris.

Il prend ça pour une invitation parce qu'il est en confiance à cause de l'alcool et parce qu'il croit avoir tout compris.

Il glisse sa main vers la mienne.

Nos doigts se frôlent.

Je ne les retire pas.

Sa peau est douce. Je me surprends à aimer ça.

Qu'est-ce que je fais ?

Il raffermit sa prise et se penche pour m'embrasser. Je recule. Une seconde trop tard.

Mon cœur s'emballe.

Je dis :

« Je dois aller aux toilettes. »

Il hausse les épaules, mais se tait. Je me lève et fonce vers l'angle opposé de la salle. Je cours presque. Je me précipite dans les chiottes, lève la cuvette et régurgite le café.

*

À mon retour, la table est vide. Je cherche Revel du regard. Il est accoudé au comptoir, son chéquier à la main. Il discute avec le patron et règle l'addition. Je ramasse mon manteau, mon sac à main, et je vais l'attendre.

Le mistral est tombé, le ciel est dégagé. Il fait un froid glacial. Je remonte mon col, ajuste l'écharpe et frissonne. J'hésite à regagner ma voiture et à filer.

Il me rejoint une minute plus tard.

À distance respectable :

« Je suis désolé pour tout à l'heure. J'ai cru que… »

Je secoue la tête pour qu'il arrête de parler.

C'est moi qui suis désolée.

Je pense : Mes lèvres sur sa cicatrice, ma langue sur sa cicatrice, mes seins sur sa cicatrice.

J'aimerais lui dire que j'éprouve du désir pour lui, mais j'imagine que ce n'est pas possible et que nous courrons à la catastrophe.

Je veux dire : Je suis trop vieille pour toi et tu n'as pas besoin de mère.

Je dis :

« Tu es trop jeune. »

Il sort un paquet de Camel de sa poche, retire le film plastique qui le protège et me le tend.

« Cigarette ? »

J'accepte.

Il exhibe fièrement un Zippo qu'il allume à dix centimètres de ma figure. J'inspire une bouffée que je n'avale pas. Je le regarde fumer. Il manque de s'étouffer.

« Tu n'es pas fumeur, je me trompe ? »

Il acquiesce et fixe le bout incandescent de sa Camel.

« J'ai acheté ça cet après-midi, en sortant du commissariat.

– Ça ne te va pas. »

Il grimace. Pas sûr que le compliment lui plaise.

« Un ami à moi fumait cette marque.

– Un flic, comme toi ?

– Non. »

Il précise :

« Un flic. Mais pas comme moi. »

Je ne fais aucun commentaire. Il fait froid, mes vêtements sentent la friture. Je me contente de fumer ma cigarette en silence. Deux voitures passent en klaxonnant. Une troisième vient se garer juste devant nous. Une femme éméchée s'extirpe de l'habitacle tant bien que mal, verrouille sa portière et s'éloigne en titubant sans même nous jeter un œil. J'inspire deux bouffées supplémentaires, jette mon mégot sur le trottoir et l'écrase du talon.

Je remonte la bretelle de mon sac sur mon épaule.

« Je vais y aller. »

Il se racle la gorge et balance son mégot dans le caniveau d'un geste maladroit.

« Une dernière chose. Tu… »

Il hésite.

« Tu permets que je te tutoie ?

– Je t'en prie.

– J'ai oublié de te demander ce que tu faisais à l'heure du meurtre. »

Presque soulagée : Nous y voilà.

Je mens :

« À quelle heure ?

– Vendredi, aux environs de 20 h 30. »

Je réfléchis, une poignée de secondes.

« J'ai quitté le boulot vers 19 h 30, après ma consultation avec Vincent. Mais tu le sais déjà. »

Il acquiesce en silence.

« Après, je suis rentrée directement chez moi. J'ai bu un verre, travaillé un moment sur mes expertises, j'ai regardé une série ou une émission insignifiante à la télé, puis je suis allée me coucher.

– Une visite ? Un coup de fil ?

– Non. Rien ce soir-là. »

Je m'empresse d'ajouter :

« J'ai du mal à trouver le sommeil. Je prends des somnifères. Quelqu'un a peut-être essayé de me joindre, mais je ne crois pas.

– Tu ne consultes pas ton répondeur ?
– Il n'y avait rien. »
– Pas de message de Vincent Fournier, donc.
– Aucun.
Je note mentalement : pas d'alibi.
« Tu vis seule ? »
Aveu d'impuissance :
« Oui. Et toi ?
– C'est sans importance. »

Seul, comme moi. Sinon, que foutrait-il ici, à cette heure-ci, dans cette rue merdique, avec un médecin empestant la transpiration, les hormones et la trouille, de quinze ans plus âgée que lui ?

« Tu me suspectes ? »

Le sourire qui se dessine sur ses lèvres semble vouloir dire non, mais ses yeux hurlent l'inverse.

Il dit d'une voix calme :

« Quelle raison un médecin peut-il avoir de tuer un patient qu'il soigne depuis des années ? »

Je ne trouve rien à répondre.

« Je suis crevée.
– On se voit demain, sur la plate-forme ?
– Je me tiens à ta disposition.
– Bonne nuit, Carole.
– Bonne nuit, lieutenant. »

*

L'Audi m'attend deux rues plus loin. Le lampadaire ne fonctionne pas, il fait noir. Je plonge la main dans mon sac, en extrais le jeu de clefs et l'insère en tâtonnant dans la serrure.

Soudain, je réalise qu'à aucun moment je n'ai évoqué l'autre Histoire. Je n'ai passé les trois dernières heures qu'à me justifier et à mentir.

J'ouvre la portière et m'affale en pleurant sur le siège avant.

Quoi que je fasse, je me retrouve toujours seule au volant.

Je sens une crise d'hystérie monter de mes poumons vers mon cerveau à la vitesse de l'éclair. Je lutte, les larmes coulent de plus belle sur mes joues, dans mon cou. Je lutte encore et je tiens bon. J'actionne le démarreur, écrase la pédale d'embrayage et passe la première en faisant hurler le boîtier de vitesses.

22

L'allée merdique, le perron merdique, l'éclairage automatique merdique.

Une odeur de gratin et de gâteau au chocolat m'accueille à mon arrivée. Je ferme la porte d'entrée et gravis les escaliers sans comprendre. J'abandonne mes affaires sur le canapé, délace mes chaussures et me dirige vers la cuisine. Sur la table, une assiette, des couverts et une bougie consumée aux trois quarts. Sur l'assiette, un mot, griffonné à la va-vite sur le recto de la page *16 mars* du calendrier.

Ma fille.

Quelle mère est capable d'oublier sa fille pour une soirée inutile avec un lieutenant de police qu'elle ne connaît même pas ?

Le mot : *À 23 heures, je me suis dit que tu ne rentrerais peut-être pas. Je me lève tôt demain, je suis allée me coucher. Il y a un gratin dauphinois dans le four et deux fondants au chocolat dans le frigo. Je te laisse ma part, je n'ai pas eu le cœur de manger seule. C'est pas comme si on n'avait pas l'habitude des rendez-vous manqués… J'espère que tu vas bien. Rappelle-moi.*

Merde, merde et merde.

Je retourne dans le salon récupérer mon portable et

compose son numéro. Je tombe sur le répondeur avant la première sonnerie. La voix de Vanessa : « Bonjour, je ne suis pas disponible pour le moment, mais… » Je raccroche en me traitant de tous les noms. J'appuie sur la touche *bis*. Même résultat. Les mots ne sortent pas de ma gorge. Je raccroche une nouvelle fois.

Je pense :

Une pauvre femme, un médecin, une salope.

Pas une mère.

Je me précipite dans la chambre, ouvre le tiroir de la commode en tremblant et en sors une boîte de Stilnox. Un, deux, trois comprimés.

Sur ma langue, au fond de ma gorge.

Je déglutis.

Quatre, cinq, six, sur ma langue, dans ma gorge.

Je déglutis une deuxième fois.

Sept, dix, vingt. Je m'étouffe, je crache, je ravale ma bile. Je déglutis.

Arrêter tout ce merdier au plus vite.

Je retourne à la cuisine, attrape la poignée du meuble de rangement au-dessus du lave-vaisselle et tire de toutes mes forces. Je saisis une bouteille d'alcool blanc, au hasard, retire la capsule et porte le goulot à mes lèvres. Une gorgée, deux, trois. Les comprimés descendent le long de mon gosier. Je bois, je bois. Les comprimés s'entassent dans mon estomac comme des billes au fond d'un sac. Je bois encore et l'alcool me brûle la langue, la bouche, la gorge. Je bois et je sens que je bous, et je me dis : Maintenant, fais-le ! Maintenant ! Pense à Vincent Fournier, à Hervé Sartis, à Marc Vasseur, à Patrick Soulier. Pense aux morts et aux survivants qui aspirent à l'être. Pense à ton boulot de dresseur de rats, à ton cabinet peuplé de cadavres, à tous ceux que tu as ratés, à toutes celles que tu as salies et abîmées, aux coups d'un soir, aux baises d'une heure, à ta vie ratée. Merdiques. Mal au ventre, migraines, insomnies, diarrhées. Merdiques, merdiques. Fibromyalgies, alopécies, *burn-out*, angoisses, névroses. Merdiques, merdiques, merdiques. Penses-y et ne lâche rien ! Bois une autre gorgée et dis-toi que tu ne te réveilleras pas.

Je ne me réveillerai pas.

Répète après moi : Je ne me réveillerai pas.

À voix haute :

« Merdiques, merdiques, merdiques ! »

Je bois une autre gorgée et je me plie en deux, le corps secoué par un spasme d'une violence inouïe. L'estomac me remonte dans la gorge. Je m'effondre sur le carrelage. Le deuxième spasme est encore plus effroyable. Je déglutis péniblement, mais il est déjà trop tard. Je pousse un hurlement de rage et mes entrailles me sortent par la bouche comme un geyser de colère et de peur. Sang, alcool et comprimés rongés par la bile. Je pleure, je crache et je vomis jusqu'à ce qu'il ne reste plus rien qu'une mare de sang, de larmes acides et de comprimés blancs. Sur mon menton, mes mains, mes vêtements. Sur ma vie merdique et sans fin.

La seule chose à laquelle je pense avant de m'évanouir pour de bon : voir Patrick Soulier et comprendre pourquoi il n'a rien dit au lieutenant Revel.

23

Le contact avec la réalité est douloureux. Mon crâne charrie des monceaux de clous aux pointes acérées. Doum ! Doum ! Les effets du Pondéral sont dissipés. Mes membres pèsent des tonnes. Je tente de soulever mes paupières. Des myriades d'aiguilles me transpercent les globes oculaires. Je me laisse aller et cherche désespérément une position qui ne me ferait pas hurler. Une odeur infecte dans les narines. Doum ! Doum ! Un laps de temps d'une durée indéterminée s'écoule avant que je ne trouve la force de réitérer mon geste.

Un téléphone sonne.

Deuxième tentative.

Je réalise que mes yeux sont déjà grands ouverts.

Vision opaque.

Je soulève un bras et porte la main à ma tête. Je sens une croûte de sang séché ou de vomi collée à l'arcade sourcilière droite. Doum ! Doum ! Je frotte et racle du bout des ongles jusqu'à dégager mes yeux.

Vision double, triple, quadruple.

Je me redresse. Une voix vocifère, quelque part dans ma tête.

Je m'accroche à la table, glisse sur un truc gélatineux, parviens à me lever. Doum ! Doum ! La sonnerie s'interrompt un instant, pour reprendre, plus nette et plus violente encore. Doum ! Doum ! Ma gorge est sèche, un sifflement aigu s'échappe de mes poumons. Si je suis en enfer, c'est pire que je ne l'imaginais.

Doum ! Doum !

De l'eau.

Je dois atteindre le lavabo. J'évalue la distance à deux mètres derrière moi. Une série de vertiges m'oblige à fermer les yeux. Je bande mes muscles, me retourne lentement et lance ma masse dans les airs. Je m'agrippe, je tends la main, le bruit familier de l'eau qui s'écoule dans la bonde. Ma gorge en feu.

Doum ! Doum ! Doum !

Je plonge tête la première et je m'immerge.

Au rythme des roulements de tambour dans mon crâne, de la sonnerie du téléphone et d'une voix qui crie de façon ininterrompue : Merdique, merdique, merdique…

*

Je reprends connaissance dans le bac de la douche. Je me tiens roulée en boule sur le carrelage, un jet d'eau brûlant se déverse sur mon dos et mes reins. Je vois trouble, mais les formes semblent à leur place. Je m'accroupis pour évaluer mon équilibre. Ç'a l'air de tenir. Je me relève complètement. La tête me tourne un peu, mais les sensations reviennent. Soif, faim, douleur au ventre et à l'épaule, mal de crâne effroyable. Je laisse couler l'eau une minute supplémentaire, puis je tends la main et ferme le robinet.

Le téléphone continue de sonner dans la maison.

Quelle heure est-il ?

Je m'extirpe de la douche, saisis une serviette. Une ombre dans le miroir. Le couloir est interminable. Je retrouve mon portable et une plaquette d'Isoméride dans mon sac à main souillé d'une bile brune. J'avale deux comprimés, presse une touche pour que l'heure apparaisse. 3 h 15. Je retourne dans la chambre enfiler des vêtements propres.

Toujours cette maudite sonnerie.

Je gagne la cuisine et déniche une boîte de céréales dont je dévore une poignée avec les doigts. Mon estomac semble supporter. Ma tête va exploser. Je déglutis et avale une deuxième poignée en prenant soin de mâcher le plus longtemps possible. Je la fais passer avec un verre d'eau. Les effets psychoanaleptiques de la drogue remontent mon système nerveux. La pièce rétrécit pour prendre une dimension acceptable. Nouveau verre d'eau. Je jette un œil au four sans trouver le courage de l'allumer. J'ouvre le frigo, grignote un morceau des fondants au chocolat de ma fille. Une bouchée, pas plus. Un autre verre. Je m'arrache de la cuisine et vacille dans le couloir jusqu'aux toilettes. Je m'assois sur la cuvette. Je reste assise quelques minutes, le regard dans le vide, ma culotte sur les chevilles. Les événements des quatre derniers jours défilent à toute allure sans que je parvienne à ralentir la cadence.

À rebours :

La soirée avec Revel, les doigts qui s'effleurent, une voiture qui saute dans le vide. La réunion avec les délégués du personnel, rez-de-chaussée, ambiance électrique. L'odeur de transpiration nerveuse d'Alain, ses mains, la ronde des rendez-vous, les syndicalistes qui me dévisagent de travers, visages déformés par la haine et la peur. Vuillemenot, Fraysse, le fric, le fric, les chiffres et le rendement. Xanax, Rivotril, Pondéral, Isoméride et Stilnox. Le rugissement d'une tronçonneuse contre l'os de mon crâne. Encore le lieutenant Revel. Les journalistes et les clameurs des salariés en colère. Les cris de la ville. Les rafales de mistral sur le capot de l'Audi. La voix de ma fille. La voix de mon père, sortie de terre et des souvenirs d'enfance. Puis le visage de Vincent Fournier, éclaboussé de sang et de bouts de cervelle.

Les tambours et les trompettes reprennent à tue-tête.

Je me relève pour qu'ils cessent.

Le vacarme s'atténue.

Je fais quelques pas au hasard.

Sur la commode, à droite du téléviseur, la ligne fixe hurle. Je m'avance et décroche. Je distingue une voix lointaine, noyée dans un nuage de grésillements.

« Qui ?

– Richard Revel. »

La tapisserie et le plafond se mettent à valser. Je m'accroche d'une main au meuble. Je dois faire un effort pour ne pas lâcher le combiné. Inspirer, expirer. Ma respiration est courte. Dans le haut-parleur, le lieutenant Revel répète : « Allô ? Allô ? Allô ? » Je trouve malgré tout la force de marmonner un début de réponse.

Il s'inquiète :

« Tu vas bien ?

– J'ai connu des nuits meilleures. Qu'est-ce que tu veux ? »

Mon ton, agressif. Son souffle, démultiplié. Les meubles et les murs tournent autour de moi à une vitesse folle. Manège infernal.

« Patrick Soulier est aux urgences, dans un état critique. »

L'information peine à se frayer un chemin jusqu'à la partie *traitement* de mon cerveau.

« Mes hommes l'ont retrouvé pendu au portail d'entrée du centre d'appels. »

Je balbutie :

« Un meurtre ? »

Ses mots n'ont jamais été aussi clairs :

« Tentative de suicide. »

II

24

La silhouette blanche du centre hospitalier de Valence-le-Haut se dresse au milieu des halos de lampadaires et des parkings comme une apparition maléfique surgie du passé. Mes années d'internat. Septembre 1990-juin 1992, service du Dr Giard. Pavillon des méningites, étage pédiatrie. Murs décrépis, peinture défraîchie et infirmières épuisées. *Turnover*, *burn-out*, cernes sous les yeux. Des gamins dans le coma, des gamins les yeux grands ouverts sur nulle part, des gamins aux crânes rasés amputés d'une partie de leur vie. Deux ans, cinq ans, dix ans. Des parents condamnés à attendre. Une poignée d'élus. Ponctions lombaires, tomodensitométrie cérébrale et hurlements. Septicémie, vomissements, maux de tête, épilepsie, confusion. Symptômes, pathologies, tableaux cliniques et traitements.

*

J'inspire un grand coup, je passe la première et entre dans le parking central. Je me gare face aux urgences. Il est 5 h 30 du matin et je suis dans le même état qu'un patient qui remonte du bloc après une opération sous anesthésie générale.

Quelque part, là-dedans, Patrick Soulier, les marques rouges laissées par une corde autour du cou.

Et aussi : Richard Revel, son enquête et le cadavre de Vincent Fournier qui nous surveille tous.

J'expire.

Je serre le frein à main, ouvre la portière et pose un pied sur le goudron gelé. Une crise de vertiges m'oblige à rester assise une minute supplémentaire. Le coup de fouet qui a suivi la prise des cachets d'amphétamine est passé.

Un peu plus vite à chaque fois.

Deuxième tentative. Le sol arrête temporairement de remuer et semble accepter mon poids.

Je claque la portière et me dirige vers l'accueil.

Les portes vitrées coulissent. Une odeur de désinfectant, de nourriture lyophilisée et de pisse me saute à la gorge. Une dizaine de personnes résignées attendent leur tour sur des banquettes en plastique orange. Un cadran indique le n° 67. Je fonce sur l'infirmière de garde.

« Dr Matthieu.

– Veuillez attendre votre tour, s'il vous plaît. »

Réflexe conditionné et gestes mécaniques. Elle pointe le cadran de l'index, puis la ligne jaune.

« Je vous appelle dès que c'est à vous. »

Je pose les mains à plat sur le guichet. Elle relève la tête. Je répète :

« Dr Carole Matthieu. »

Elle soupire, penche la tête sur le côté.

« C'est pour quoi ?

– Patrick Soulier. »

Elle me coupe, agacée :

« J'ai pas la liste…

– Il est entré il y a environ quatre heures, avec des policiers. Tentative de suicide par pendaison. »

Des têtes se tournent vers nous. Le mot *suicide* prononcé sur un ton agressif provoque toujours ça.

L'infirmière fait :

« Oh ! »

J'enchaîne en désignant du menton la porte des urgences :

« Vous m'ouvrez ? »

Elle hésite.

« Je suis son médecin. »

Elle jette un œil au cadran au-dessus de ma tête, aux personnes qui attendent, puis à nouveau au cadran. Je sens qu'elle scrute la moindre parcelle de mon visage. Elle observe : yeux injectés de sang, cernes, tics nerveux, teint blafard. Je lis dans ses yeux : épuisement, cachets pour tenir, dépression.

Coup d'œil cadran, coup d'œil salle d'attente.

« Patrick Soulier. Suicide par pendaison.

– Je sais. »

Elle soupire pour la deuxième fois en moins d'une minute et presse un bouton.

Un déclic, les battants s'ouvrent en grinçant.

Elle me dévisage une nouvelle fois, la tête si penchée que j'ai l'impression qu'elle est couchée sur son épaule.

« Sale nuit, hein ! »

Si tu savais.

À voix haute : « Merci. »

Les personnes qui attendent me lancent des regards mauvais. Je m'avance avant que l'infirmière ne change d'avis.

Une voix m'interpelle :

« Docteur. »

Une voix que je connais bien.

Je me retourne, sans ralentir. La porte se referme sur les traits bouleversés de Salima Yacoubi, un sac pressé contre sa poitrine.

*

Les traits tirés, le lieutenant Revel fait les cent pas devant la chambre nº 9. Un agent en uniforme monte la garde, assis sur une chaise placée devant la porte et à moitié endormi. Un gamin, cheveux coupés ras et chaussures cirées. Il lève la tête à mon arrivée, jette un œil à son supérieur et repique du nez. Revel s'avance à ma rencontre. Barbe d'un jour et paupières mi-closes. Une odeur de tabac froid imprègne ses vêtements.

« Merci de m'avoir prévenue. »

Il s'efforce de sourire, les yeux plongés dans les miens comme pour me sonder.

« Ça va ? »

Je grimace.

« Tu as l'air dans un sale état.

– Je préfère qu'on se vouvoie », je dis, agacée, en montrant de la tête l'agent de police.

Son sourire se crispe.

« Vous n'avez pas dormi depuis combien de jours ? »

J'évacue sa question de la main.

« Que s'est-il passé exactement ?

– Mes hommes l'ont découvert à 1 h 35 du matin. Il semble qu'il ait escaladé le portail, enfilé puis enroulé un câble téléphonique de trois mètres sur la grille en métal qui le surplombe, et qu'il se soit laissé glisser après avoir passé l'autre extrémité autour de son cou.

– Un suicide…

– Aucune trace de violences, grosse quantité d'alcool dans le sang. On a retrouvé quelques canettes de bière et une bouteille de gin aux trois quarts vide sur le siège avant de sa voiture.

– Il n'aurait jamais dû retourner travailler.

– Il a dit qu'il n'avait rien à se reprocher à la fin de sa garde à vue. Que personne ne pouvait l'empêcher de reprendre son boulot et de le faire du mieux qu'il pouvait. Tu… À quoi vous pensez ? »

Je pense à la lettre qu'il m'a laissée. Je pense que je suis la seule responsable de son geste. Je pense que, pour une fois, l'entreprise qui l'emploie n'y est pour rien. Il ne m'a pas dénoncée, mais pourquoi ? Il a tout pris sur lui, mais pourquoi ? Il sait qui a tué Vincent Fournier, mais il préfère mourir en présumé coupable. Bon Dieu, pourquoi ?

Je pense : Je suis coupable.

« Comment il va ? »

Revel tourne la tête en direction du nº 9.

« Le pronostic vital est engagé. Le cerveau n'a pas été alimenté en oxygène pendant un bon moment. Il est sous tranquillisants. »

Je jette un œil autour de nous. Un interne passe en sifflotant, un dossier à la main, suivi d'une aide-soignante obèse qui traîne des pieds. Les bruits de leurs sabots résonnent dans le couloir un instant, avant d'être couverts par les vagissements d'un nourrisson.

Les mots sortent malgré moi :

« Il a parlé ?

– Non. »

Je sens poindre une hésitation.

« Quand ils l'ont descendu de la grille, sa tête était rouge vif, ses oreilles et son nez commençaient à geler et son cou avait gonflé, gonflé. »

Juxtaposition du visage de Vincent, couvert de sang et de morceaux de cervelle, avec celui du vigile. Je secoue la tête pour chasser l'image de mon cerveau.

Je dis :

« Patrick est un type bien. »

Revel ne répond pas tout de suite. J'imagine qu'il a son idée sur la question. Son regard semble dire : Les innocents ne se donnent pas la mort. Mais je sais que c'est précisément l'inverse qui se produit.

« Ce qui me taraude, c'est pourquoi il a fait ça sur son lieu de travail. »

Je le regarde avec mépris.

« À votre avis, à qui préférait-il offrir la vision de son cadavre en premier ? Ses gosses ou ses collègues de boulot ?

– Je n'avais pas vu les choses sous cet angle.

– Parce que votre *angle*, c'est la culpabilité et les preuves à charge. Patrick est un type vraiment bien. Tout simplement. »

Revel hoche la tête, pour marquer sa volonté d'*essayer* d'adhérer à ma théorie.

« Vous attendez ici pour l'interroger, n'est-ce pas ?

– Au cas où il se réveillerait.

– Je peux le voir ?

– Si vous voulez, mais dans l'état où il est…

– Les corps en disent bien plus long que vous ne le croyez, lieutenant. »

Sans attendre sa réponse, je le contourne et pousse la porte de la chambre. À deux doigts de vomir les carrés de sucre ingurgités avant de partir.

Le spectacle est pire que ce à quoi je m'attendais.

*

Un mauvais rêve. Le visage de Patrick Soulier est méconnaissable. Une sonde respiratoire plonge dans son larynx et sa trachée, écrasés par le câble électrique au moment où son corps basculait dans le vide. Un sifflement aigu s'en échappe. Sa poitrine se soulève à un rythme effroyablement lent. Son cou et ses paupières ont enflé comme des ballons de baudruche. Son cœur, relié à une machine, fait : *bip-bip, bip-bip*…

Je déglutis et tire la porte derrière moi. Le policier glisse son pied dans l'ouverture et se faufile en silence. Revel le retient par le bras et lui murmure de nous laisser seuls. Je m'approche du lit.

Bip-bip, bip-bip.

Dans ma tête : le moniteur en cadence. Le déclic du chien de sécurité. La détonation du Beretta. Le claquement flasque de la cervelle de Vincent Fournier qui s'éparpille sur les parois en contreplaqué de son poste de travail. La sonnerie du téléphone, interminable. Tous ces bruits, un par un, et superposés à la fois.

Comme dans un fichu mauvais rêve.

La réalité : je saisis la main de Patrick Soulier, m'effondre sur la couverture et fonds en larmes en le suppliant de me pardonner.

*

Je quitte la chambre n° 9, dix minutes plus tard. Mes yeux sont secs. Je suis dopée aux petites pilules magiques. Les néons donnent au couloir une légère teinte sépia et j'ai l'impression que mes membres fonctionnent au ralenti.

Revel fait le pied de grue dans le couloir avec un interne aux cheveux gras qui tient des radios à la main.

Il se retourne d'un mouvement sec dès que j'apparais et remercie son interlocuteur avant de me rejoindre.

Le même regard de chien battu que la veille quand il glissait sa main sur la mienne. Le même air qui semble dire : Le jeu n'est pas terminé, il n'a simplement jamais commencé.

Je désigne l'interne du menton.

« Ce sont les résultats du scanner de Patrick Soulier ? »

Revel hoche la tête.

« L'interne dit que Soulier a fait un accident vasculaire cérébral qui a endommagé une partie de son cerveau de manière irrémédiable.

– Laquelle ?

– Les fonctions motrices.

– Paralysie…

– Le côté gauche ne répond plus. Il dit aussi qu'il n'y a rien à faire à part attendre qu'il se réveille et voir comment il réagira.

– S'il se réveille.

– S'il se réveille », répète Revel machinalement.

Je ferme les yeux pour digérer l'information, mais elle glisse à la surface de mes pensées sans y pénétrer. Quand je les rouvre, le lieutenant échange quelques mots à voix basse avec l'agent de faction. Je lui fais signe que je m'en vais, mais il me demande d'attendre qu'il ait terminé en tapotant du doigt sur le cadran de sa montre.

Une odeur de café plane dans l'air. Les amphétamines décuplent mes capacités sensorielles. Le geste d'une infirmière, à l'autre bout du couloir, qui range un stylo dans la poche de sa blouse. Un robinet ouvert, une chasse d'eau tirée, les roulettes d'un chariot poussé sur le lino bouffé par la Javel. L'impression d'être un oiseau de proie, perché au sommet d'une falaise, à l'affût du moindre mouvement animal.

Le canon du Beretta qui crache du feu. *Bip-bip, bip-bip,* le vacarme du moniteur, derrière la porte n° 9. Mauvais rêve, réalité. La mare de sang qui s'étale sous le siège et la corde qui couine sous le poids du corps. Soulier, Fournier. Mauvais rêve, réalité. Sartis, Caül-Futy, Mangione, Pastres et les autres. La version officielle : les lâches et les fragiles contre le reste du monde. L'autre Histoire de ceux qui meurent en silence sous les coups de boutoir des règles comptables et dont les fantômes hantent la version officielle.

Je ne tiendrai pas longtemps.

Chasser les fantômes, tenir la main aux morts vivants, fuir les vivants.

Je me dirige vers la sortie. À l'accueil, l'infirmière de jour a pris le relais. Réalité. Je fouille la salle d'attente du regard. Le fantôme de Salima Yacoubi, son sac pressé contre sa poitrine, a disparu. Mauvais rêve.

*

Richard Revel me rattrape sur le parking.

« Carole ! »

Je feins de ne rien entendre, sors mes clefs et m'engouffre dans l'habitacle. Il frappe à la portière avant que je ne démarre. Je baisse la vitre.

« Tu ne m'appelles plus docteur ? »

Il sourit. J'en suis incapable, mais le Pondéral et l'Isoméride en décident autrement. Je grimace un truc qui doit ressembler à une invitation, à en juger par la réaction de Revel, qui pose sa main sur mon avant-bras.

« Tu m'emmènes ?

– Je croyais que tu attendais que Soulier se réveille ?

– Mon collègue me préviendra si c'est le cas. »

Je dégage mon bras et pose mes mains à plat sur le volant. Revel fait le tour de l'Audi et s'installe à côté de moi. Une bourrasque de vent s'engouffre dans la voiture. Il claque la porte. J'insère la clef dans le démarreur. Il m'empêche de poursuivre mon geste et plaque ses lèvres sur les miennes.

Je parviens à lui articuler d'arrêter. Il insiste, revient à la charge. Je le repousse sèchement. Son coude heurte le tableau de bord, il étouffe un juron. Je me tais et regarde droit devant moi, les boules blanches des lampadaires et les squelettes sinistres des platanes. Je sens son regard braqué sur moi. Je tourne la tête pour lui faire face.

« Écoute, Richard. Ne le prends pas mal, mais j'ai l'âge d'être ta mère et tu es le flic qui enquête sur le meurtre d'un de mes patients.

– Et alors ? »

Des stries pourpres s'étalent à présent sur ses joues et son cou, dessinant une auréole plus claire autour de sa cicatrice. Je laisse éclater ma colère.

« Alors, c'est malsain, merde !

– Je te trouve attirante et ça me suffit.

– Je suis moche et crevée. Je n'ai pas dormi depuis des siècles, je vomis tout ce que j'avale, j'ai le corps d'une vieille de quatre-vingts ans, je carbure aux cachetons pour tenir, je n'ai pas baisé depuis des mois et, franchement, je ne suis pas certaine d'en avoir envie, les patients dont j'ai la charge se pendent ou se jettent par les fenêtres, j'ai planté ma fille hier soir pour bouffer avec un flic qui était peut-être à l'université avec elle et, pour couronner le tout, j'ai mes règles.

Tes attentions me touchent beaucoup, mais je suis médecin et tu es lieutenant de police. Je suis dépressive et je sais que tu as besoin d'autre chose. Je n'ai rien à t'apporter, ma vie ne vaut rien…

– Tu soignes des gens, tu les portes à bout de bras, ce n'est pas rien ! »

Sa main sur mon épaule, ses doigts sur la peau de ma nuque. Je balbutie :

« Tu ne sais pas qui je suis.

– J'ai envie de te connaître !

– Je t'assure que je n'en vaux pas la peine.

– Je suis sûr du contraire !

– Arrête de dire ça. »

Sa voix enfle, la mienne aussi.

« Tu m'intéresses !

– Arrête de dire ça ! »

Je secoue la tête, à court d'arguments. Je me bouche les oreilles et tente de me dégager. Il resserre son étreinte. J'ai l'impression d'étouffer, mais j'ignore si ce sont les amphétamines ou ses mains sur moi. Je crie et je me débats. Il ne me lâche pas. Je crie et je le gifle, il s'interrompt net.

« Oh, merde ! Je suis désolée. »

Je tends la main vers son visage. Il recule, il se tait.

Désolée, désolée, désolée.

Je passe ma ceinture et démarre.

Tellement désolée.

Le parking, la bretelle d'accès, la nationale 7. Les fenêtres s'illuminent aux façades des maisons, les premiers véhicules se pressent, le mistral pousse ce joli monde vers Valence.

Revel reprend, d'une voix étranglée :

« Patrick Soulier m'a dit avoir été agressé plusieurs fois sur son lieu de travail.

– Une seule, en fait.

– Il me semble avoir noté le chiffre 3. »

Il sort son carnet de sa poche et le feuillette.

« Il n'a été attaqué qu'une fois au travail. Les deux autres agressions ont eu lieu chez lui. »

Je marque une pause, puis je demande :

« Comment tu fais ? »

Il relève la tête.

« Pardon ?

– Comment fais-tu pour changer de conversation comme ça, en un claquement de doigts ? »

Je mime le geste de la main droite.

Il ricane.

« Et toi, comment fais-tu pour dissocier ton boulot et ta vie privée ?

– Je n'ai plus de vie privée.

– Tu as donc la réponse à ta question. »

Je serre les dents. Il remet ça :

« Maintenant, si tu me parlais du lien qui existe entre les agressions dont Soulier a été la victime et Vincent Fournier.

– Aucun.

– Je n'en crois pas un mot.

– C'est quoi ? Un interrogatoire ?

– Ça en a l'air ?

– Tu fonctionnes toujours de cette manière-là, avec les personnes que tu interroges ? Tu essaies de les embrasser et après tu poses les questions ?

– Je suis certain que tu en sais beaucoup plus que tu ne veux bien le dire. Je me trompe ?

– Qui t'a fourré ça dans le crâne ? Alain ?

– Pettinotti ?

– Merde, Richard !

– Alain Pettinotti ? Le syndicaliste ? Quel lien avec Fournier et Soulier ?

– Aucun, c'est ce que je me tue à te dire. À part le fait qu'ils bossent pour la même entreprise.

– J'ai ce rapport qui dit que…

– Quel rapport ? »

Il rouvre son carnet, feuillette, pose l'index sur une page.

« Comité d'hygiène et de santé. 12 juin 2008. Réunion extraordinaire. Je lis : agressions, arrêt maladie, fractures. Je creuse les liens, j'élabore des hypothèses, j'opère des connexions.

– Tout ça s'est passé il y a presque un an.

– Tout est lié. »

Je sens mon cœur battre la chamade. Richard commence à comprendre. Le petit flic travaille bien.

Il dit :

« Je ne crois pas qu'un type se fasse assassiner sur son lieu de travail par hasard. »

Son regard, vissé sur la partie droite de mon visage. Je pense : Isoméride pour tenir, le Beretta pour mettre fin à mon calvaire. Une boule me tord le ventre. J'ignore si c'est un début de soulagement ou de l'angoisse. Je grimace et je me tais.

« Je ne crois pas que Vincent Fournier soit mort sans raison. Et tu peux m'aider. »

Mon cœur s'arrête de battre.

Je pense : Oui, je peux t'aider, je veux t'aider, de toute mon âme, mais tu dois encore avancer seul. Je n'ai pas encore fait tout ce que j'avais à faire.

Je dis, mécaniquement :

« T'aider à quoi ?

– À comprendre pourquoi.

– Alors laisse tomber les apparences et écoute l'histoire que tous les salariés ont à te raconter.

– C'est bien ce que je fais depuis le début.

– Tu es le genre à toujours avoir le dernier mot, n'est-ce pas ? »

Il ne répond pas et tourne la tête. Si je l'ai déstabilisé, il n'en montre rien. Mon cœur repart.

Je pense : Tout est lié, Vincent, Patrick, Hervé, Christine et Salima, Fraysse et Vuillemenot, moi et ce flic. Boule au ventre, nœud dans la gorge. J'ai envie de hurler mais je me tais en regardant défiler les platanes sur le bord de la nationale. Le lien ? C'est l'organisation du travail. Le lien, c'est le management à la menace. Le lien ? Moi, moi et encore moi ! Je pense : Mauvais rêve, mauvais rêve, mauvais rêve. Je me tais pour ne pas quitter la route et encastrer l'Audi dans un arbre.

J'attrape deux pilules magiques au hasard dans ma poche et les glisse discrètement sur ma langue. Revel cligne des paupières sans quitter le bas-côté des yeux. Il a peut-être repéré mon manège.

Je dis :

« On arrive. »

25

Valence, le 8 août 2008

Rapport d'expertise 2/2 – M. Albert Vitalis - Inspection du travail de la Drôme.

J'ai reçu Mme Carole Matthieu pour la deuxième fois le 7 août 2008 à mon cabinet de Guilherand-Granges.

Histoire professionnelle :

Mme Matthieu nous explique son histoire professionnelle et le contexte de son embauche au centre d'appels.

Elle a commencé sa carrière comme interne puis comme médecin urgentiste. Au bout de six ans, elle a compris que cela ne lui convenait pas et que ses horaires étaient incompatibles avec une vie de famille. Quand elle a eu sa fille, Mme Matthieu a voulu un poste plus stable. Elle a d'abord trouvé un poste dans un CHU, où elle a exercé pendant plusieurs années, puis en 2002 au centre d'appels. Le contact avec l'employeur a été bon, mais les conditions de travail des salariés de l'entreprise se sont rapidement dégradées. Elle ne s'en est pas aperçue immédiatement, étant elle-même très occupée par l'éducation et la scolarité de sa fille, surtout après son divorce, en juin 2003.

Dès qu'elle a eu conscience d'un durcissement des « règles de métier », elle a averti sa hiérarchie, qui lui aurait fait des promesses qu'elle a, à son tour, tenues à ses patients. Mme Matthieu a gardé confiance, elle a « joué le jeu », nous dit-elle, dans un contexte économique difficile. Pourtant, ses relations avec la direction se sont refroidies (brimades, vexations, refus de dire bonjour, etc.). À partir de là, l'exercice de sa mission s'est détérioré et elle a rapidement compris que les moyens consacrés à la santé et à la gestion du stress au travail étaient sous-estimés et même volontairement amputés.

Mme Matthieu a très mal vécu ces moments, d'autant plus qu'elle était déjà très choquée d'entendre certains managers parler des salariés en termes de : « socialement dépendants », « trop gras », « assistés », « grosses merdes », « privilégiés », etc. L'agression dont elle a été l'objet intervient à un moment difficile de sa vie professionnelle, où elle remet en question ses propres pratiques, le sens de son métier et de sa fonction dans l'entreprise, et la réalité des soins qu'elle apporte à ses patients. Selon elle, si elle a été agressée, c'est principalement à cause de cela.

Mme Matthieu ressent en permanence un sentiment de peur, elle a de la difficulté à se projeter dans l'avenir. Elle dit avoir perdu le goût de faire son métier. Elle s'est progressivement désinvestie des activités organisées par le comité d'entreprise, ne voit plus de collègues ni d'amis en dehors du travail, et passe l'essentiel de son temps entre son cabinet et son domicile, sans prendre de congés.

À ces symptômes s'associent des troubles de l'oreille interne avec vertiges et sensation de « tanguer » dans les suites d'une otite en 2004. Il semble qu'elle prenne des anxiolytiques, mais elle le nie en bloc. Je demande à ce que des examens sanguins soient pratiqués pour vérifier ce point. Elle affirme par ailleurs ne pas fumer et ne pas boire.

Absence quasi totale de sexualité depuis l'agression.

Biographie et ATCD :

Mme Matthieu est née à Briançon, d'un père métallurgiste et d'une mère assistante maternelle. Elle est l'aînée d'une fratrie de quatre enfants. Épilepsie diagnostiquée à l'âge de cinq ans, traitée par Depakine et Alepsal. Cette épilepsie est très stable, pas de crises depuis l'enfance. Pas de problèmes particuliers à l'adolescence. Vie affective stable jusqu'à ses difficultés professionnelles. Absence d'antécédents médicaux et psychiatriques familiaux ou personnels. Pas d'événements de vie particuliers. Pas d'accident de quelque nature que ce soit.

Discussion :

Mme Matthieu présente un état de stress post-traumatique classique. Le tableau retrouvé comprend une perte de confiance, une impossibilité à se projeter, une culpabilité majeure, une altération de l'humeur avec anxiété sévère, des troubles du sommeil, une irritabilité entraînant des modifications de l'équilibre familial, une réactivation de la symptomatologie initiale aiguë à la moindre confrontation avec des éléments de réalité lui rappelant l'agression et notamment lors de toutes les démarches consécutives à l'agression, une incapacité partielle à reprendre son travail actuel.

La relation entre ce tableau clinique et l'agression du 24 juin 2008, reconnue en accident de travail, est directe et certaine. Il n'existe pas d'antériorité psychiatrique d'après notre examen.

Mme Matthieu ne présente aucune amélioration de son état, même passagère. L'état clinique observé ce jour n'est absolument pas consolidé, la moindre information concernant son histoire entraînant une réactivation anxieuse. Cet état nécessite une intensification des soins qu'elle refuse. À ce jour entretien psychothérapique hebdomadaire nécessaire avec son psychiatre traitant, le Dr Sarthes Maryam, plus traitement médical : Paroxetine, un comprimé et demi par jour, et Alprazolam 0,25.

Conclusion :

Sans volonté de Mme Matthieu, aucun examen complémentaire possible.

Je vous prie d'agréer, cher Confrère, l'expression de mes meilleures salutations et je reste à votre disposition pour plus de précisions si besoin.

Bien sincèrement,

Dr Albert Vitalis
Inspection du travail de la Drôme

26

6 h 05. Je me gare à l'emplacement habituel. Deux policiers en uniforme fument dans leur voiture. Silhouettes floues et halos de fumée. L'un d'eux se rend compte de ma présence, jette en frissonnant sa cigarette par la portière entrouverte et me hèle. Il s'avance, me demande qui je suis et ce que je fais ici, aperçoit le lieutenant Revel et s'excuse.

« Rien à signaler ? »

S'ensuit un échange de banalités sur la température extérieure et la fréquentation de la rue Ampère. Chargée comme je suis, même le mistral glisse sur moi comme s'il ne trouvait aucune prise. Les comprimés se mélangent dans mes poches. Au lieu du coup de fouet attendu, je me sens vaseuse. Les pilules magiques se mélangent dans mon sang. Le deuxième policier me regarde d'un drôle d'air. Je verrouille l'Audi et m'empresse de les quitter pour que mon état ne les alarme pas.

Je tiens encore, je suis une miraculée.

J'entre dans le bâtiment sans un regard pour Revel. La porte blindée antifeu se referme avec un claquement semblable à celui de la grille d'un caveau familial.

Les âmes des morts et des condamnés se précipitent

sur moi et s'accrochent à mes vêtements. Mes jambes sont lourdes, mon corps pèse des tonnes. Je me traîne jusqu'au cabinet et m'effondre comme une masse dans mon fauteuil. Je plonge dans un sommeil rempli d'une lente succession de mauvais rêves où Patrick Soulier se balance au bout d'une corde. À ses pieds, des rats grouillent par dizaines. Des rats à tête humaine et au visage ravagé par la souffrance. Alain, Vuillemenot, Fraysse, Richard Revel. Le Beretta, dans ma main, qui les descend un par un, tandis qu'ils se multiplient. Un couinement long et terrifiant, celui d'une corde qui oscille au gré du vent et qui semble vouloir me dire : mauvais rêves !

*

Je me réveille, lessivée, une demi-heure plus tard, la tête prête à exploser. Dix longues minutes s'écoulent avant que je ne comprenne où je suis. Foutus mélanges. Les amphétamines et les tranquillisants se ressemblent et s'assemblent dans mes poches. Puis les quatre derniers jours défilent à toute vitesse.

Une certitude : chaque seconde gagnée est une victoire sur eux.

Mardi 17 mars 2009.

Une impulsion électrique. J'ouvre les yeux pour de bon. Je file dans les toilettes, balance deux comprimés d'aspirine au fond d'un gobelet et fais couler l'eau. J'avale le tout sans attendre que les comprimés se dissolvent complètement. Le goût est amer, je grimace.

Je me dis : Encore plus de preuves, encore plus de photocopies, encore plus de tri et de classement. Avant que Richard Revel ne vienne me passer les menottes et me dire : Tu as assassiné Vincent Fournier, je suis désolé. Avant que l'enquête officielle ne vienne occulter le sens des faits et de leurs résultats.

Mon enquête.

Ma culpabilité : Patrick Soulier doit être lavé de tout soupçon.

Ma propre interprétation des faits et des résultats.

Ma vision de l'*autre Histoire*, l'envers du décor, les conditions de travail et les conséquences de la course à la rentabilité.

Par où commencer ?

Je regagne mon bureau et étire mes muscles endoloris avant de reprendre une nouvelle fois mes dossiers. Je tire le tiroir et saisis le premier de la pile.

HERVÉ SARTIS

Les faits (1). De 1991 à 2004, M. Sartis décrit un réel plaisir au travail. En janvier 2004, suite à la fermeture de son service, il accepte un poste de contractuel dans un centre d'appels en Service après-vente (SAV). J'alerte ma hiérarchie : surcharge de travail, asthénie, dépression de 2005 à 2007 nécessitant quatre arrêts de quinze jours. Je fais des propositions concrètes : changement de poste.

Les faits (2). En janvier 2008, M. Sartis apprend au cours d'une assemblée du personnel que son propre poste est ouvert. Aucune information préalable ne lui a été faite. Un nouveau poste lui est imposé sans préavis.

Les résultats :

21 janvier 2008, première tentative de suicide. J'alerte ma hiérarchie, je fais des propositions concrètes : imputabilité au service, changement de cadre de travail urgent.

Les faits (3). En octobre 2008, Hervé Sartis apprend qu'une partie importante de son activité est supprimée et transférée.

Les résultats :

28 janvier 2009, deuxième tentative par ingestion médicamenteuse sur le lieu de travail. 29 janvier 2009, 7 h 30, il est retrouvé inanimé par le vigile, Patrick Soulier, qui termine sa nuit de garde. Emmené aux urgences, sauvé *in extremis*. Depuis : idées noires persistantes, scénarios morbides autoagressifs, envie d'en finir. J'alerte ma hiérarchie chaque semaine, je fais des propositions concrètes à chaque rapport.

Bilan : pronostic vital engagé.

Toutes les preuves sont déjà dans mes rapports mais personne ne les lit parce que la direction départementale, la Sécurité sociale, l'inspection du travail et le conseil supérieur sont dépassés par la complexité du phénomène et pensent qu'il s'agit de cas isolés. La hiérarchie, elle, ne s'en inquiète pas parce qu'elle les lit comme les conséquences de problèmes personnels. Elle pense : Le suicide est une affaire privée et n'a rien à voir avec l'entreprise qui, elle, ne gère ni émotion ni troubles psychiques, mais des chiffres et des objectifs à atteindre.

Dorénavant, voilà mon travail : lier chaque patient, chaque salarié, chaque événement, chaque mesure managériale et chaque rapport médical entre eux. Mettre en évidence le lien entre Vincent Fournier et Patrick Soulier. Celui entre leurs deux histoires individuelles. Celui entre la dégradation de leurs conditions de travail, les mesures managériales, les injonctions paradoxales, leurs tentatives de suicide et celles de leurs collègues. Parce qu'un salarié ne se suicide pas directement à cause d'un chef trop zélé ou d'un collègue harceleur. Cela ne suffit pas. La souffrance naît de la disparition progressive de tous ces minuscules espaces de liberté nécessaires et vitaux sur lesquels le top management rogne pour accroître les marges de productivité : la minute de pause en moins, les réponses à formuler au client chronométrées à la seconde – pas une de plus –, la pause cigarette réduite de moitié, le téléphone directement branché sur celui du supérieur, le script standardisé au mot près à servir à chaque client ou le sourire programmé.

Je dois donner du grain à moudre à Richard Revel. Je veux qu'il saisisse chaque menu détail et pour ça, je dois au préalable tous les assembler. Des faits, des résultats et des preuves. Mettre en évidence de manière simple et irréfutable ce qui lui échappe encore. Je fais le boulot qu'il devrait faire *s'il était formé* à lire des rapports d'expertise médicale et à comprendre les mécanismes du travail en entreprise. Je veux que Revel lise tous ces rapports et qu'il comprenne. Lui, les autres médecins, les journalistes et, après eux, tout le monde. Pour que ça s'arrête enfin.

Je relis une deuxième fois le dossier de Sartis. Je trie, je classe encore et encore. Je parcours chaque feuille de soins, chaque prise de notes, chaque rapport d'expertise, je sélectionne et je mets de côté ce qui est susceptible d'alimenter l'autre Histoire.

VINCENT FOURNIER

Je passe rapidement car je connais son dossier par cœur. 23 juin 2008, tentative d'étranglement sur la personne de Christine Pastres ; 28 décembre 2008, tentative de suicide. Je note juste sur la page de garde l'argument suivant : Vincent Fournier et Hervé Sartis étaient de bons collègues de travail. Ils étaient amis – je souligne deux fois. La souffrance de l'un empiétait sur celle de l'autre.

Je repose mon stylo et me frotte les yeux. L'intérieur de mes orbites me démange. Il est 6 h 55, mon mal de crâne se dissipe lentement. Je m'étire, je gobe la moitié d'une pilule magique et je saisis le dossier suivant.

L'*autre Histoire* de :

PATRICK SOULIER

Les faits (1). Le 11 juin 2008, à 13 h 45, trois hommes font irruption sur le parking du centre d'appels où Patrick Soulier effectue sa garde, et l'agressent à coups de poing dans la mâchoire et à coups de cutter dans le dos. Une vingtaine de témoins assistent à la scène. Patrick Soulier a peur, il a été « tabassé à mort ». J'alerte ma hiérarchie et la sienne, je propose qu'il soit mis en arrêt de travail, suivi pour choc post-traumatique, et qu'un deuxième vigile soit temporairement recruté pour qu'il ne soit plus seul.

Les résultats :

À son retour, en dépit de mes recommandations, il est affecté aux tranches horaires 20 heures-8 heures.

Les faits (2). Patrick Soulier m'explique en consultation qu'il recevait des menaces de mort depuis longtemps. Je l'interroge pour savoir de quand elles dataient. Il est évasif sur ce point. J'insiste à plusieurs reprises. Il se tait. Je lis dans mes notes : *P. S. est fébrile, il regarde ses mains et évite mon regard.* J'insiste encore. Il finit par me dire que les premières lettres datent du mois de mars de la même année. Il m'assure ne pas savoir où elles sont. Je lui demande si la police les a vues. Il secoue la tête. Je demande : Où sont-elles, maintenant ? Il affirme les avoir brûlées.

Je reviens sur l'identité du troisième agresseur, mais il certifie ne pas avoir vu son visage. Je me tais et prends de nouvelles notes : *amnésie partielle suite au traumatisme de l'agression.*

Je résume : mars 2008, Patrick Soulier reçoit des menaces de mort sous forme de lettres anonymes chez lui, et, le 11 juin 2008, il se fait agresser à coups de poing et de cutter.

Je note : quelle est l'origine de ces menaces, mises à exécution ?

Richard Revel se pose-t-il les mêmes questions ? A-t-il déjà eu accès aux rapports d'enquête de l'époque ? Pour anticiper ses questions, je note en dessous : *Quel lien avec le centre d'appels ?* et *Pourquoi cette première agression au centre d'appels ?* Je souligne les mots *centre d'appels* plusieurs fois.

Je reprends le dossier d'Hervé Sartis, compare les dates, ne trouve rien de probant et le remets en place. Je reviens à Patrick Soulier.

Les faits (3). Le 26 juillet 2008, il est agressé une deuxième fois devant sa femme et leurs enfants sur le perron de sa maison. Patrick Soulier m'explique en consultation que son agresseur est le père de l'un des deux hommes alors incarcérés. Il l'aurait roué de coups de poing et de pied. Patrick Soulier n'a pas porté plainte et il m'avoue n'en avoir jamais eu l'intention. Comme je l'interroge à ce sujet, il me dit qu'il s'agit selon lui d'un acte de désespoir et de colère de la part d'un père de famille dont il comprend le geste, même s'il le regrette. Il ajoute qu'à sa place il aurait peut-être fait la même chose. Je lis un gros point d'interrogation à côté de sa réponse sur ma feuille de notes de l'époque.

Question : qui est le troisième individu ?

Résultats :

À sa demande, Patrick Soulier change d'horaires de travail et passe en journée. Pas d'explication donnée.

Mais l'histoire ne s'arrête pas là.

Les faits (4). Scénario sensiblement similaire, le 4 septembre 2008, à son domicile, en journée, peu de temps après que ses horaires de travail ont été à nouveau modifiés contre son gré – il a repris ses horaires de nuit –, Patrick Soulier est l'objet d'une nouvelle agression. Deux hommes, des proches de ses trois premiers agresseurs, une Peugeot 206 et un camion fourgon qui attendait à proximité. Ils lui auraient dit : « On va te crever ! » Coups de poing dans la figure, coups de pied. J'alerte ma hiérarchie et la sienne, je fais des propositions, mais il m'est répondu que ce qui se déroule à l'extérieur du lieu de travail n'est pas de mon ressort ni du leur.

Résultats :

Œdème labial, contusion auriculaire, contusion occipitale, contusions mandibulaires bilatérales. ITT, 1 jour. Pas d'arrêt de travail. Soins jusqu'au 12 septembre 2008. Je retrouve également dans son dossier non rangé un certificat du Dr Coche datant du 9 octobre 2008 qui indique qu'il y a eu une atteinte au niveau des IV et V doigts. Les certificats en notre possession sont imprécis dans leur rédaction, et la chronologie des événements est peu compréhensible. Je retiens : ténolyse, greffe puis rééducation active, dans des circonstances mal décrites.

Je note : pas de dépôt de plainte.

Question : pourquoi ?

Je résume : première agression, Patrick Soulier porte plainte, mais ni la deuxième, ni la troisième fois.

J'ajoute à mes notes, en rouge dans la marge : y a-t-il un lien entre le troisième individu non identifié, les deux agressions qui ont suivi et les menaces de mort ? Je souligne les mots *troisième individu* à trois reprises, puis je trace une flèche qui les relie à la date de mars 2008 et à *centre d'appels*.

Question : que s'est-il passé en mars ?

Je bâille, m'étire et me creuse la tête à la recherche d'une réponse à cette question. Je me lève pour aller boire deux verres d'eau. Les amphétamines me déshydratent, mes reins me font mal, je n'ose pas regarder la couleur de mes urines quand je me relève des toilettes. Je me réinstalle derrière mon bureau. Je reprends le dossier de Sartis, mais n'y trouve rien. Je le range au fond du tiroir et reviens à Patrick Soulier.

L'histoire se poursuit malgré tout :

Les faits (5). Entre septembre et décembre 2008, Patrick Soulier affirme en consultation avoir fait deux tentatives de suicide par ingestion d'aspirine et d'eau de Javel. Il évoque de manière confuse une troisième tentative sur cette même période, au couteau, et parle d'une hospitalisation qu'il aurait refusée par peur d'être « drogué » et de « ressembler à un cadavre ». Quand je l'interroge sur le nom du médecin qui lui aurait préconisé cette hospitalisation, il reste évasif.

Les résultats :

Patrick Soulier s'inquiète à cause du troisième individu et de la sortie de prison des deux autres. Il en parle comme de personnes issues du grand banditisme. Je lui dis qu'il ne risque rien, qu'il peut demander une surveillance policière s'il dépose plainte. L'entretien s'arrête sur une série de divagations liées à sa peur de perdre son emploi.

Je m'étire, bois deux autres verres d'eau et me remets au travail car ce n'est pas terminé.

L'*autre Histoire*, mon unique raison de vivre depuis la mort de Vincent. L'*autre Histoire*, un mélange de mauvais rêves et de réalité.

Les faits (6). Tentative de suicide par pendaison, le mardi 17 mars 2009 à 1 h 30 du matin, suite à son interpellation pour soupçon d'homicide sur la personne de Vincent Fournier.

Résultats :

Pronostic vital engagé, réserves de Richard Revel quant aux motivations du meurtre de Vincent Fournier.

Questions. Pourquoi ne m'a-t-il pas dénoncée et pourquoi n'a-t-il pas tout fait pour faire identifier le troisième individu ? Existe-t-il un lien entre cet individu et moi ?

Je relis mes notes sans trouver de réponse à cette dernière question. J'inscris les mots *centre d'appels*, *individu n° 3*, *mars 2008* et *Lettres anonymes* et les surligne, cherchant en vain des concordances. Patrick Soulier a pu refuser de me dénoncer pour me protéger, pour l'affection qu'il me porte ou pour tout ce que j'ai fait pour lui depuis un an. Mais dans ce cas, pourquoi couvrir aussi l'individu n° 3 ? Autre hypothèse : il me couvre comme il couvre l'individu n° 3. Question : quelles sont ses raisons ? Se protéger de représailles ? Ça ne tient pas. Il a déjà envoyé deux types en taule.

Je tourne et retourne questions et hypothèses dans ma tête sans trouver de réponses. Mon mal de crâne revient au galop. Je me lève pour aller me resservir deux aspirines, en priant le ciel que la solution m'apparaisse comme par magie à mon retour.

Si Patrick pouvait se réveiller.

Mauvais rêve.

Je pense : J'ai tant de questions à te poser avant que Revel ne te tombe dessus.

La réalité : Patrick, dans les vapes, probablement hémiplégique, le cou enflé comme un ballon et le visage bouffi, peut-être déjà dans le coma, bientôt en compagnie de Vincent Fournier.

Je referme son dossier en pleurant et écris sur la pochette : *l'individu n° 3 est la clef.* Je trace deux cercles autour de cette phrase, la scrute pendant deux bonnes minutes dans l'espoir qu'elle me révélera ce que je veux savoir.

J'attrape le dossier suivant. Le téléphone sonne, je fais un bond dans mon fauteuil.

Je consulte l'horloge, au-dessus de la porte : 7 h 25.

*

Je décroche à la dixième sonnerie. Richard Revel se rappelle à mon bon souvenir.

J'ironise :

« Je te manque tant que ça ? »

Il ne rit pas. Il fait le boulot pour lequel on le paie : trouver l'assassin de Vincent Fournier. Cette enquête, c'est *sa* réalité. Ce meurtre, c'est *son* mauvais rêve.

Je me dis que lui et moi avons le même objectif.

Lui : identifier les coupables du meurtre de Vincent et les remettre entre les mains de la justice.

Moi : accumuler suffisamment de preuves contre les responsables de la mort de Vincent et des autres pour les remettre entre les mains de Richard Revel.

Le lieutenant m'explique qu'il m'appelle du commissariat où il est rentré pour consulter les archives. Il me parle de Soulier, me dit que cette histoire d'agression le préoccupe et qu'il aimerait connaître ma version. Il m'apprend que Soulier a porté plainte pour les deux fois où il a été attaqué chez lui en juillet et en septembre, mais qu'à chaque fois il s'est finalement rétracté.

Il demande :

« Il t'a dit qu'il se sentait menacé ?

– Il a été attaqué à trois reprises, dont une fois à l'arme blanche. Tu crois que ce n'est pas suffisant pour se sentir menacé ? »

Raclement de gorge à l'autre bout de la ligne.

« Je veux dire : se sentait-il menacé par quelqu'un en particulier, quelqu'un d'autre que ces deux personnes incarcérées et libérées depuis ?

– Il ne m'a rien dit.

– Admettons que ce que tu dis soit vrai. Ça n'explique pas pourquoi, pour les agressions n° 2 et n° 3, les personnes signalées par Soulier aient été des proches des deux condamnés, ce qu'elles ont d'ailleurs nié en bloc, puis qu'il ait retiré sa plainte contre elles dès le lendemain. »

Je me tais. Je fais semblant de ne pas suivre son raisonnement. Patrick m'a menti quand il m'a dit ne pas avoir porté plainte pour les deux dernières agressions. Cela change tout : il les dénonce, puis se rétracte parce qu'ils n'étaient pas là au moment des faits. Qui cache-t-il, qui l'amène à protéger le coupable ? Revel me donne la réponse aussitôt :

« Ni pourquoi l'individu n° 3 se trouve protégé par le silence de Patrick Soulier à son sujet. »

Nous y voilà.

C'est ça : concentrons-nous sur l'individu n° 3.

Je feins de ne pas y avoir déjà pensé. Je veux connaître *son* point de vue.

« Les individus n° 1 et n° 2 sont sortis de prison et ont refait leur vie ailleurs. Ils n'ont pas cherché à se venger, à notre connaissance, alors qu'ils avaient de bonnes raisons de le faire. »

Je demande :

« Penses-tu qu'il y ait un lien avec le centre d'appels ? »

Il répond :

« Crois-tu que Patrick Soulier soit innocent ?

– Oui.

– Alors, dis-moi ce qu'il cherche à cacher et pourquoi ? »

Je déglutis.

« Et toi, dis-moi quel est le rapport avec le centre d'appels.

– Vincent Fournier. »

Je re-déglutis.

« T'es pas sérieux.

– Pourquoi ? Soulier tente de mettre fin à ses jours, quarante-huit heures après avoir trouvé le cadavre de Vincent Fournier, et quelques heures après qu'on lui a clairement dit qu'on le croyait impliqué, d'une manière ou d'une autre.

– Mais je me tue à te dire qu'il est innocent !

– Dans ce cas, c'est que tu sais quelque chose que j'ignore, parce que pour moi, il fait toujours partie de la liste des suspects.

– Il est presque dans le coma, qu'est-ce qu'il te faut de plus ?

– Des preuves, Carole. Des preuves. »

Je répète :

« Des preuves.

– C'est ça. Maintenant, si tu me donnais celles que tu as pour sa défense. »

J'y travaille. Faites-moi confiance, monsieur le lieutenant de police Richard Revel, j'y travaille d'arrache-pied.

« Tu ne réponds pas ?

– Je suis désolée.

– Tu fais comme tu veux.

– Ce qui signifie ?

– Que je vais prendre mes responsabilités.

– Tu me soupçonnes de le couvrir ? »

Il soupire.

« Je n'en sais rien.

– Merde ! Tu ne comprends vraiment rien !

– Je fais ce que je peux. De ce côté-ci du téléphone, les faits ne plaident pas en sa faveur. »

Je réfléchis, puis je dis, le cœur battant :

« J'ai besoin de temps. »

Il ne réagit pas tout de suite.

« Je n'en ai pas à t'offrir. »

J'encaisse sans broncher. Il fait son boulot.

« Autre chose. Quand tu m'as dit dans la voiture que tu carburais aux cachetons pour tenir, tu voulais dire quoi exactement ? »

Son boulot de flic.

« Tu veux savoir si je me drogue, c'est ça ?

– Ce n'est pas tout à fait ce que j'ai dit.

– Te fatigue pas, va ! Je ne prends que des drogues sur ordonnance.

– Rien d'illégal ?

– Tu m'interroges encore, là, ou c'est personnel ?

– Simple curiosité.

– Va te faire foutre ! »

Je lui raccroche au nez.

J'ignore si c'est parce que ses avances ne me laissent pas indifférente ou parce qu'il me soupçonne.

Ou les deux à la fois.

*

Le centre d'appels est désert. Quelque part, deux flics en uniforme font leur ronde. Escaliers et poussière en suspension, couloirs et relents d'encre et de Javel. Je traverse la grande salle en hâte. Des rangées de marguerites et d'écrans d'ordinateur en veille, les casques et les micros sagement rangés sur les bureaux. Dans une demi-heure, ils seront des dizaines, assis là, à dire « Bonjour, madame » et « Bonjour, monsieur », « Mais vous avez tout à fait raison, madame » et « Vous avez essayé de débrancher votre modem, monsieur ? », « Vous connaissez notre offre à 29,90 euros, Internet illimité, madame ? » et « Bonne journée, monsieur ! ».

Ils feront le boulot pour lequel ils sont payés. Comme Revel, comme moi.

Ils mentiront, tromperont, biaiseront, éluderont, rassureront, fouineront et pardonneront. Comme Revel et comme moi.

Mais ils n'oublieront pas.

Jamais.

Chaque procédure, marquée au fer rouge. Chaque règle de métier, inscrite dans la chair. Chaque injonction paradoxale, imprimée noir sur blanc. Les brimades et les frustrations, la peur et l'angoisse, le déni de soi et des autres, les rancœurs et les guéguerres de bureaux, les petites hontes quotidiennes et la culpabilité.

Je presse le pas. Je cours presque. Je passe devant la salle de travail de Vincent Fournier, barrée d'un bandeau jaune *Accès interdit*. Je ne tourne pas la tête, je ne tourne pas de l'œil. Au fond du couloir, la machine rouge me tend les bras. Je glisse ma carte magnétique dans le lecteur. L'écran affiche : *Crédits : 36*. Je sélectionne un café long. Très long. Le gobelet tombe. *Crédits : 35*. Un liquide opaque coule en dégageant de la vapeur d'eau. Je jette un œil par la baie vitrée, derrière le panneau *Interdit de fumer* déchiré sur les bords qu'un malin a tenté de décoller sans succès. J'aperçois le Vercors en ombres chinoises, plein est. Une vague lueur éclaire le ciel et dessine les barrières rocheuses des contreforts des Alpes.

Je murmure :

« Quel calme, là-haut. »

En bas : quelle merde !

Je rembobine le film et, pendant que le gobelet se remplit, je me demande quand j'ai arrêté de croire qu'il y avait un espoir. Bref moment de lucidité accordé par les amphétamines. Je pourrais rêver que tout est encore possible. Je me laisse aller. Un signal sonore brise le silence. Le café est prêt, la machine a craché son dû. Je saisis le gobelet fumant, me brûle les doigts, puis le bout des lèvres, et jette un nouveau coup d'œil aux montagnes, mais le charme est rompu.

Je redescends vers mon cabinet.

*

D'autres expertises à parcourir, des courriers électroniques, des feuilles volantes, des messages téléphoniques, des notes manuscrites. Au milieu de cette documentation, un lien à trouver entre Soulier, le centre et l'individu n° 3. Dans vingt-cinq minutes à peine, la salle d'attente sera à nouveau pleine. Il me reste encore un peu de temps devant moi.

Je reprends le dossier de Christine Pastres. Rien. Celui de Cyril Caül-Futy. Rien. Je ressors ceux de Vincent Fournier, Patrick Soulier, Hervé Sartis, Jean-Louis Faure, Jean-Jacques Fraysse, Sylvain Pelicca, Claude Goujon, Hafid Ben Ali, Jacqueline Vittoz, l'infirmière. Mais aussi : Simon C., Élodie S., Sophie G., Marie F., Sandra S., Vladen K., Alirio A. et les autres. Même celui d'Eric Vuillemenot, soumis à l'exercice de la visite médicale comme les autres.

La surface du bureau est trop petite pour les contenir tous. Je les attrape à bout de bras et les étale à terre. Je tire le fil électrique de la lampe, j'oriente l'ampoule vers le carrelage et je recommence à zéro.

Je me répète : Quand Revel aura la preuve de ma culpabilité, la seule chose qu'il retiendra sera : Carole Matthieu est une meurtrière. Ce sera sa version officielle. Or j'ai tué Vincent Fournier pour le soulager du fardeau qu'il portait et lui rendre la dignité que Vuillemenot, Pastres et leurs semblables lui avaient fait perdre. Je n'enquête pour rien d'autre que pour prouver à Revel et à tout le monde que celle qui presse la détente n'est pas la seule coupable.

Je parcours les dossiers :

Pastres, Sartis, Soulier, Vittoz, Fraysse…

Je lis et je compare, je fais des cercles au crayon, je trace des flèches, je fais des liens, je classe par ordre chronologique et je tente de trouver le maillon commun. Je ne trouve pas. Alors je reprends une troisième fois tous les dossiers, je les désosse, je les déstructure, je les répartis, non plus par noms, mais par pathologies. Ça ne marche pas. Je réessaie par dates. Même impasse.

À chaque nouvelle tentative, je ne pose qu'une seule question : comment démontrer la responsabilité de l'entreprise ?

La réponse est là, sous mes yeux, inscrite quelque part à l'encre industrielle sur l'une de ces feuilles. Un seul fil conducteur dont je dois trouver le bout, puis le dérouler.

Je me répète : C'est à moi de le faire. C'est à moi seule de le faire. Revel ne peut rien trouver. Ni les syndicats. Ni la direction. Ni les salariés.

La seule à les connaître tous. La seule à avoir saisi pendant des mois et des années la moindre de leurs faiblesses et la moindre transformation physiologique et psychique. La seule à connaître les enjeux, de l'intérieur, sans autre parti pris que leur santé et le désir de les voir aller mieux, quand ils s'enfonçaient toujours plus irrémédiablement.

La seule à savoir ce qu'ils ont dans le ventre, du magasinier au manager, du téléphoniste au technicien, du chargé de communication à la directrice des ressources humaines, de l'infirmière à la psychologue.

La seule, la seule, la seule.

Mon boulot : mettre de l'ordre dans des monceaux de détails, les mettre en forme et élaborer, pierre par pierre, l'*autre Histoire*.

Je me replonge dans la paperasse, allongée sur le ventre, suivant les lignes du doigt, comme une écolière qui apprendrait à lire, syllabe après syllabe, mot après mot, idée après idée.

Nouvelle tentative, par arborescence.

Mettre en évidence les rapports humains, non plus les personnes, les fonctions et les dates. Qui travaille avec qui. Qui déteste qui. Qui a fait des avances à qui. Qui répand des rumeurs sur qui. Qui aime et qui déteste. Qui ignore et qui rougit. Qui pleure et qui évite. Qui arrive tôt et qui repart tard. Qui parle et qui se tait. Qui suce et qui baise. Qui met des jupes et qui remonte sa braguette. Qui demande à changer de bureau et qui demande à obtenir le poste de travail situé face à la photocopieuse. Qui s'investit et qui part en avance. Qui gagne ses primes et qui s'en fout. Quels sont les noms vers lesquels convergent le plus de flèches. Quels sont ceux qui ne sont en contact avec personne. Qui n'entre pas dans le cadre et qui est au centre.

Qui et pourquoi ?

Les questions qu'un médecin du travail ne se pose pas d'habitude. Ne se pose pas *par* habitude. Parce qu'il n'est pas formé pour ça. Parce qu'il doit juste : prendre la température, noter le poids et la taille, compter les doigts, faire les vaccins et repartir chez lui une fois la journée terminée.

Qui et pourquoi ?

J'ai l'intuition qu'une ombre se dessine. Je replonge une nouvelle fois, dopée à l'Isoméride, shootée au Redux, anesthésiée au Prozac et à l'aspirine. Les traits au crayon dessinent des branches sur le carrelage blanc. Les expertises, des feuilles.

Je replonge et je finis par trouver.

*

Allongée sur le carrelage, le ventre et les mains glacés, mon rythme cardiaque mal maîtrisé, je lis. Une feuille, un simple papier à en-tête recto, encore pliée dans son enveloppe.

Datée du 10 février 2009.

Lettre manuscrite d'une collègue. Dr Évelyne Garrey-Charra. Médecin du travail dans une société de services à deux pas du centre d'appels. Activité : conseil pour la revente de moulages de petites séries de polyuréthane pour l'industrie automobile et l'aéronautique, secteur en plein essor.

Objet : demande de conseil, sur avis du cabinet de psychiatrie Bon & Faure de Guilherand-Granges.

Sujet : un salarié de vingt-huit ans, mis en arrêt de travail pour coups et insultes envers d'autres salariés.

Les faits :

« Nous ne savons que faire face à Roger V., qui aurait failli, selon la DRH et ses collègues, écraser avec un gros moule métallique le salarié avec lequel il était en conflit. Tout le monde a eu très peur. Il y a eu une main courante. »

Les résultats :

« Roger V. a déclaré un AT (trauma psycho au travail) qui a été accepté par le médecin-conseil.

Il est consolidé et s'est présenté ce matin à son poste sans faire de visite de pré-reprise. Il a déclaré à sa DRH qu'il aimerait continuer jusqu'à sa retraite, qu'il se demandait comment l'entreprise pouvait tourner sans lui.

Il n'a pas de suivi, ni de traitement.

Il est en congés annuels jusqu'à sa visite, jeudi après-midi.

Il était très agité lors des incidents, il y a quelques jours. Je ne l'ai pas encore revu mais d'après la DRH il serait toujours très agressif. »

Le Dr Garrey-Charra me supplie :

« J'ai entendu parler de votre travail à plusieurs reprises et de vos résultats. Merci de me donner quelques conseils. Bien cordialement. »

Roger V. Pourquoi ce nom me dit-il quelque chose ?

Un numéro de téléphone est inscrit en haut à gauche de la lettre. Je me relève, ma tête tourne un peu. Je décroche le combiné et appelle. Cinq sonneries, un répondeur. Le Dr Garrey-Charra est absent jusqu'au lundi 23 mars pour raisons personnelles.

Je me présente et demande à être rappelée d'urgence, avant de raccrocher.

Je m'assois en tailleur au milieu des dossiers et essaie de faire le point. Un salarié violent de vingt-huit ans. Un homme qui fait peur à ses collègues. Un homme prêt à donner des « coups » de poing et de pied quand l'un d'entre eux le contrarie. Un homme qui balance un gros moule métallique sur un autre salarié pour assouvir sa colère. Un homme qui ne connaît plus de limites.

Je dresse l'inventaire des possibilités : pulsions homicides, paranoïa, agressivité, déficit affectif, besoin de reconnaissance.

C'est là, juste sous mes yeux.

Je peux trouver.

Roger V.

Un homme agressif. L'individu n° 3. Patrick Soulier. Le lien que je cherche depuis le début. J'essaie de visualiser un visage, une allure générale, sans y parvenir.

La sonnerie du portable interrompt mes réflexions. Je laisse faire, le répondeur s'enclenche au bout de cinq *bip*, mais un deuxième cycle reprend. Cinq sonneries, répondeur, signal sonore.

Je serre les dents et tente de me concentrer.

Je crache :

« Je ne suis là pour personne. »

Cinq sonneries, répondeur, signal sonore.

Je pousse un hurlement de rage et je décroche au quatrième.

« Quoi ?

– Dr Lucas, centre hospitalier de Valence-le-Haut, service des urgences. »

Je ravale ma colère.

« Patrick Soulier s'est réveillé et demande à vous voir. »

Mon cœur s'arrête de battre.

« Vous avez prévenu quelqu'un d'autre ?

– Pas encore. »

Mon pouls repart.

« J'arrive tout de suite. »

27

Valence, le 25 juillet 2008

À : Carole Matthieu
De : Vincent Fournier
Objet : la foire aux bestiaux

J'espère que votre nouvelle connexion va tenir.

J'essaie de survivre dans ce monde de fous. Heureusement nous arrivons encore à plaisanter sur ce plateau. Dégustation de bonbons, par exemple. On a même essayé l'encens pour une journée fun. Si vous aviez vu les têtes de mes collègues quand ils rentraient dans la salle où une odeur soixante-huitarde planait.

Donc depuis quinze jours, il y a eu plusieurs « éclats ». Tout a commencé un après-midi où une copine a pété les câbles. Après un appel houleux avec un client, elle a raccroché en expliquant qu'elle ne comprenait plus rien, qu'elle était agressive avec son entourage et elle s'est retrouvée chez le médecin, qui l'a arrêtée trois semaines. J'imagine que vous êtes au courant.

Lundi 21 juillet, une autre collègue a reçu un mail d'Éric Vuillemenot parce qu'elle avait refusé une écoute avec un « grand chef » et qu'elle avait traité de collabo un délégué syndical, Alain Pettinotti – propos qu'elle n'a jamais tenus et qui proviennent en réalité d'un autre collègue, Hervé Sartis, qui, paraît-il, plaisantait –, donc encore un arrêt de travail.

Mercredi 23 juillet, un autre collègue quitte le service et veut mettre le centre d'appels aux prud'hommes.

Vous connaissez bien l'ambiance, mais je ne sais pas si toutes ces informations parviennent jusqu'à vous – vous ne pouvez pas être partout.

À part ça, le plateau – notre équipe ! – a involontairement gagné un challenge – 2e au plan national –, donc nous avons eu droit au café et aux petits gâteaux pour l'annonce de notre prix.

Hier, j'ai vu Jacqueline, l'infirmière, en quittant le boulot. Elle a peur qu'il arrive un drame sur le site. Je suis passé très près de la catastrophe, en juin dernier, et je sais désormais que le pire est à craindre.

À très bientôt, pour d'autres nouvelles du front.

Amicalement

Vincent

*

Valence, le 20 novembre 2008

À : Carole Matthieu
De : Vincent Fournier
Objet : semaine 30

Jeudi 20. RAS. Le plateau est paisible. Beaucoup de téléconseillers sont en arrêt. Le calme avant la tempête. Un nouveau manager arrive la semaine prochaine. Ça va peut-être faire de l'animation.

Je me sens de plus en plus mal. Je ne me suis toujours pas remis du suicide de Marc Vasseur. Pourtant, trois mois ont passé depuis et je ne le connaissais pas tant que ça. Je n'ai pas dormi correctement depuis dix jours. Je ne sais pas si je vais tenir le coup. Enfin, je crois. Avez-vous du temps de libre pour une consultation avant le week-end ?

Et vous, est-ce que vous allez mieux ? Je vous ai trouvée fatiguée, la semaine dernière, ou peut-être était-ce juste une impression due à ma propre fatigue.

À demain, j'espère.

Amicalement

Vincent

28

Des seaux de pluie se déversent sur Valence. Plus au nord, sur Tournon, le ciel est noir. Des éclairs éclaboussent les monts d'Ardèche de zébrures blanches, jaunes et violacées.

Je roule à tombeau ouvert.

Ma visibilité est réduite à dix mètres. Bretelles d'accès et rocade sont bloquées par ceux qui se rendent au travail. Le trajet me prend quinze minutes de plus.

La lettre du Dr Garrey-Charra passe et repasse comme un film de série B sans début et sans fin. Je répète inlassablement : « Roger V., Roger V., Roger V. », dans l'espoir d'un déclic qui ne vient pas. Je maudis les comprimés que j'avale depuis des jours.

J'ai soif. Des courbatures me pilonnent les muscles des cuisses et du dos. Mes reins me hurlent de prendre soin d'eux et l'envie de fumer une cigarette ne me quitte pas depuis hier soir.

Je laisse un message sur le répondeur de l'infirmière pour lui demander d'annuler les rendez-vous jusqu'à 9 h 30 ou 10 heures.

La sortie 7 est en vue. J'oublie de mettre mon clignotant et me rabats sans crier gare. Un klaxon rugit sur ma droite, suivi d'un crissement de pneus.

Je ne vois rien, je n'entends rien, j'avance.

En boucle, dans ma tête : Roger V., Patrick Soulier et l'individu n° 3.

Le parking, les platanes, le pavillon des méningites, le panneau bleu sur fond blanc *Urgences*, et mon nom, inscrit sur un registre qui me donne accès directement à la chambre n° 9.

Le même policier de faction que trois heures plus tôt. Il me reconnaît et me laisse entrer sans poser de question. Je baisse la poignée de la porte et je tire.

Il ôte son képi et dit :

« Le lieutenant Revel ne devrait pas tarder. »

Je jette un œil à mon portable.

Revel ne sait pas que je suis là et ne m'a pas prévenue quand l'hôpital l'a appelé.

Je remercie l'agent de police, pénètre dans la chambre et referme derrière moi.

*

Patrick Soulier a les yeux ouverts.

Enfin, s'il est acceptable de qualifier d'*ouvertes* des paupières bouffies qui ne laissent filtrer qu'un demi-centimètre de lumière et une sclérotique injectée de sang.

Et il parle.

« Docteur. »

Le tuyau du respirateur artificiel a été retiré, mais le moniteur est toujours relié à sa poitrine.

Bip-bip, bip-bip.

Sa voix est rauque et caverneuse. Presque inaudible.

Il lève une main.

Je me précipite pour la saisir.

Je souffle :

« Vous êtes en vie ! »

Il secoue la tête.

« Ne perdons pas de temps. »

Son élocution est d'une lenteur épouvantable. Les mots sont mâchés, à peine articulés.

J'approche mon visage du sien.

Le signal sonore s'amplifie, comme si son cœur et le mien battaient en cadence.

Bip-bip, bip-bip.

La pression de ses doigts sur ma main s'accentue.

« Je crois que vous avez tué Vincent. »

Je me tais. Il prend mon silence pour un aveu et se contente de hocher la tête.

Bip-bip, bip-bip.

« Je n'ai pas arrêté de retourner ça dans ma tête. Pourquoi vous ? Pourquoi Vincent ? Et j'ai fini par comprendre. »

Je retiens mon souffle.

Il dit :

« Ç'aurait pu être moi. »

Il reprend sa respiration.

« Ç'aurait pu être Hervé, Christine ou une autre. Vous savez et je sais que ça peut plus durer, et je crois que ç'aurait pu être vous. De la même manière. Peu importe qui. Ce qui compte, c'est que je vous juge pas. C'est pour ça que j'ai rien dit à ce flic qui m'a interrogé hier, tout l'après-midi.

– Je sais, mais... »

Il me fait signe de ne pas l'interrompre.

« J'aimais bien Vincent.

– Je sais.

– Mais il était fichu depuis longtemps.

– Je croyais que vous diriez tout. J'espérais... »

Il grimace.

« Je ne suis pas juge. C'est pas à moi de décider

qui est coupable ou pas. Mais je veux quelque chose en échange. »

Je me rapproche encore.

« C'est uniquement pour ça que j'ai fermé ma gueule. »

Il peine à trouver son souffle.

Je sais déjà ce qu'il va me demander. Je le lis dans ses yeux. Je fais non de la tête.

Il dit :

« Je veux rejoindre Vincent.

– Non ! »

Le cri est sorti tout seul. Je tourne la tête en direction de la porte en espérant que le flic de garde ne m'a pas entendue.

Bip-bip, bip-bip, bip-bip.

Le bruit est insupportable.

Ses doigts broient ma main. Je me laisse faire. Je secoue la tête.

« Je refuse.

– Vous me le devez.

– Je… je ne peux pas.

– Et Vincent ?

– Vincent, ce n'était pas pareil ! »

Il regarde en direction du moniteur.

Bip-bip, bip-bip.

« Vous n'avez qu'à le débrancher. Les infirmières ne recevront aucun signal. »

Puis il désigne la perfusion.

« Vous doublez la dose de tranquillisants. Vous la triplez. Vous faites ce qu'il faut.

– Vous ne savez pas ce que vous dites. Vous êtes dans un état second.

– Je vous en prie. »

Je dis *non* de la tête, mais mon cœur dit *oui*. Je refuse, je proteste, il insiste, mais mes tripes disent *oui*.

« Dépêchez-vous. »

Je dis :

« Non.

– Dépêche-toi. »

Bip-bip.

Je dis *non*, mais je dégage ma main, je me lève et j'éteins le moniteur. Je dis *non*, mais mes doigts cherchent le bouton de régulation de la perfusion pour augmenter la dose de morphine d'un cran ou deux.

Ce qui compte : mes actes, pas les mots.

Des larmes coulent sur les joues de Patrick Soulier.

Je dis :

« Je vais me rendre bientôt. »

Il hoche la tête.

« Je sais.

– Je vais tout avouer.

– Je sais.

– Mais je n'ai pas encore terminé. »

Ses pupilles se dilatent progressivement. La morphine produit son effet. La dose n'est pas mortelle. Patrick s'envole vers un monde meilleur, peuplé de *beaux* rêves. Il ne souffrira plus. Je réduis le débit, l'essentiel est déjà dans son sang.

Je demande :

« Pourquoi m'avoir couverte ? »

Il commence à répondre, mais je pose un doigt sur ses lèvres.

« Ne me mentez pas. Je sais que vous protégez quelqu'un et je veux savoir qui. Vos agressions… »

Une nouvelle série de larmes, une odeur d'urine, l'effet de la drogue.

« Les trois agressions, les plaintes que vous avez

déposées puis retirées, l'individu n° 3. Dites-moi qui vous protégez ! »

Il parvient à articuler :

« Je suis désolé. »

Je rebranche le moniteur, puis je dépose un baiser sur le front de Patrick et je sors, effondrée, au rythme lent des battements de son cœur.

*

Richard Revel apparaît au bout du couloir, essoufflé, au moment précis où je referme la porte. Les mots *Individu n° 3* apparaissent en surimpression sur son front. Il semble contrarié de ne pas avoir été prévenu le premier.

Je retiens la boule de plomb qui m'obstrue la gorge.

Derrière lui trottine un interne qui fait de grands gestes avec ses bras – probablement celui qui m'a annoncé au téléphone que Patrick s'était réveillé. La trentaine, blouse blanche sur chemise bleue, alliance et gourmette en or, raie sur le côté impeccable et ongles manucurés. Ses lèvres disent : « Désolé » et « Je ne savais pas », ses yeux expriment l'inverse.

Sentant le vent tourner, le flic de garde tourne la tête dans le sens opposé, me laissant seule face à la meute.

Revel me rejoint et pointe son index sur ma poitrine.

Un murmure dans mes oreilles :

« Toi, tu ne bouges pas de là ! »

Avant de s'engouffrer dans la chambre n° 9, suivi de M. Je-ne-fais-que-mon-travail.

Cinq minutes plus tard, deux infirmières déboulent en courant. Par la porte entrouverte, le temps qu'elles entrent, je perçois le martèlement du moniteur cardiaque, plus lent que jamais. Image fugace de la poitrine de Patrick Soulier qui se soulève de façon quasi imperceptible, puis plus rien. La porte se referme sur les bruits de couloir, les cris d'une gamine et le tintement des cantines qui annoncent la fin du petit déjeuner.

Patrick ne m'a rien dit, mais :

Il protège quelqu'un et refuse de fournir son nom. Il ne protège pas l'individu n° 3, mais une personne qui redoute les réactions de l'individu n° 3. Ses craintes sont telles qu'il est forcé de se taire et préfère rejoindre Vincent Fournier plutôt que de donner un nom et de dire pourquoi. Patrick Soulier témoigne et se rétracte pour une raison supérieure.

Pas un mauvais rêve.

Des faits qui ont débuté en mars 2008 avec les lettres de menaces de mort et dont les résultats perdurent jusqu'à aujourd'hui. Jusqu'au bout d'un nœud coulant fait d'un câble téléphonique et suspendu au portail d'entrée de la plate-forme. Jusque dans le lit de la chambre n° 9.

Question : quelle est la cause de ces lettres ?

Une crampe à l'estomac plus douloureuse que les autres interrompt mes pensées.

Je relève la tête.

Des bruits de pas étouffés proviennent de la chambre. Des meubles que l'on déplace.

J'expire.

Je réalise que chaque muscle de mon corps est tendu à en claquer.

J'aspire une longue bouffée de l'air chargé de Javel et de bactéries du couloir, et je cours me réfugier aux toilettes. Je tire le verrou, je baisse la cuvette et m'assieds pour pleurer, pleurer et maudire ma peur.

*

À mon retour, Richard Revel et l'interne sont seuls dans le couloir. L'agent de faction a disparu et la porte de la chambre est grande ouverte sur un lit vide, encore souillé d'urine.

Le lieutenant est distant et m'observe de biais en même temps qu'il écoute le médecin.

Pour être exacte :

Il ne regarde que moi. Toute son attention est concentrée sur mon arrivée. Plus je me rapproche de lui, plus j'ai le sentiment que la sentence « Carole Matthieu est coupable » est tombée. La lumière crue des néons paraît moins violente. Le vacarme des urgences s'étouffe. Les battements de mon cœur semblent résonner dans le couloir comme un roulement de tambour. Sous l'effet des amphétamines, j'occulte les parasites et ne vois plus que lui, Richard Revel, qui crie : « Coupable ! »

Quand je reprends conscience, je suis face à lui, et l'interne, qui avait disparu de mon champ de vision, me dévisage d'un drôle d'air.

Revel dit :

« Patrick Soulier est tombé dans le coma. »

Je déglutis avec peine. La lumière et les bruits reprennent leur place. J'y vois plus clair.

« Quand ?

– Peu de temps après que j'ai commencé à l'interroger.

– Qu'a-t-il dit ?

– C'est à moi de te poser la question, tu étais là avant. »

Il me jauge, du haut de son mètre quatre-vingt-cinq. Je décide de jouer la carte de la sincérité.

« Il voulait que je l'aide à mourir…

– Il est dans le coma.

– Il attendait mon aide et j'ai refusé. »

Revel se mord l'intérieur des joues. Son principal suspect ne parlera plus, sauf miracle. La version officielle bat de l'aile. Patrick Soulier a tenu parole, malgré lui : il n'a rien dit. Le lieutenant est dans la merde jusqu'au cou, mais je ne suis pas inquiète pour lui. Il finira par mettre la main sur l'individu n° 3, puis, quand tout sera terminé, sur la meurtrière de Vincent Fournier. Chaque chose en son temps, ma patience. L'*autre Histoire* n'est pas encore écrite. Les salariés de la plate-forme n'ont pas dit tout ce qu'ils avaient sur le cœur.

L'interne est planté au milieu du couloir. Il manifeste des signes d'impatience. Je tourne la tête vers lui, en silence, puis je reviens sur Revel.

« Tu m'offres une cigarette ?

– Qu'est-ce que tu me donnes en échange ? »

Je le fixe sans répondre. Il ne cille pas. Il évalue ma résistance. Je devine ses pensées. Il hésite entre me donner une cigarette ou m'interpeller pour obstruction à enquête et dissimulation de preuve. Il craint :

Le scandale médiatique.

Le secret médical.

L'erreur judiciaire.

Les femmes.

Je peux comprendre cela. Revel est un homme de terrain. Il connaît mal la plate-forme, il se dit qu'il avance en terrain miné. Il voit des ennemis partout. Il imagine le mensonge, les cachotteries, les omissions. Il pense que les syndicalistes sont contre lui, que la direction ne joue pas franc-jeu, que les salariés ont tous quelque chose à dissimuler, que tout le monde a quelque chose à cacher, que l'entreprise, c'est secret.

Comme tous les policiers de terrain, il redoute :

Ma réaction.

L'étendue de mes rapports avec les syndicats.

Une grève.

La presse de gauche.

Les femmes.

Je le tire par la manche et remercie l'interne, en me forçant à sourire. Ce dernier file en direction du bureau des infirmières sans demander son reste.

Patient suivant.

J'entraîne Revel à l'extérieur.

*

Un rideau de pluie masque les places de parking du fond. Nous nous installons à l'abri, contre la baie vitrée du hall d'accueil, à côté d'un bac à fleurs reconverti en cendrier. Revel est nerveux, il ne sait pas sur quel pied danser avec moi. Je le laisse empêtré dans ses contradictions. Ce sont ses affaires, pas les miennes.

J'accepte la cigarette qu'il me tend et nous fumons en silence un moment. Des bourrasques de vent charrient la pluie jusqu'à nos pieds. Nos chaussures baignent dans l'eau. Nous nous rapprochons, presque instinctivement.

Il jette son mégot dans le bac à fleurs et lâche :

« Qu'as-tu appris sur l'individu n° 3 ?

– Patrick Soulier ne le protège pas.

– Qu'est-ce que tu entends par là ? »

Je dois trier les informations que je livre au compte-gouttes.

Je réponds :
« Patrick est innocent.
– Tu te répètes.
– Je crois que l'individu n° 3 n'est qu'un phénomène secondaire.
– Tu crois ou tu en es sûre ?
– Patrick n'est pas le genre d'homme à avoir peur de quelqu'un. Ce n'est pas un lâche. Je l'ai déjà vu se battre avec un type qui essayait de forcer l'une des voitures du parking. Je peux t'assurer que le type en question n'en menait pas large alors qu'il était armé d'un couteau et qu'il pesait dix ou vingt kilos de plus que Patrick.
– Patrick Soulier n'est pas lâche, mais on l'a récupéré se balançant au bout d'un câble électrique. »
Je secoue la tête, agacée.
« Tu ne sais pas de quoi tu parles ! Un type qui tente de se suicider n'est pas forcément un lâche !
– C'est ton point de vue !
– Arrête de raisonner en flic ! »
Revel grimace, vexé. Je m'excuse.
Il dit :
« Je fais mon boulot.
– Je sais.
– Alors ?
– Ce que je veux dire, c'est que Patrick ne craint ni les coups ni la bagarre. C'est même ce qu'il préfère dans son boulot. Le côté : je roule des épaules et je gonfle mes biceps. Tu vois le genre.
– Possible. Et alors ?
– Alors, je n'en sais pas plus. C'est toi, le flic. »
Revel se tait. Il hésite encore sur l'attitude à adopter.
J'enchaîne :

« Qu'as-tu appris de ton côté ? »

Il ne répond pas immédiatement. Il réfléchit à ce que je lui ai dit. Il pèse mes hypothèses et les compare aux siennes.

Je change de méthode :

« J'ai cru comprendre que l'individu n° 3 était plutôt jeune. »

Il relève la tête d'un mouvement brusque.

« Comme le sais-tu ?

– Il me l'a dit, à l'époque.

– Qu'est-ce que tu sais d'autre ?

– Que Patrick est innocent.

– Tu m'ennuies avec ça. J'ai besoin…

– De preuves », je le coupe.

Et maintenant ?

J'aspire deux longues bouffées de ma cigarette et tourne la tête vers le parking. Les visites ont commencé. Les places se remplissent une par une. Enfants, parents, collègues de boulot et amis, visages fermés ou mines réjouies, s'extraient de leur véhicule et s'engouffrent dans le hall d'accueil. La valse des bonnes et des mauvaises nouvelles. Des infirmières en tenue viennent prendre leur service. Un interne pressé me bouscule en sortant. La sirène d'une ambulance, les rires de deux aides-soignantes en pause cigarette et la toux rauque d'un patient en chemise, mules et caleçon, venu fumer sa dernière cigarette avant l'ablation des deux tiers de ses poumons. Le ronronnement des voitures qui défilent sur la voie rapide nous parvient à chaque bourrasque de vent. Je me prends à rêver d'une bonne douche pour me laver des impuretés de la nuit et des miasmes des urgences, comme s'il existait un risque de contamination.

Je jette mon mégot par terre et l'écrase du talon.

Une deuxième cigarette aux lèvres, Richard Revel passe dans mon champ de vision et fait quelques pas sur le perron. Quelque chose de profondément érotique se dégage de lui. Malgré lui. Un instant, il semble aussi perdu qu'un enfant dans un monde d'adultes. Une irrésistible envie de lui prendre la main me gagne. J'esquisse un mouvement dans sa direction, mais je me ravise. Pour masquer ma gêne, je fais le geste de porter une cigarette à ma bouche, avant de réaliser que je n'en ai plus et que je dois être ridicule.

Fournier est mort, Soulier est dans le coma. Où en sont Richard Revel et Carole Matthieu ?

Sur terre.

Devant la porte d'entrée des urgences, sur les marches du purgatoire. Ni dans le paradis morphinique cotonneux de Patrick Soulier. Ni dans les abysses infernaux de Valence avec : Christine, Claude, Alain, Salima, Jean-Louis et les autres.

Revel se gratte la nuque et se retourne vers moi.

Je dis la première chose qui me vient à l'esprit :

« Quel est ton point faible, lieutenant Richard Revel ? »

Il tique, étonné par ma question, puis il fronce les sourcils et me reprend :

« Ne m'appelle pas comme ça.

– Tu ne réponds pas. »

Il se fige, fait mine de réfléchir, mais je sais qu'il sait déjà quoi dire.

« Toi.

– Fous-toi de moi, lieutenant Richard Revel. »

Il s'énerve :

« Arrête de m'appeler comme ça ! »

Je pense : Ici, dans cette ville, tout le monde m'appelle « Dr Matthieu ».

Je caresse sa joue du bout des doigts.

« Dis-moi. »

Mais il se tait et, à cet instant précis, je suis certaine d'une chose : personne n'agit gratuitement. Richard Revel, avec sa gueule d'ange, ses traits fins et ses mains de pianiste concertiste, comme les autres. Il cherche quelque chose. La vérité n'est pas ce qu'il veut plus que tout au monde. Ni moi, ni la vérité.

Son point faible.

Il m'embrasse et je me laisse faire. Au bout d'une minute, je m'écarte subitement, je plante mes yeux dans les siens, incertaine, sans rien y trouver d'autre que le vide et l'envie de le combler, puis je m'enfuis en courant, apeurée par ce que j'ai entrevu.

Le lieutenant Richard Revel a fait un mauvais rêve, lui aussi.

Et, pour une raison que j'ignore, je suis en plein dedans.

*

Trajet du retour. Pilule magique et feux tricolores. Je slalome entre les voitures, sans tenir compte des coups de klaxon, je grille deux stops, coupe la priorité à une camionnette de livraison sur un rond-point et manque de renverser un vélo dont le propriétaire m'insulte. Pilule magique et lignes droites. Je passe la troisième, puis la quatrième. Soixante kilomètres-heure, quatre-vingts, cent dix en plein centre-ville. Je rétrograde et freine à bloc pour passer une chicane et réaccélère jusqu'à ce que les bâtiments de la plate-forme soient en vue.

Pendant ce temps, dopée aux amphétamines et insensible au vacarme extérieur :

Je m'interroge sur Richard Revel, ses motivations, son boulot de flic. J'ai envie d'en savoir plus sur lui. Le goût de sa salive sur mes lèvres. J'y passe ma langue, étonnée qu'un frisson adolescent me parcoure le dos. Je sais que je déconne, mais je ne perçois plus les limites.

À peine arrivée dans mon cabinet, je jette les clefs sur le bureau, feuillette mon carnet d'adresses et décroche le combiné.

Première sonnerie.

Dr Ève Astier, ancienne collègue de promotion. Experte auprès du tribunal de grande instance de Valence et médecin du travail à la criminelle. Richard Revel fait peut-être partie de ses patients. Je dois pouvoir obtenir des informations.

Le répondeur se met en marche. Je laisse un message et lui demande de me rappeler, sur un ton que j'espère le plus neutre possible. Soit elle suit l'actualité et elle me rappellera par curiosité. Soit elle ignore tout et me contactera quand même. Je conclus par un « C'est assez urgent » ponctué d'un « Tu peux me joindre sur mon portable ».

Je compose ensuite le numéro de ma fille, qui ne répond toujours pas.

J'hésite entre inquiétude et soulagement.

Je raccroche sans laisser de message. Mes pensées s'emmêlent un instant. Les tranquillisants et les excitants, Revel et Soulier, la version officielle et l'*autre Histoire*. Je ferme les yeux quelques minutes en me demandant si je n'ai pas tout inventé.

Quand je les rouvre, l'infirmière est sur le pas de la porte et m'annonce que la salle d'attente est vide.

Comme je la regarde sans comprendre, elle ajoute :

« Personne n'est venu depuis votre départ, tout à l'heure. »

J'encaisse le coup sans broncher, la remercie et lui demande de fermer la porte en sortant.

J'appelle Éric Vuillemenot pour savoir s'il n'est pas à l'origine de la manœuvre, mais sa ligne sonne occupée. Je ne laisse pas de message.

Je contacte Alain. Même chose. Pas de message.

Encore un coup foireux.

Je me lève, mes jambes flageolent mais ne flanchent pas. Je m'appuie sur le bureau pour ne pas perdre l'équilibre. Mon regard descend jusqu'à mes mains, puis mes chaussures, avant de parcourir les dossiers et les expertises étalés à même le carrelage. Je lâche prise et m'accroupis lentement en tanguant un peu. Un léger vertige, rien de grave. Je ne tiendrai pas longtemps à ce rythme-là. Je vais pour me redresser quand mes yeux tombent par hasard sur le dossier médical de Salima Yacoubi.

Quelque part dans ma tête, un déclic se fait.

Lointain, d'abord, puis de plus en plus concret : Salima Yacoubi, debout dans le hall d'accueil des urgences de l'hôpital de Valence-le-Haut, son sac à main pressé contre sa poitrine, en pleine nuit, les yeux cernés et rougis d'avoir trop pleuré.

Je murmure pour moi-même :

« Je n'ai pas rêvé. »

Je pense :

Salima Yacoubi, tentative de viol le 14 mars 2008. Au même moment, Patrick Soulier reçoit les premières lettres de menace de mort. Trois mois plus tard, il est agressé par trois types sur le parking du centre d'appels.

Salima Yacoubi, Patrick Soulier.

Une petite voix me souffle :

« Remets les mots dans l'ordre et remplis les espaces vides. »

Salima Yacoubi, en larmes aux urgences après que Patrick Soulier s'est donné la mort.

L'évidence me crève les yeux.

Je n'ai plus qu'à remplir les espaces vides : Salima Yacoubi, celle que Patrick Soulier protège.

J'attrape le paquet de feuilles et m'assieds contre le mur pour tout reprendre depuis le début.

*

J'ouvre le dossier à la première page et prends ma respiration. Je lis l'*autre Histoire* de :

SALIMA YACOUBI

Les faits (1). Le 14 mars 2008, vers 20 heures, Salima Yacoubi, cinquante-huit ans, agent d'entretien, entame son service au centre d'appels qu'elle croit vide. Elle voit entrer un jeune salarié de vingt-huit ans dans le bureau qu'elle nettoie. Il lui demande du liquide vaisselle car c'est elle qui possède les clefs du placard à produits d'entretien. Il la suit dans le local, il tente de l'approcher, elle le gifle et elle crie. Il lui demande si elle l'aime, il s'énerve lorsqu'elle répond « non », malgré sa peur. Il la plaque sur le sol et se couche sur elle. Elle sent son sexe à travers ses vêtements. Il lui met un doigt dans l'anus à travers sa robe. Elle se débat, parvient à s'enfuir. À trois reprises, il manque de la rattraper. Elle parvient à se glisser sous une table basse et se met en boule. Il profère alors des injures à caractère raciste et part en claquant la porte.

Salima Yacoubi a cru mourir. Elle ne peut se retenir de penser que son mari, décédé onze ans plus tôt, était présent. La honte se mêle à la peur.

Les faits (2). Elle dit que personne ne l'entend.

Les faits (3). Cet homme, c'est Roger Vidal. Le même salarié d'une société de services à deux pas du centre d'appels dont me parle le Dr Évelyne Garrey-Charra dans sa lettre. Roger V., un homme violent, capable de violer et de faire mal. Capable de tuer.

J'interromps ma lecture pour réfléchir. Je dis à haute voix :

« Elle et Roger Vidal ne sont pas seuls. »

Hypothèse (1). Le vigile, Patrick Soulier, fait sa première ronde. Il n'entend pas les cris de Salima Yacoubi, n'est pas témoin de l'agression, mais il croise Roger Vidal qui s'enfuit, puis il trouve Salima Yacoubi, effondrée.

Les faits (4). Salima Yacoubi ne dit pas avoir croisé le vigile.

Hypothèse (2). Cette agression est leur secret. Ce qui explique le silence de Patrick Soulier sur son lit d'hôpital, avant de tomber dans le coma, et le mutisme de Salima Yacoubi.

Question : pourquoi ne pas porter plainte et pourquoi mentir ?

Les faits (5). Après l'agression, Salima Yacoubi rentre chez elle, à deux pas de son lieu de travail. Elle va immédiatement se laver, très longtemps. Sous l'eau chaude puis sous l'eau froide. Elle jette ses vêtements à la poubelle. Elle est envahie par un sentiment de honte. Elle ne s'imagine plus capable d'aller sur la tombe de son mari. Jeter ses vêtements et frotter ses membres au savon ne suffit pas. Son honneur doit être lavé.

L'agression a lieu un vendredi. Salima Yacoubi est incapable d'en parler à ses enfants. Le mardi suivant, elle se rend au travail car elle sait que Roger Vidal ne sera pas là. Le mercredi, il tente de venir lui parler. Elle le repousse. Feignant de ne pas savoir ce qu'elle a, Roger Vidal demande à d'autres salariés ce qui lui prend, *devant elle*. Elle s'effondre alors en larmes, mais sans parvenir à parler. Toujours cette honte mêlée de peur. Elle rentre chez elle et parle à sa fille aînée, qui la conduit immédiatement chez son médecin traitant. Elle parle d'une « agression » sur son lieu de travail, sans plus de détails. Le médecin lui prescrit un arrêt maladie pour huit jours. Elle porte plainte au commissariat, puis la retire deux jours plus tard. Je la reçois à mon cabinet à son retour et elle me raconte tout.

Tout, sauf :

Patrick Soulier était présent sur le site le soir de l'agression et il l'a soutenue.

Patrick Soulier et Salima Yacoubi sont amants.

Patrick Soulier veut protéger Salima Yacoubi.

Hypothèse (3). Salima Yacoubi refuse de donner un nom à Patrick Soulier, mais le vigile a vu sortir Roger Vidal en rogne, peu avant de retrouver sa maîtresse en larmes. Patrick Soulier veut faire justice lui-même et menace Roger Vidal de représailles.

J'attrape un stylo et une feuille blanche et j'écris, en haut, au milieu de la page :

L'*AUTRE HISTOIRE* DE S. YACOUBI ET P. SOULIER

Patrick et Salima sont amants. Roger Vidal tente de violer Salima. Fou de rage, Patrick veut la venger une première fois, mais Roger Vidal est dangereux. Dorénavant, il sait pour Patrick et Salima. Roger Vidal *est* l'individu nº 3. Il commence par des lettres de menace de mort sur Patrick et Salima. Patrick prend peur, il ment à Salima et lui dit que le problème est réglé, mais le 11 juin 2008, à 13 h 45, une heure de grande affluence sur le parking, il est agressé par Roger Vidal et deux hommes sur son lieu de travail. Patrick ne se laisse pas démonter. Roger Vidal tente peut-être d'approcher à nouveau Salima, mais Patrick l'en empêche, il veut sauver l'honneur de celle qu'il aime et il se fait à nouveau agresser, à deux reprises, chez lui.

Je glisse la moitié d'un comprimé de Stilnox sur ma langue et le laisse fondre tout en réfléchissant.

J'écris : Pourquoi Patrick Soulier se suicide-t-il maintenant ?

Je relève les yeux. L'infirmière frappe à la porte. Elle passe la tête pour demander si tout va bien, me voit assise par terre, noyée au milieu de mes dossiers, puis ressort aussitôt, comme si elle avait vu le diable en personne.

Je reprends ma feuille et souligne ma question deux fois d'un geste rageur. Pourquoi Patrick Soulier se suicide-t-il maintenant ? Remettre les mots dans l'ordre et remplir les espaces vides.

Pas de réponse.

Je fouille dans son dossier, dans l'espoir de trouver les horaires de travail de Salima, mais il n'y a rien. Je me relève et passe un coup de fil à l'accueil de la plateforme. La secrétaire me répond d'une voix atone qu'en général, le mardi, les agents de nettoyage ne travaillent qu'à partir de 14 heures. Je consulte ma montre. 10 h 20. Plus de trois heures et demie à attendre. Je lui demande si, par hasard, elle aurait les coordonnées de chaque employé. Elle me rétorque qu'elle ne tient pas de fichier de présence sur les sous-traitants et que je n'ai qu'à voir avec Éric Vuillemenot. Je la remercie et je raccroche.

J'hésite à joindre le directeur du site pour lui poser la question, mais je me ravise. J'appelle Alain pour lui demander s'il sait où je peux trouver l'emploi du temps du personnel sous-traitant, mais je tombe une nouvelle fois sur un répondeur. Je laisse un message dans lequel j'explique que mon cabinet est vide et que je m'en étonne. Je ne dis rien à propos de Salima et de Patrick.

Il faut que je parle à Salima Yacoubi avant Richard Revel.

Je passe dix minutes supplémentaires à chercher en vain des réponses à mes questions.

Un signal sonore m'avertit qu'un courriel est arrivé sur ma messagerie électronique.

Importance : haute.

Je tends le bras pour accéder à mon poste informatique, et glisse le curseur de la souris sur ma boîte aux lettres. Envoyeur : Alain Pettinotti. Je l'ouvre et je lis en serrant les dents et les poings.

À l'origine, un message d'Éric Vuillemenot à tous les salariés de la plate-forme.

À tous les salariés de la plate-forme, sauf :

Le Dr Carole Matthieu, l'infirmière Jacqueline Vittoz et les délégués syndicaux.

Contenu du message : une cellule d'écoute a été mise en place par les managers du site de Valence, et chaque employé est invité en priorité à consulter sa hiérarchie pour faire le point suite aux événements qui secouent la plate-forme depuis vendredi soir, et aviser des mesures de travail à prendre.

Je tape du plat de la main sur le clavier d'un geste rageur.

Les saloperies continuent.

La direction court-circuite mon travail. Elle court-circuite aussi l'action des syndicats. Jean-Jacques Fraysse a bien fait son boulot, après la réunion du CHSCT d'hier soir. Alain Pettinotti, les délégués du personnel et la médecine du travail sont mis hors du coup. Carole Matthieu est mise de côté comme un parasite.

Je pense : Après tout ce que j'ai fait pour eux.

Je traverse mon cabinet en courant et j'ouvre la porte. La salle d'attente est vide. Je verrouille et je gagne les bureaux de la direction.

29

Je ne croise personne dans les couloirs ni dans la cage d'escalier. Les portes des bureaux et des salles d'appels sont closes, comme par miracle. Aucun fumeur derrière les baies vitrées. Le ronronnement des photocopieuses, de la ventilation des postes informatiques et de la climatisation. Les sonneries de téléphone, étouffées par les cloisons et les murs. La scène du crime a été réhabilitée en salle de travail. Les clients sont à nouveau mécontents et les téléopérateurs doivent à nouveau s'excuser et dire merci, merci et merci pour votre appel.

Bureau du directeur.

J'entre sans frapper.

La carcasse desséchée d'Éric Vuillemenot pivote sur elle-même, un portable collé à l'oreille.

« Je te rappelle. »

Il glisse l'appareil dans sa poche. Je suis assommée par le mélange de colère et de Stilnox, Zolpidem et Isoméride. Je vacille légèrement. Il met ça sur le compte de la colère. Je pointe un doigt accusateur.

« Je vais porter plainte pour ce que vous avez fait.

– De quoi est-ce que vous parlez ?

– Je parle de votre fichue cellule d'écoute ! De cette histoire de consignes données aux managers.

– Vous délirez !

– Écoutez-moi ! »

Je tremble sur mes jambes. Mes mains décrivent des cercles devant moi. Je ne me maîtrise pas. Vuillemenot est détendu.

« Vous vous foutez comme de l'an quarante des rapports alarmants que je fais remonter depuis des mois et des années. Vous ne respectez pas la souffrance de vos employés. La situation est catastrophique. Mais, non content d'ordonner et d'obtenir la reprise immédiate du travail, vous trouvez encore le moyen de briser l'unique lien qui existe entre les salariés et la seule personne qui les écoute dans cette boîte !

– Vous n'avez pas le monopole du dialogue.

– Mais c'est une mesure stupide et dangereuse ! »

Il fixe un instant les mouvements désordonnés de mes mains, secoue la tête et gagne son siège avec calme.

« Je ne pense pas.

– La plupart des téléopérateurs du site souffrent du pouvoir exorbitant que vous avez mis entre les mains de leurs managers. Ce sont de véritables contremaîtres et vous le savez parfaitement !

– Ce sont des agents et des cadres qui fournissent un effort admirable pour surmonter la crise que nous traversons.

– Vous demandez à des individus en souffrance de confier leurs émotions à leurs chefs. Et ces chefs à leurs propres chefs. N'importe quel psychologue de seconde zone vous dirait qu'il s'agit d'une aberration médicale !

– Je n'ai reçu aucune réclamation.

– Ils ont peur pour leur emploi ! Pour leurs familles ! Pour leurs emprunts à rembourser !

– Vous sous-estimez leur capacité de jugement.

– Certains ne sont même plus en état de penser ! »

Éric Vuillemenot tripote le combiné de son téléphone en évitant soigneusement de croiser mon regard.

« Vous prenez cette affaire trop à cœur, docteur.

– Je fais mon boulot, *monsieur le directeur*.

– Jean-Jacques Fraysse m'a rapporté les propos que vous avez tenus lors de la réunion exceptionnelle du CHSCT d'hier soir.

– Où vous l'aviez courageusement envoyé à votre place ! »

Ses doigts se crispent sur le téléphone, mais il garde encore son calme.

« Je crois que la mort de Vincent Fournier vous affecte beaucoup.

– Ce qui signifie ?

– J'ai transmis ce matin à ma hiérarchie et à la vôtre un courrier leur exprimant toute l'inquiétude que je nourrissais à votre égard.

– Vous avez fait quoi ? »

Il poursuit, imperturbable, décrochant et raccrochant le combiné, comme pour conjurer le sort ou s'assurer que l'appareil fonctionne au cas où je me ruerais sur lui.

« Vous avez besoin de repos, c'est évident. Regardez-vous ! Regardez dans quel état vous êtes ! Vous tenez à peine debout, vous tremblez, et les cernes que vous avez sous les yeux laissent penser que vous ne dormez pas assez. Je suis sincèrement très inquiet !

– J'en doute !

– Et j'ai aussi quelques réserves quant à votre aptitude à mener à bien la mission qui est la vôtre.

– Espèce d'ordure ! »

Je pose mes deux mains à plat sur son bureau. Il ne

se démonte pas. Il est calme. Plus calme que jamais. Il *maîtrise* la situation à la perfection. Aussi froid que Christine Pastres quand Vincent Fournier est venu la trouver pour lui parler de ses pulsions suicidaires et qu'elle lui a répondu qu'elle ne marchait pas au chantage. Aussi froid que celui qui ne franchit pas les limites de ses fonctions. Règle mathématique : plus il est calme, plus je m'agite. Plus il prétend s'inquiéter de ma santé, moins je suis en état de me prendre en charge toute seule. Plus il prend soin des salariés de la plateforme, plus ils sont malades à en crever.

« Allez vous faire foutre, Éric Vuillemenot ! Vous n'aurez pas ma peau ! »

Il avale et ravale sa salive. Il secoue la tête comme s'il était *vraiment désolé*.

Des tremblements agitent mes avant-bras. Je serre les poings pour les dissimuler. Je serre les dents pour les refouler. Je sens monter une crise d'angoisse.

Il en remet une couche. Il ne s'arrêtera pas en si bon chemin. Il veut me soigner. Il veut m'achever tant que je suis à sa merci.

« Voyez votre réaction ! Vous n'êtes même plus capable de différencier vos ennemis de vos alliés. Nous ne sommes pas en guerre, docteur Matthieu. Nous sommes les salariés d'une même entreprise que nous essayons de faire tourner du mieux que nous le pouvons. Je suis là pour faire des choix et veiller à ce que la machine tourne. Vous êtes là pour vous assurer que chaque employé est en état de faire du bon travail. Je sais que vous êtes un excellent médecin, mais nous avons tous nos faiblesses. Prenez un peu de repos. J'ai consulté le planning du site et je me suis aperçu que vous avez seulement pris une semaine de congés au cours des derniers dix-huit mois.

– Les salariés du site ont besoin de moi.
– Bien sûr, bien sûr.
– Je vais… dénoncer vos… »

Il décroche le combiné sans me quitter des yeux et compose un numéro.

Les mots se bloquent dans ma gorge. J'étouffe. J'écume de rage. La tête me tourne. Des vertiges. Je me sens devenir blanche comme un linge. Un voile rouge me passe devant les yeux. Derrière ce voile, je distingue de plus en plus mal la silhouette d'Éric Vuillemenot. Il me semble qu'il sourit. Son visage se déforme. Il rit à gorge déployée, il me montre du doigt, il dit que personne ne peut me faire confiance.

Mauvais rêve ou réalité ?

Je chasse ces images de la main. Je titube. Je déraille. J'essaie de reprendre le contrôle, mais je titube et je déraille encore plus. Je sens les mains du directeur sous mes bras pour m'empêcher de tomber. Je me dégage violemment. Je suis prise de convulsions. J'arrive encore à marcher. Je sors du bureau, hagarde. Le voile rouge me précède. Je progresse dans le couloir, je descends l'escalier en m'agrippant à la rambarde comme à mon salut. J'ai présumé de mes forces. Mon enquête, les preuves, les faits et les résultats. Patrick Soulier, dans le coma. Hervé Sartis, dans les limbes. Christine Pastres, sur le banc des accusées. Vincent Fournier, mort pour rien. Dr Carole Matthieu, folle, folle, folle et incapable de se maîtriser. Folle, folle, folle et meurtrière.

Un appel d'air. Des mouvements, quelque part dans mon champ de vision.

Je perçois la voix d'Alain, loin, loin au-dessus de moi.

Les hurlements de Vincent, Hervé, Patrick et Salima. Et les autres, encore plus hauts.

*

« Ça va ? »

Alain Pettinotti est penché sur moi. Je tourne la tête pour voir où je suis. Retour au cabinet. L'infirmière se tient en retrait, dans l'embrasure de la porte.

Je me redresse et passe la main dans mes cheveux d'un geste lent mais sûr.

Je demande l'heure qu'il est. Jacqueline lève la tête et dit d'une voix posée :

« 11 h 10.

– Merci. »

Je me lève pour tester mes réflexes. Le sol ne tangue pas. Le plafond ne danse pas.

Je suis à nouveau moi-même.

« Éric Vuillemenot, ce salaud ! »

Alain fait signe à l'infirmière que tout va bien. Elle s'éclipse aussitôt.

Il s'approche plus près. Je recule avec agacement.

« Ça va ! C'était juste une baisse de tension. Vuillemenot m'a mise hors de moi.

– Tu n'as pas l'air bien. Il faut que tu lèves le pied.

– Hé, tu ne vas pas t'y mettre, toi aussi ! Je vais très bien, je te dis. J'ai rien mangé depuis hier soir, ça s'arrête là. Va à la cafétéria me chercher quelque chose à grignoter, s'il te plaît, le temps que je me passe la tête sous l'eau. Tu trouveras de la monnaie dans mon sac à main. »

Il hoche la tête d'un air entendu.

Avant de sortir :

« Ne t'inquiète pas, personne ne t'a vue dans cet état, à part le directeur, l'infirmière et moi. »

Il referme derrière lui. Je me retiens de me jeter sur

la porte pour la marteler à coups de poing et de pied, mais cette fois-ci, je reste maîtresse de mes gestes. Je respire un grand coup et je farfouille dans ma poche à la recherche de pilules magiques. Disparues. Je fixe la porte close, un instant, les yeux dans le vague. J'imagine : Alain-le-fouineur qui tombe sur les plaquettes d'amphétamines et de tranquillisants dans ma blouse et qui les garde pour me protéger. Je me retiens une nouvelle fois de me défouler, je pivote sur mes talons et me dirige vers la pharmacie pour y trouver de quoi relancer la machine.

Coupe-faim et produits anorexigènes. Dexedrine, Strattera 60 mg et Ixel. Boîtes vides. Troubles de la concentration. Ritaline, Vyvanse, Adderrall et Desoxyn. Vides. Antidépresseurs. Effexor et Zyban. Vides. Décongestionnant respiratoire, sympathomimétique amphétaminique : Rhinadvil, dérivé de l'éphédrine. Deux plaquettes complètes. J'en glisse trois comprimés sur ma langue et j'avale. Le reste, dans ma poche.

Je me rince le visage dans le lavabo, je bois trois verres d'eau coup sur coup et je me lave longuement les mains à l'antiseptique sous le robinet. Mon reflet dans le miroir se lézarde. Je penche la tête en arrière et remplis mes poumons de l'air du cabinet. Le plafond se fissure, mais je tiens le coup. Pas de nausée. Bon signe. Je retourne m'installer devant l'écran d'ordinateur pour consulter ma messagerie. L'image est nette. Lettres d'information, deux courriers d'alerte, un bref message d'Alain qui souhaite passer me voir et qui me demande si tout va bien. Heure d'envoi : 10 h 55. Vingt minutes plus tôt. Juste après m'avoir fait passer l'annonce du directeur de site sur les cellules d'écoute des salariés.

Je marmonne :

« Sentiment de culpabilité, compassion. »

Un bruit de voix dans le hall d'entrée du cabinet. On frappe à la porte. Alain est de retour avec un plateau garni de croissants, de pains au chocolat et d'une grande tasse fumante qu'il dépose sur la table d'auscultation.

Je quitte mon siège à regret.

*

« Qu'est-ce que c'est ?

– Thé à la menthe, avec trois sucres. »

Il sourit. Il veut faire le type attentionné et gentil. Je ne suis pas dupe. Culpabilité et compassion, rien de plus. J'ai peut-être tort : attirance sexuelle, sentiment protecteur, amitié.

Je mange pour lui faire plaisir en priant l'apôtre grec Luc, troisième évangéliste, saint patron des médecins et médecin lui-même, que mon estomac ne lui restitue pas l'intégralité du repas à la figure. Je bois le thé brûlant à petites gorgées, comme le font les personnes saines d'esprit et les médecins ordinaires. J'essaie de ne pas laisser dériver mes pensées vers : Patrick Soulier, Salima Yacoubi et l'individu nº 3. Je veux qu'Alain s'en aille vite et qu'il puisse dire : le Dr Carole Matthieu va mieux, c'était juste un coup de fatigue dû au stress de ces derniers jours, elle a avalé trois croissants et un quart de litre de thé à la menthe sucré jusqu'à l'overdose.

Je repousse le plateau vide.

Je dis :

« Merci. »

Le sourire d'Alain s'élargit. Je le rassure, lui exprime ma gratitude, lui dis que je vais mieux et que j'aimerais me reposer un peu avant d'attaquer l'après-midi. Il me fait promettre d'aller manger un morceau à midi avec Jacqueline. J'acquiesce poliment. Je le fous à la porte sans le brusquer, puis je me souviens de son courrier électronique. Je lui demande ce qu'il souhaitait me dire. Il secoue la tête, il hésite. Déjà, il ne me regarde plus dans les yeux. J'insiste.

« C'est à propos de ce lieutenant de police.

– Richard Revel. »

Il me regarde bizarrement.

« C'est ça. Revel. Il est venu me poser des questions sur Fournier. Il m'a demandé où il pouvait se procurer la liste de ses collègues de travail sur l'année écoulée.

– Alors ?

– Vincent a changé de poste souvent.

– Mais vous avez les listes, n'est-ce pas ?

– Oui.

– Tu les lui as données ? »

Il hoche la tête.

« Tu n'étais pas tenu de le faire.

– D'un point de vue légal, je crois que si. De toute façon, le flic avait l'accord de Vuillemenot. »

La question sort toute seule :

« Il cherchait quoi ? »

Alain hausse les épaules.

« Il a bien dit quelque chose.

– Il a parlé de Vidal. »

Mon estomac se noue. On y revient. Richard Revel est sur mes traces, à deux pas derrière moi. Je peux sentir son souffle sur ma nuque.

La main sur le battant de la porte, Alain est soudain pressé de partir.

Souffle coupé, il précise :

« Le Roger Vidal de l'agression de Salima Yacoubi.

– Pas l'agression : le *viol*.

– Elle n'a pas porté plainte. »

Je prends sur moi de ne pas l'insulter pour douter encore, un an après, de la version de Mme Yacoubi.

« Qu'est-ce qu'il voulait à Vidal ?

– Il a juste dit que lui et Vincent étaient dans la même équipe, de janvier à mars 2008.

– C'est tout ? »

Je sonde Alain du regard. Il s'énerve :

« Qu'est-ce que tu veux que je te dise ? C'est lui qui pose les questions, pas moi. Il a fait une copie de la liste et il est parti.

– Il aurait pu demander si tu le connaissais, par exemple.

– Et j'aurais répondu que ce n'était pas vraiment le cas.

– Vidal et Fournier s'entendaient bien. »

Alain est gêné. À présent, ses doigts s'agitent sur la poignée de la porte.

« Mais ?

– Ils se sont engueulés à une ou deux reprises.

– Pour quelle raison ? »

Je pense : Rien de grave, Fournier ne m'a jamais évoqué de problèmes entre lui et Vidal.

« Des histoires de bureau, ce genre de truc. Je ne me souviens plus.

– Revel est au courant ? »

Alain soupire :

« Oui. »

Je ne demande plus rien. Je sais déjà ce qui se trame dans le cerveau en ébullition du jeune lieutenant de police. Je *devine* ses pensées comme si elles étaient miennes. Des tas d'hypothèses germent simultanément. Une seule les surpasse toutes : Roger Vidal ferait un coupable idéal. J'ignore pourquoi et comment, mais Revel a certainement déjà son idée sur la question. Vengeance, rivalité entre salariés, primes de fin d'année inégales, meurtre passionnel, secret enfoui au fond d'un placard. Peu importe. Un os à ronger pour fouiner quelque part. Si Vidal a quelque chose à se reprocher, Revel finira par le trouver.

Je pense à Salima. Je lève les yeux vers l'horloge. 11 h 25. Encore deux heures et trente-cinq minutes à tenir avant qu'elle ne vienne prendre son service. Je dois la voir la première. Avant Richard Revel. Avant qu'il ne fasse son boulot de flic et ne tire des conclusions trop hâtives.

Je pousse Alain dehors. Il jette un œil par-dessus son épaule, en direction de la salle d'attente, vide.

Il dit :

« Qu'est-ce que tu vas faire, maintenant ? »

Je réprime un bâillement, me demandant si la plaquette de Stilnox est dans sa poche ou à la poubelle.

Je réponds :

« Dormir un peu. »

Je ferme à clef, règle mon réveil sur 13 h 45, débranche le combiné du téléphone, puis je m'allonge sur le lit de maintien destiné aux patients et je m'endors, à bout de forces. J'y croise un peuple de fantômes et d'ombres anthropophages contre lequel je lutte en vain.

*

Salima Yacoubi prend son service avec cinq minutes d'avance. Petite blouse blanche immaculée, gants en plastique bleu, chariot à poubelle, balais et détergents. Quand elle sort de son local, les salariés du centre d'appels ont repris le travail, les équipes du matin sont allées se fondre dans les embouteillages et le couloir est vide. Un rictus nerveux aux lèvres, je me tiens face à elle, vacillant sur mes jambes anesthésiées. Elle est désagréablement surprise de me trouver là. Elle se dandine, nerveuse.

Elle tente de dissimuler son malaise.

« Ça va, docteur ? »

Je chasse sa question de la main. Mon rictus s'élargit. Je m'efforce de me maîtriser pour ne pas rire. Effet secondaire du Stilnox retrouvé au fond de la corbeille à papier, derrière la photocopieuse.

« Il faut qu'on se parle. »

Elle désigne son chariot du menton. Je secoue la tête. Je tends la main et effleure son avant-bras du bout des doigts.

« Maintenant. »

Elle hésite et se dandine encore davantage.

J'insiste :

« C'est à propos de Patrick. »

J'accroche enfin son regard. Elle lit la détermination dans mes yeux. Elle ne proteste plus. Je lui fais signe de me suivre jusqu'à mon cabinet. Elle acquiesce. Le plastique des gants qu'elle retire claque. Elle les fourre dans un sac. Elle repousse son matériel dans le local, ferme la porte à double tour et m'emboîte le pas sans un mot. Nous suivons le couloir. Elle derrière, moi devant. Les talons de nos chaussures glissent sur le lino, claquent dans la cage d'escalier puis sur le béton du sas. J'ouvre la porte du cabinet et je m'efface. Elle devant, moi derrière. L'infirmière me jette un regard inquisiteur que j'ignore. Je verrouille derrière moi.

Je dis :

« Je suis au courant pour Roger Vidal. »

Elle fond en larmes. À cet instant précis, Salima

Yacoubi, agent d'entretien, cinquante-huit ans, en paraît quinze de plus. Vingt. Cent. L'âge de ma mère. Celui de ma grand-mère. Assez vieille pour avoir engendré chaque employé de ce centre d'appels. Assez pour nous avoir sortis de son ventre les uns après les autres, et pleurer nos erreurs et nos désespoirs comme s'il s'agissait des siens. Assez pour espérer que la douleur de l'enfantement, cent fois répétée, ne serait pas la nôtre. Assez pour s'effondrer en réalisant que c'est en vain. Voilà l'impression qu'elle me fait. *Voilà exactement ce que je ressens* en l'observant gagner mon bureau et s'affaler dans le fauteuil destiné aux patients. Voilà que je me prends à chialer à mon tour comme une gosse prise en faute. Avec ce désir plus fort que tout de cracher le morceau et de lui promettre que je ne recommencerai plus. Ni moi ni les autres. Qu'on va tout réparer et repartir à zéro. Que Patrick, Marc et Vincent, vont ressusciter d'entre les morts et qu'ils viendront eux aussi s'asseoir autour de ce bureau en bénissant Salima, leur mère, leur grande sœur et leur tante, d'avoir tant prié et supplié pour eux. Qu'on va arrêter les conneries, pleurer un bon coup, boire, manger, baiser, respirer, boire encore, rire, hurler et dormir, puis se réveiller, demain, comme si ce foutu cauchemar n'avait jamais existé.

Alors mon regard tombe sur les piles de dossiers étalés derrière mon bureau, effeuillés, éparpillés, comme si une explosion avait soufflé le contenu de mes tiroirs et l'avait projeté sur une bonne partie de la pièce. J'ouvre grands les yeux et la bouche. Je ravale les larmes salées qui strient mes joues et je me redresse en frissonnant.

Je me penche vers elle et lui murmure à l'oreille :

« Vous allez tout me raconter. »

Elle hoquette :
« Je ne peux pas.
– J'ai de la volonté pour deux. »

*

Salima Yacoubi renifle. Elle m'écoute en fixant le revers de son tablier. Ses longs cheveux poivre et sel rougis par le henné dépassent à peine de son foulard. Je parle de Patrick, de l'hôpital, de coma, d'espérance de vie d'un homme dont le cerveau n'est pas suffisamment alimenté en oxygène, de souffrance au travail. Je ne dis rien à propos de : mon enquête, l'autre Histoire, le Beretta, mes projets, mes doutes, la boîte de Stilnox dans la poche de ma blouse. Je parle des faits et des résultats. Je dissimule mes solutions et mes motivations. Salima se tait et je vois son buste se tasser lentement contre le dossier du siège, comme si l'oxygène quittait peu à peu ses poumons et que toute trace d'énergie désertait son corps. Plus je parle, moins son souffle est perceptible. Plus j'en dis, plus elle s'affaisse.

Quand ma voix s'éteint enfin, elle relève la tête, se redresse et pose les mains à plat sur ses genoux. Un éclair gris et or illumine un instant son visage. Les muscles de sa mâchoire se crispent.

J'ajoute :
« Qu'est-ce que j'ignore ? »
Salima Yacoubi grimace.
« Patrick va-t-il se réveiller si je parle ? »
Je fais non de la tête.
« J'ai besoin de savoir.
– Qu'est-ce que ça changera pour vous ? »
Je mens :

« Éviter qu'il y ait d'autres morts.

– Vous êtes sûre ? »

Je n'ai pas le courage de mentir à nouveau. Elle détourne les yeux.

« On s'était rapprochés au début de l'année dernière. Les femmes de ménage et les vigiles ont beaucoup de points communs, des horaires difficiles. Il faisait sa ronde et moi, je nettoyais les cuvettes de vos toilettes. Il surveillait vos ordinateurs et moi, je vidais le contenu de vos poubelles. On se croisait le matin et le soir, quand le centre est vide. Il avait besoin de parler et j'ai passé ma vie à écouter les plaintes des hommes. Il n'avait plus goût à rien, et moi aucune espérance. On était fait pour se rencontrer. »

Je me racle la gorge et m'appuie contre le bureau, à côté d'elle.

Elle précise en me regardant faire :

« Vous vous trompez sur toute la ligne.

– À propos de quoi ?

– Patrick aime sa femme. Il est comme mon fils… »

Elle hésite :

« Comme mon frère.

– Qu'est-ce qui s'est passé, alors ?

– Fournier avait le béguin pour moi. Quand je passais sur son poste, le soir, il se débrouillait toujours pour m'y retenir quelques minutes de plus qu'il ne fallait. Il me faisait des petits cadeaux. Un jour, il m'a proposé d'aller manger au restaurant avec lui. J'ai refusé. Il l'a mal pris et c'est là que tout a commencé.

– Vous voulez parler de Roger Vidal, non ? »

Salima Yacoubi lève la main droite pour me faire signe de me taire et de la laisser poursuivre.

« Il a raconté à ses voisins de travail des choses pas très jolies sur moi. Je veux dire : j'ai l'habitude. Vous savez, femme de ménage, bonne à tout faire, tout ça, c'est pas très différent. Alors, j'ai laissé dire. Des trucs un peu racistes aussi. Du genre que les femmes comme moi se rasent le pubis, qu'elles portent de la dentelle sous leurs djellabas. Je vous fais pas un dessin. Puis ça s'est tassé… »

Elle reprend son souffle.

« Mais c'était pas tombé dans l'oreille d'un sourd et un autre type a pris le relais.

– Roger Vidal. »

Elle acquiesce d'un air dégoûté.

« Fournier était un imbécile, mais Vidal est une ordure. J'ai compris tout de suite. Ç'a duré deux semaines… Blagues vicieuses, capotes dans les poubelles, tampons hygiéniques.

– Pourquoi ne pas avoir porté plainte ? »

Elle secoue la tête en pinçant les lèvres.

« C'est à peu près à ce moment-là qu'on s'est rapprochés, avec Patrick. Un soir où j'étais fatiguée, il m'a parlé et j'ai avoué mes problèmes avec Vidal. Le lendemain, Vidal m'a agressée une nouvelle fois.

– Le vendredi 14 mars. »

Salima se passe la main sur le front.

« Après, vous êtes au courant. J'ai pas donné suite à ma plainte, mais il a quand même été viré.

– Mais ça ne s'est pas arrêté là…

– Les hommes comme lui ne s'arrêtent jamais. »

Elle déglutit péniblement.

« Il a pas apprécié que Patrick me défende. Il a commencé à répandre des rumeurs sur nous auprès de ses anciens collègues.

– Fournier ?

– Je crois qu'ils ne se voyaient plus.

– Qui alors ?

– Je sais pas et ça ne m'intéresse pas. Pour moi, c'était plus vivable. Vidal attendait que je termine mon service et il m'abordait dans la rue, jusqu'à l'arrêt de bus. Je le croisais aussi le matin. J'ai changé mes horaires plusieurs fois mais il me retrouvait quand même. Ç'a duré des mois. Plus je me défendais, plus il revenait à la charge. Je suis allée voir Patrick une nouvelle fois. Il s'en est mêlé et il l'a menacé. Deux jours après, Vidal est revenu sur le parking du centre avec deux types pour régler son compte à Patrick. Histoire de bien lui faire comprendre qu'il devait la fermer pour de bon… Histoire de bien me faire comprendre qui était le patron. »

Les dossiers étalés derrière mon bureau. L'individu n° 3. Une date s'affiche dans ma tête.

« Le 11 juin.

– C'est ça.

– Les lettres de menace, c'était Vidal ? »

Salima me dévisage d'un air étonné.

« Vous êtes au courant pour ça aussi ?

– J'ignorais qui en était à l'origine.

– Je voulais que Patrick le dénonce, mais il a réussi à me persuader de me taire et de ne pas témoigner. Il avait peur.

– Pour lui ?

– Pour moi. Pour mon boulot. Il voulait pas que je sois ennuyée en public.

– Peur de ne plus vous voir.

– Peut-être.

– Et après ?

– Patrick a décidé de ne plus me laisser seule. Il me raccompagnait au bus, m'attendait le matin. Vidal avait disparu. Jusqu'au soir où je l'ai trouvé en bas de chez moi en train de discuter avec ma plus jeune fille de seize ans. J'ai eu très peur pour elle. Patrick s'est énervé. Le lendemain, il a attendu Vidal à la sortie de son boulot. Ils se sont bagarrés.

– Ça n'a pas suffi ?

– C'est ce que j'ai cru, mais Vidal est malade. Il a remis ça, chez Patrick cette fois-ci.

– Vous ne le saviez pas ?

– Patrick ne m'a rien dit. Je croyais que cette affaire était réglée.

– Pourquoi ?

– Pour me protéger. Ça peut paraître difficile à comprendre, mais tant que Vidal s'en prenait à lui, il me laissait tranquille.

– Mais maintenant, Patrick ne peut plus vous protéger. »

Elle resserre son foulard d'un geste las.

J'insiste :

« Comment l'avez-vous appris ?

– Je l'ai deviné. Par hasard. Patrick était de plus en plus mal. Il se remettait à me parler de mort et de choses horribles. Il m'a dit qu'il allait le faire, qu'il voulait mourir. Il ne pensait plus qu'à ça. Il ne supportait plus son boulot. Ni sa vie. Il était plus capable de veiller sur moi. Je crois que je m'en doutais depuis le début, mais que j'avais du mal à l'admettre. Ç'avait tenu un temps, mais il était à bout. Dès que j'ai appris sa libération, après le meurtre de Fournier, j'ai compris qu'il allait passer à l'acte. Je suis arrivée trop tard. Les flics et l'ambulance étaient déjà là. »

Patrick ne lui a pas parlé de moi, ils ne se sont pas revus depuis.

Je souffle :

« Des amis. Rien que des amis.

– C'est fini. »

Salima Yacoubi ouvre la bouche pour parler. Je l'interromps sèchement :

« Vous devez aller tout raconter au lieutenant Revel.

– Je ne peux pas. Patrick… »

Je m'emporte :

« Patrick est en train de mourir ! Il a payé le prix de son silence. Pas Vidal. Pas après ce qu'il vous a fait.

– Je ne dirai rien.

– Il le faut !

– J'ai déjà trop souffert. Je ne supporterai pas une confrontation. Pas un procès. C'est au-dessus de mes forces. »

Une voix dans mon crâne s'égosille. Casser la culture du secret. Faire du bruit. Taper des mains sur les tables et des pieds dans les portes. Briser la spirale du déni et de la culpabilité. Résister.

Je dis :

« Faites-le pour Patrick. »

Elle se lève en silence sans me quitter des yeux. Elle recule jusqu'à la porte. Je m'avance pour déverrouiller. Elle s'écarte pour me laisser faire.

*

La salle d'attente est vide. Je consulte l'horloge et je tâte la boîte de Stilnox à travers le tissu de ma poche. Il me reste exactement sept comprimés et il n'est pas encore 14 h 30. Je ferme les yeux et visualise les cachets d'amphétamines, dans le tiroir de ma table de nuit. Chez moi. À cinq kilomètres de là. J'hésite à faire un aller-retour. Il me semble que ma main droite tremble, mais il est possible que ce soient mes yeux qui aient du mal à rester fixés sur un point. Effets secondaires. Je sais. Gorge sèche, déshydratation, effets secondaires. Je sais, je sais. Mal au ventre, sourire aux lèvres, larmes au coin des yeux, effets secondaires. Je sais, je sais, je sais.

Pour rompre le cercle noir de mes pensées, je retourne à mon bureau et ouvre machinalement ma messagerie électronique.

Rien.

Rentrer chez moi faire le plein.

Je passe dans les toilettes pour changer ma serviette hygiénique. Je relève la tête. Mon reflet dans le miroir m'observe.

Il crache :

« Qu'est-ce que je fiche ici ? »

Une voix lui répond, la mienne :

« Tu cherches à te justifier. »

De quoi ?

Je ferme les yeux et je visualise la scène. Dans ma poche, mes doigts tripotent nerveusement une plaquette de comprimés. Impossible de me mentir à moi-même.

J'ai tué Vincent Fournier.

Je pense : Ils condamneront le meurtre de Fournier et moi avec, comme coupable, alors ils oublieront aussitôt l'*autre Histoire*.

Je me regarde à nouveau dans la glace.

Je dis à voix haute :

« Principe de réalité. »

J'ai encore du travail.

Le temps viendra où Revel aura le nez plongé dans mes tiroirs et mes dossiers. Mieux vaut qu'il n'y trouve que l'essentiel. Je passe les vingt minutes suivantes à mettre de l'ordre dans mes affaires. Trier, ranger, classer, broyer. Et photocopier chaque rapport important, chaque synthèse. Puis je ramasse une pile d'enveloppes en papier kraft dans le stock de fournitures de l'infirmière, sur lesquelles je note une série de noms et d'adresses. Conseil de l'ordre, Direction nationale, Inspection du travail, le journaliste de France 3 qui m'a appelée lundi, et d'autres que je connais personnellement, la veuve de Vincent Fournier et Richard Revel. J'y introduis consciencieusement chaque copie, je ferme le tout, et les apporte moi-même au local à courrier. L'employé est affalé dans son fauteuil, un portable vissé à l'oreille. Je frappe deux petits coups secs sur la baie vitrée. Il me répond d'un sourire, dit un mot dans son téléphone et ouvre la porte du couloir.

« C'est pour quoi ?

– J'ai des lettres à poster. »

Il me fait signe de les déposer dans la caisse bleue. Je ne me souviens pas d'avoir vu son visage à la réunion, hier matin.

Je pense : Lui aussi, coupable.

L'employé lève l'index et me demande d'attendre un instant, puis il me tend le courrier du jour, que je saisis sans sourciller.

« Bon après-midi », me lance-t-il tandis que je m'éloigne dans le couloir.

Je ne prends pas la peine de répondre. Je grimpe au sommet de la tour B et sors prendre l'air sur la terrasse.

*

Le mistral balaie mes cheveux, pas mes idées noires. Je m'approche de la balustrade et grimpe sur la margelle en béton. La rue en dessous de moi. Ballet de voitures et de faux-semblants. Je penche le buste au-dessus du vide. Une quinzaine de mètres. Suffisamment pour mettre un terme à mon calvaire.

Mon ventre se noue et me dit : pas encore, pas maintenant.

Une bourrasque me déséquilibre. Je me redresse brusquement et recule d'un pas.

Je ne suis pas prête.

Je tourne la tête sur la gauche. Un gyrophare silencieux tournoie en contrebas. Deux voitures de police barrent l'entrée d'un des immeubles de la rue. D'ici, je ne distingue pas lequel. Un attroupement, des journalistes, trois hommes en uniforme, des bruits de voix. Je gagne l'angle nord pour me rapprocher de quelques mètres. Le gravier crisse sous mes pas. Je me penche à nouveau. J'aperçois la silhouette de Richard Revel, sur le trottoir. Derrière lui, je distingue deux uniformes supplémentaires. Un homme menotté entre eux.

Roger Vidal.

Revel a enfin trouvé sa trace.

Je me demande si Salima Yacoubi s'est enfin décidée à parler. Son agression, le procès de l'affaire Soulier, les liens entre Vidal et Fournier.

Je ne peux contenir un sourire.

Le lieutenant de police doit être satisfait. Il tient son premier coupable. Je suis la seule à savoir qu'il se trompe une nouvelle fois. Vidal est une ordure, un violeur de femmes, mais il n'est pour rien dans le meurtre de Vincent Fournier. Pas directement. Revel se trompe, mais il écrit l'histoire officielle.

À chacun son boulot.

*

Je tourne les talons et m'engouffre dans le centre d'appels. Dans ma poche, la boîte de Stilnox ne contient plus que quelques comprimés. Deux petites gélules pour fêter ça, cinq autres de réserve pour plus tard. L'escalier est interminable. Je m'agrippe à la rambarde pour ne pas tomber.

Jacqueline fait les cent pas devant la porte du cabinet. Elle se précipite vers moi dès que j'apparais au bout du couloir. Ses gestes sont saccadés et trahissent son excitation. Je mets quelques secondes à faire le point sur les mots qu'elle prononce.

« Quoi ?

– Hervé Sartis a disparu. »

Je la regarde sans comprendre. Elle répète sa réponse. Je rétorque, d'une voix pâteuse :

« Ce matin encore, il était chez lui, en arrêt maladie.

– Il a envoyé une lettre, un courrier électronique, à tout le monde. »

Elle me tire par la manche pour que je l'accompagne jusqu'à son poste informatique. Elle m'assoit de force devant l'écran. Ma vue est trouble. Elle commence à lire à haute voix, sans réaliser que je suis à côté de la plaque.

30

Valence, le 17 mars 2009

Bonjour,

Je m'appelle Hervé Sartis, j'ai quarante-neuf ans et je mets fin à ma vie ce jour.

Pourquoi ?

Pour harcèlement et humiliation, faits par :

M. Éric Vuillemenot, M. Jean-Jacques Fraysse, Mme Christine Pastres et M. Vincent Fournier.

Ces bons apôtres du centre d'appels de Valence m'y ont contraint.

Ma responsable, Mme Christine Pastres, appelant plusieurs responsables, dont M. Fraysse et M. Vuillemenot, qui ont validé sa démarche, et leur notifiant que je n'étais pas une personne fiable et que je ne finissais jamais rien.

Le meilleur : M. Fournier. Le très sympathique collègue, l'ancien de la boîte, le dépressif, le ballotté à droite à gauche, l'usé, soutenu par la médecine du travail, mais aussi et surtout : l'hypocrite par excellence, soucieux de prendre ma place, convoitant mon poste depuis des mois, jalousant ma position, profitant de l'acharnement de Christine Pastres à mon encontre et du silence complice du directeur de site et de son adjoint.

Voilà son stratagème. Il s'est d'abord débrouillé pour avoir la responsabilité du dossier de l'un de nos gros clients. Puis il a fait des pieds et des mains pour être celui qui allait me former au dossier et répartir au sein de l'équipe la charge de travail. Cela lui donnait un pouvoir sur moi. Pendant plusieurs semaines, il a ainsi pu me mettre sur le dos une liste importante de tâches à réaliser, sans jamais me donner les moyens de les terminer correctement, ni de pouvoir respirer entre chaque action. Alors qu'il se plaignait à qui voulait l'entendre du pseudo harcèlement qu'il subissait de la part de sa hiérarchie, il a reproduit la même chose sur moi.

Mais ce n'est pas tout.

J'ai aussi été filmé à mon insu et placé sur double écoute par lui, comme il en avait la possibilité. À aucun moment je n'ai eu la main sur le serveur de la plate-forme. Mon poste informatique était équipé d'une webcam qui fonctionnait, mais jamais je ne me serais douté qu'il puisse y avoir recours. Quand je m'en suis aperçu, je suis immédiatement allé porter plainte auprès de Christine Pastres, puis du directeur de site, qui ont tous nié en bloc. Or je sais qu'il est impossible de mener une telle surveillance sans leur accord, pour une raison simple : ils possèdent les codes d'accès au serveur. Vincent Fournier, non.

J'ai également mené des actions de télémaintenance pour ce gros client, mais je n'ai compris qu'au bout de deux semaines, suite à un entretien avec l'un des responsables de cette société, que mon nom n'apparaissait nulle part et qu'en réalité, je travaillais pour rien. Vincent Fournier faisait le point chaque matin avec moi et me félicitait pour mes progrès, alors qu'il savait dans le même temps que la tâche à laquelle il m'avait affecté était bidon et ne faisait pas partie du contrat passé avec le client. C'était juste histoire de m'occuper, m'a-t-il dit quand je m'en suis aperçu. Il a dit qu'il n'était pas responsable de cela, qu'il fallait aller voir Christine Pastres, ce que j'ai fait. Et savez-vous ce qu'elle m'a répondu ? Qu'il fallait que je comprenne qu'il n'y avait plus de travail pour les types en fin de carrière comme moi. Que je devais me rendre à l'évidence : je n'étais ni assez qualifié, ni suffisamment formé et compétent pour assurer mon travail sur la plate-forme. Trop vieux, trop obtus et trop usé. Elle a pris l'exemple des jeunes employés qui s'adaptent très vite aux conditions de travail. Elle a dit : « Tu dois comprendre, Hervé. Tu dois comprendre que tu n'es plus capable de faire ce boulot. La direction te garde parce que ça lui coûterait trop cher de te virer. Pas pour tes compétences. Alors elle te trouve des petites choses à faire. Et moi, je suis chargée de te les demander. » Elle a aussi ajouté : « Je fais tout mon possible pour que tu ne souffres pas de la situation, crois-moi. Et Vincent Fournier aussi. Il s'est porté volontaire parce qu'il te connaît bien et depuis longtemps. »

Ç'a été le coup de grâce. Cette conversation a eu lieu le 13 mars dernier, le jour de la mort de Vincent Fournier. Je dis « conversation », mais je pense : humiliation.

Mise en œuvre par le quatuor infernal Vuillemenot, Fraysse, Pastres et Fournier.

Ce vendredi, après ma discussion avec Christine Pastres, tout est devenu clair pour moi : les informations erronées, les tâches qui changent tous les jours, les appels téléphoniques sans réponse, les sourires, les regards de biais, les messes basses.

Par-dessus tout, j'ai compris que Vincent Fournier était la pire des ordures.

Pastres, Vuillemenot et Fraysse sont des pantins dont la seule ambition est de toucher leur salaire et leurs primes en faisant le moins de vagues possible. Pas Fournier. Lui s'est acharné pour détruire un collègue. Pour avoir ma place. Alors qu'il aurait dû être solidaire, il a fait circuler sur l'intranet de la plateforme des enregistrements vidéo de moi filmés pendant ma formation et où on me voit bafouiller et me tromper. C'est ce que j'appelle de l'humiliation. Il n'y a pas d'autre mot.

Ce brave homme apprécié et défendu par tous est un salaud, et je n'ai pas peur de le dire, même s'il est mort aujourd'hui. Il n'a que ce qu'il mérite et je m'excuse si cela peut choquer. Ce type ne fait pas partie de l'espèce humaine.

Voilà ce que je tenais à dire avant de mettre fin à mes jours. C'est ma minute de vérité à moi. Celle que tout le monde doit connaître et entendre. Les victimes ne sont pas toujours celles qu'on croit. Et c'est moi qui paie le prix fort aujourd'hui.

Je laisse le soin à ceux qui vivent encore et qui continuent de donner des ordres et des conseils de passer une très bonne année 2009, avec de belles primes et de bonnes nuits de sommeil sur une seule oreille. Car maintenant, tous les salariés sauront et seront témoins de ma fin. Tous les salariés pourront aller voir pleurer ma femme et mes enfants et se dire : c'est à cause de nous car nous n'avons rien fait pour les en empêcher.

Vous trouverez ci-joint toutes les preuves car j'ai

gardé tous les mails et enregistré tous les appels que je recevais de ma hiérarchie. Mais il y a aussi toutes les traces réseaux et les ponts d'audio et visioconférence de chaque réunion avec le client. Personne ne pourra dire qu'il ignorait les méthodes dignes des techniques de torture mentale et de manipulation les plus élaborées.

Je pars sans haine de cette terre. Je sais par avance que je ne retrouverai jamais aucune de ces quatre personnes. Mais moi je pourrai vous hanter. Fini de rigoler. Les cachets vont faire leur effet. Messieurs Vuillemenot et Fraysse, madame Pastres, si vous avez des enfants et qu'ils vous demandent ce soir comment s'est déroulée votre journée de travail, vous pourrez leur répondre : « J'ai tué un collègue, mais cela fait un licenciement en moins à faire. »

Contrairement à d'autres, je suis pleinement conscient de ce que j'écris et de ce que je fais.

Hervé Sartis

31

La lettre de Sartis me fait l'effet d'un coup de pied dans l'estomac. Je me précipite aux toilettes. À genoux, à quatre pattes, les doigts cramponnés à la cuvette. De la bile et des comprimés en partie bouffés par l'acide.

Hervé Sartis écrit : *Fini de rigoler.*

L'infirmière me demande si ça va. Je l'envoie promener avant de cracher une nouvelle salve de bile.

Sartis répète : *Humiliation.*

Je sais exactement à quoi il fait référence et je me recroqueville de douleur, des relents gastriques plein les narines, un goût amer dans la bouche et de la bave sur le menton.

Mais surtout : *Les victimes ne sont pas toujours celles qu'on croit.*

Patrick Soulier m'a menti. Hervé Sartis m'a menti. Vincent Fournier m'a menti. Les victimes ne sont pas toujours celles que l'on croit. A cet instant, le nez dans la cuvette, j'ignore si j'ai aidé une victime à mettre un terme à ses souffrances ou si j'ai soulagé un bourreau de sa culpabilité. Tout s'emmêle.

Je relève la tête, je me lave les dents et les mains, et je gagne le bureau de Jacqueline pour m'excuser. Elle hoche la tête, esquisse un sourire de compassion et me détaille des pieds à la tête.

La seule chose que je trouve à dire pour masquer ma gêne :

« J'ai mal dormi, cette nuit.

– Vous devriez rentrer vous reposer. »

Je marmonne une vague explication. Le téléphone du cabinet sonne à temps pour m'éviter d'être à nouveau désagréable.

Le numéro d'Alain. Je décroche. Voix enrouée et solennelle :

« Tu as reçu la lettre ?

– À ton avis ?

– Qu'est-ce qu'on fait ?

– Tu as contacté les délégués du personnel du site ?

– Oui. »

Je réfléchis un moment avant de relancer.

« Il faut le retrouver avant les flics et la direction.

– Quoi ?

– Vuillemenot et Fraysse doivent être sur les dents. Ils vont chercher à minimiser l'affaire.

– Ils ne peuvent pas !

– Ils vont se gêner, tiens !

– Je passe l'information aux délégués d'agence Drôme et Ardèche.

– Relaie-la au niveau national. »

Alain s'emporte.

« Ils vont hurler ! Respect de la vie privée, enquête en cours.

– Et non-assistance à personne en danger, ça te parle ? »

Hervé Sartis, déjà un pied dans la tombe.

« Tu veux que je m'en occupe ?

– Ça va, ça va…

– De mon côté, je diffuse dans mon réseau de médecins du travail.

– Et pour les médias ?
– Ils sont déjà sur place. »

Je revois Richard Revel, dans la rue, et Roger Vidal, menottes aux poignets, entourés d'une horde de journalistes. Je ressens le sentiment de triomphe du lieutenant et de toute-puissance du violeur de Salima Yacoubi. Sartis en fuite, le sang chargé de médicaments, laissant derrière lui une lettre accusant nommément Vincent Fournier. La piste du complot vengeur est relancée. Va savoir ce qui peut se passer dans la tête d'un jeune flic. Les faits : règlement de comptes, Sartis assassin, Vidal complice. Toutes les combinaisons sont possibles. Les résultats : la mécanique de souffrance au travail est reléguée au second plan. Seuls comptent les coupables de chair et d'os. Exit les plans comptables et les restructurations. Je sais ce qu'il me reste à faire.

Je dois terminer le travail.

Je prends conscience qu'Alain est encore au bout du fil. Il me donne rendez-vous au bureau du syndicat. Avant de raccrocher, il dit :

« Tu prends ça comment ?
– Et toi ? »

Il se racle la gorge.

« À tout de suite.
– C'est ça. »

Il raccroche le premier. J'ai besoin d'un remontant. Je sors du cabinet, passe devant Jacqueline en marmonnant quelque chose comme « mal au crâne » et me dirige vers l'armoire à pharmacie de l'infirmerie.

Pansements, seringues, vaccins, une boîte de Doliprane 1000, antiseptiques, rien de ce que j'espérais. L'infirmière surveille mes gestes du coin de l'œil. Je feins de l'ignorer et poursuis mon exploration. Rien,

rien, et rien. Je me retourne d'un mouvement brusque et brandis un Doliprane en feignant d'avoir trouvé ce que je cherchais. À son air évasif, je crois que Jacqueline n'est pas dupe, mais je ne pourrais pas le jurer.

Je place le cachet sur ma langue et l'avale à sec, calculant mentalement combien de temps je suis capable de tenir sans médicaments.

Puis je file à l'étage.

*

Assise dos au mur de son bureau, Christine Pastres affiche une mine décomposée. Les yeux hagards, fixés sur son ordinateur portable, posé devant elle, refermé et extrait de son socle. Prête à partir. Mon irruption dans la pièce la fait sursauter.

Je désigne l'ordinateur du doigt.

« Réunion de direction ? »

Ma voix est plus agressive que je ne le souhaitais. Pas de beaucoup.

« Vous comptez l'enterrer avant qu'on ait découvert son corps ?

– Qu'est-ce qui vous prend, docteur ? » balbutie-t-elle en tirant le micro vers elle.

Je dois avoir l'air d'une folle, mais elle est tellement mal qu'elle ne s'en rend pas compte.

« Vous avez reçu la lettre d'Hervé. »

Elle acquiesce.

« Nous sommes tous très inquiets pour lui.

– Tu parles ! »

Elle s'offusque :

« Vous n'avez pas le droit de dire ça !

– Vous n'aviez pas non plus le droit de le pousser dans une impasse ! »

Comme elle ne répond pas, je surenchéris :

« J'ai pris soin de vous comme des autres, Christine ! Je vous ai reçue dans mon cabinet plus que je ne devais. Je vous ai écoutée, j'ai séché vos larmes, j'ai apaisé votre colère. J'ai… j'ai pris votre défense, il y a des années, quand vous n'étiez pas encore chef d'équipe et que votre propre supérieur faisait du zèle à votre encontre. J'ai fermé les yeux et je vous ai cherché des excuses quand vous vous en preniez à Vincent Fournier. Je vous ai soutenue à chacune de vos grossesses, quand la hiérarchie faisait pression sur vos responsables pour vous placer sur un mi-temps ou sur un site plus éloigné de la ville.

– J'appliquais mes ordres. Ce n'est pas moi qui définis mes objectifs hebdomadaires. C'est Vuillemenot, je… »

Je tape du poing sur le bureau. Elle fait un bond sur son siège. Elle se met à pleurer comme une fontaine.

« Vous pouviez refuser d'appliquer des ordres iniques !

– Non, enfin si ! Vous ne comprenez pas. »

Nouveau coup de poing. Elle hoquette.

« Personne ne vous oblige à exécuter bêtement ! Où se situe votre sens moral ? Jusqu'où êtes-vous prête à aller pour quelques pourcentages de primes supplémentaires ?

– Il ne remplissait pas ses objectifs.

– Il n'était pas en état de le faire !

– Je ne suis pas médecin, je n'ai pas les compétences pour… »

Je hurle :

« Arrêtez de me parler d'objectifs et de compétences, merde ! »

Je saisis ses poignets et je la tire vers moi.

« Tu as vécu la même chose que lui, Christine ! Peut-être même pire parce que tu es une femme et que les femmes prennent toujours plus de coups que les hommes. Tu as dû serrer les dents pour tes deux grossesses. Pour monter en grade. Pour avoir ta propre équipe. Pour ne pas être mutée à trois cents kilomètres de là. Pour supporter les railleries et les blagues machistes. Tu as enduré les mains au cul de tes collègues de bureau qui croyaient te faire une faveur. Tu as accepté les heures supplémentaires, les week-ends à bosser dur sur tes dossiers. Aucun homme n'aurait tenu le coup ! Aucun ! Tu as dit "oui" à tout ce qu'un salarié normalement constitué aurait considéré comme injuste, et maintenant tu fais la même chose, bon sang ! »

Je la lâche. Elle s'écroule dans son siège, manque de le renverser. Je me penche plus près.

« Tu es venue pleurer dans mon cabinet et pendant ce temps, Hervé Sartis subissait la même chose. »

Je secoue la tête. Elle tente de reculer pour échapper à ma colère mais les roulettes de son siège sont bloquées contre la plinthe. Mon regard lui fait mal, elle détourne les yeux. J'ouvre la bouche pour lancer une nouvelle saillie mais je ne trouve plus l'énergie nécessaire. La source est tarie. Pour le moment. Je m'écarte d'elle et je regagne la porte. J'ouvre. Elle crie dans mon dos :

« Vous n'avez pas à me menacer ! »

Je fais volte-face, la forçant du regard à baisser le sien.

Je pense : Dans mon dos, oui, mais pas face à moi, elle en est incapable.

Elle lance malgré tout, sur un air de défi :

« Vincent n'était pas celui que vous croyez ! Il a sa part de responsabilité.

– Vincent est mort.

– Il a dénoncé Hervé Sartis à plusieurs reprises ! Vous prenez sa défense comme si c'était un ange. Ce n'est pas parce qu'il est mort que… »

Elle réalise à ma tête qu'elle a dépassé les bornes.

Je psalmodie, d'une voix d'outre-tombe :

« Vincent est mort et vous êtes responsable comme les autres ! »

Cette fois-ci, Christine Pastres me dévisage comme si j'étais subitement devenue folle. Et c'est peut-être le cas. Je sens du feu me dévorer le front et les joues.

« Vous lancez des accusations non fondées !

– Hervé…

– Vous…

– Hervé Sartis a disparu.

– Il est peut-être tranquillement chez lui, à rire de la trouille qu'il nous a faite à tous. »

Je déconnecte. Je ne l'écoute plus. Aucun son ne parvient plus à mon cerveau. Dans mes yeux, rouge. Sous ma peau, rouge. Dans ma tête, rouge. Respire, respire, respire ! Je dois me ressaisir. Respire, respire, respire. Le rouge se dissipe. Encore un petit effort. Respire. Doucement. Quand j'ouvre à nouveau les yeux, partiellement calmée, Christine Pastres a terminé de parler.

Je souris. Elle prend ça pour une trêve ou un signe de rémission.

Elle dit :

« Nous sommes tous à cran. »

Je hoche la tête et j'ajoute :

« S'il arrive quoi que ce soit à Hervé, je vous tiendrai pour personnellement responsable et je ferai un rapport dans ce sens. »

Je sors avant qu'elle n'ait le temps de réagir.

*

Je longe la salle principale, portes grandes ouvertes. Les téléphones sonnent jusqu'à la nausée. Je jette un coup d'œil de biais. Je ralentis. Ils sont tous là. Les femmes et les hommes qui font tourner la boutique. Celles et ceux qui défilent dans mon cabinet.

Le poste occupé le plus proche du couloir est tenu par un homme d'une trentaine d'années dont je ne me souviens plus du nom. Tenue correcte, dos droit, écouteurs vissés sur les oreilles. Il est en train de vendre une offre Internet. Au son de sa voix, je devine que son interlocuteur est une femme. Il sourit par intermittence, mais pas comme on le fait d'une personne dont on se moquerait. Le numéro de charme du vendeur. Ou une cliente à la voix chaleureuse et douce. Peut-être même aimable.

Je m'arrête pour observer la scène, subjuguée.

L'employé a l'air content. De lui, de son travail, mais pas seulement. Je pressens quelque chose de plus subtil. Une sorte de connivence entre lui et la personne au bout du fil. Aux questions, ses réponses se font patientes et calmes. Il fait de son mieux, non pas pour placer son produit mais pour renseigner la cliente. Comme si, pour lui, son travail signifiait quelque chose d'autre qu'un simple rouage dans la mécanique parfaitement huilée d'un centre d'appels.

Les secondes s'égrènent.

Un tic lui parcourt le visage. Le cadran de son chronomètre indique qu'il a dépassé de près d'une minute le temps réglementaire. Il continue de sourire, mais le timbre de sa voix trahit la contrariété. La magie est rompue. Un signal lumineux apparaît sur son écran, puis un frisson lui parcourt le dos, que je peux ressentir comme s'il me gagnait à mon tour.

Trois minutes, pas une seconde de plus.

Le signal lumineux augmente d'un cran, une fenêtre orange se dessine au milieu de l'écran comme un avertissement. L'employé s'excuse auprès de la cliente. À présent, il la presse de faire son choix. Le ton de cette dernière a dû virer à l'aigre parce que les traits du jeune homme se crispent. Finalement la communication s'interrompt sans que l'affaire ait été conclue. Il se laisse aller contre le dossier de son siège, se frotte les yeux et lance un regard alentour qui croise le mien par inadvertance. Je peux y lire :

« J'ai fait tout mon possible. »

Mais ça n'a pas suffi.

La sonnerie de mon portable retentit en même temps que son téléphone IP. Je ne décroche pas immédiatement. À quelques mètres de moi, l'employé recommence son laïus avec le client suivant, mais son sourire n'est plus le même. Je l'entends dire :

« Je vois que vous êtes client chez nous depuis une douzaine d'années. »

Cette réplique banale me fait l'effet d'une décharge électrique. Je balaie la salle du regard derrière lui et je perds pied. Les quatre derniers jours défilent à toute vitesse devant mes yeux. Qu'est-ce que je fais là ? Pour quoi est-ce que je me bats ? Et contre qui ? Les visages se mêlent et s'emmêlent. Les traits émaciés de Fournier, Soulier, Sartis, Yacoubi, Pastres, Vuillemenot et

Vasseur se relaient dans une danse infernale. Tous coupables, tous innocents. Je le jure, j'ai fait tout ce que je pouvais.

Mon portable continue de hurler. Je l'extirpe de ma poche et le porte à mon oreille.

La voix d'Alain :

« On a commencé depuis déjà dix minutes ! Qu'est-ce que tu fous ?

– Je fais de mon mieux. »

La seule réponse qui me vienne à l'esprit.

*

La réunion se tient en comité réduit : Alain, Claude Goujon, Sylvain Pelicca et Anne-Marie Gouy, quadragénaire rondouillarde à lunettes rose bonbon et tailleur à fleurs. Jean-Louis et Hafid n'ont pas été conviés. Une fois de plus, je fais office de vilain petit canard et un silence gêné accueille mon arrivée, vite brisé par Alain qui relance la discussion.

Je ne suis pas à ma place.

L'annonce de la disparition d'Hervé Sartis a pris tout le monde de court. Et sa lettre crée des dissensions parce qu'elle réveille de vieilles querelles. Elle témoigne de son mal-être, de ce qu'il a subi durant plusieurs années. Sartis est de ces personnes que l'on côtoie sans jamais véritablement les voir. Comme le binoclard, le « petit gros » ou le boutonneux des bancs d'école, il fait partie du paysage, est l'objet de plaisanteries, nous rassure sur notre condition. « Et puis ce n'est pas méchant, on l'aime bien… » Claude Goujon regarde ses mains, Anne-Marie Gouy rentre son ventre et Alain évite mon regard.

D'après Sylvain, depuis l'envoi de la lettre, certains

destinataires ont immédiatement réagi en répondant à Sartis pour le convaincre de ne pas faire de bêtises et ont cherché à le joindre, en vain. En ce moment même, trois de ses collègues font tout pour essayer de le localiser et lui venir en aide.

Claude ajoute :

« La direction a prévenu la police. Un appel à témoins va être lancé.

– Il ne peut pas être bien loin. Le mail a été envoyé à quelle heure ?

– 14 h 55.

– Et sa femme ?

– Elle le cherche également, de son côté. »

Mon bras gauche tremble un peu, mon estomac me rappelle qu'il ne contient plus que de l'eau et des cachets, la tête me tourne. Je ne les écoute que d'une oreille. Je me sens de plus en plus mal. Je suis en train de craquer.

Je pense : Pas maintenant, pas encore, s'il te plaît !

Anne-Marie pose la question que tout le monde a en tête :

« Vous pensez que ç'a un rapport avec le meurtre de Fournier ? »

Les visages se ferment.

Je trouve l'énergie d'ouvrir la bouche. Je me force pour ne pas lâcher prise.

« Ne me dites pas qu'on en est encore là !

– Qu'est-ce que tu proposes, alors ? »

Je tourne la tête. Sylvain me toise. Je plante mes yeux dans les siens et je dis à voix haute, pour moi-même :

« Il faut le retrouver. C'est la seule chose à faire.

– Il peut être n'importe où sur la route. Ça fait déjà vingt minutes qu'il est parti ! S'il a pris sa voiture… »

Je m'immobilise.

Je pense aux mots d'Hervé Sartis, la dernière fois que je l'ai vu. Un tournant, à deux kilomètres en dessous de chez lui, au-dessus de Saint-Romain-de-Lerps. Virage à cent quatre-vingts degrés. Le vide en dessous. Son break qui enfonce la barrière de sécurité.

Je dis :

« Il faut que j'y aille. »

Je m'écarte de la table. Les pieds de ma chaise couinent sur le lino. Je manque de percuter du coude la tête d'Anne-Marie Gouy. Alain tente de me retenir. Je le repousse d'un geste brusque.

« Arrête tes conneries, Carole ! »

Je ne réponds pas, je claque la porte. Je me dis que s'il essaie une deuxième fois de m'empêcher de quitter la réunion, je céderai. Je le supplie mentalement de le faire. Je me raccroche à cet espoir. Une fois parvenue au bout du couloir, je regarde en arrière. La porte du local est restée fermée. Il ne me poursuit pas.

*

Le trafic est dense. La plupart des grands axes de Valence sont bouchés. Je ne parviens au grand pont qui enjambe le Rhône que vingt minutes plus tard, à grand renfort de coups de klaxon et de feux rouges grillés. Le bouton du chauffage est réglé au maximum. Pourtant, je claque des dents. Je reconnais les symptômes du manque. Dans le rétroviseur central, mes yeux m'implorent de faire demi-tour, mais mon pied droit écrase la pédale de l'accélérateur et je slalome entre les voitures.

J'entre dans Guilherand-Granges et tombe dans les embouteillages de l'avenue de la République qui mène à la zone commerciale sud. À mi-chemin, je tourne à droite pour gagner du temps en coupant par les quartiers pavillonnaires, insensible aux gestes d'agacement et aux insultes. Après les lotissements, les champs d'arbres fruitiers. Sur ma droite, le Rhône, invisible derrière le contre-canal. Sur ma gauche, la voie ferrée réservée aux trains de marchandises et, derrière, les contreforts du plateau ardéchois. Face à moi, le mistral qui s'écrase contre le pare-brise. Derrière : Valence, le centre d'appels, Salima et les autres.

Je passe la cinquième. Le compteur affiche cent vingt kilomètres-heure. Au moindre dos d'âne, la voiture s'envole. L'adrénaline produit son effet, la sensation de manque s'estompe momentanément. Pas la colère. Je ralentis à l'approche des premières maisons de Cornas, je déboule sur la D 86 et je coupe la priorité à une berline que j'évite de justesse. Deux minutes plus tard, l'Audi part à l'assaut de la petite route sinueuse qui conduit à Saint-Romain-de-Lerps. Combes encaissées, coteaux sur lesquels poussent des acacias et des châtaigniers faméliques, bouffés par le lierre et les moisissures. Le moteur chauffe, je pousse la seconde.

Faire de mon mieux, avec l'espoir d'arriver à temps.

À chaque virage, je cherche des yeux le break de Sartis. Je ralentis devant chaque barrière de sécurité endommagée. Je suis environ aux deux tiers de la montée quand mon téléphone sonne. Pas le temps, pas envie de répondre. Je plonge la main droite dans ma poche pour l'en sortir et l'éteindre, mais j'interromps mon geste en lisant le numéro de Richard Revel. Avec le manque revient la lucidité.

J'hésite, puis je le pose sur le siège passager.

Je pense :

Tu m'appelles pour me dire que Sartis a disparu et

que Vidal est une ordure mais pas un meurtrier. Tu as deviné et tu t'interroges déjà – peut-être même depuis la première minute de notre rencontre – sur ma place dans tout ce merdier. Travaille bien, lieutenant Revel. Continue de faire du bon travail, mais laisse-moi terminer ce que j'ai commencé. Tu finiras par comprendre mais tu ne m'arrêteras pas. Plus maintenant.

Je lève les yeux sur la route, une voiture qui descend me fait des appels de phares. L'Audi est au milieu de la route. Je braque sur la droite, les pneus patinent sur une bande de gravier. L'arrière chasse, les ailes se frôlent, mais je parviens à me rétablir et la voiture passe en sifflant et en klaxonnant.

Je découvre le break de Sartis deux virages plus haut, garé sur une bande de terre, à flanc de montagne, phares et moteur éteints. Face à lui, de l'autre côté de la route, la barrière de sécurité. En dessous : un aplomb de deux cents mètres.

Je soupire :

« Je t'ai trouvé. »

Faire de mon mieux, même si cela ne suffit pas.

32

Valence, le 23/11/2008

Cher Confrère,

Merci de m'avoir adressé pour avis spécialisé Mme Carole Matthieu, que j'ai reçue le 10/07/2008 à mon cabinet.

Mme Matthieu est ponctuelle. Sa présentation met en évidence de manière très rapide un niveau de tension psychique important.

Je lui laisse la spontanéité de ses propos, qui seront les suivants : « Leur but, c'est de me pousser dehors, moi je suis contente de reprendre… Si on me demande de nouveau de mentir à mes patients, je suis capable de tout… Mes patients ont besoin de moi, vu ce qui se passe en ce moment au centre d'appels. Je suis l'un des derniers remparts face à la politique de mobilité forcée et de licenciements qui est mise en place depuis plusieurs années et qui ne s'achèvera que par la fermeture du centre. Pierre Exertier n'était qu'un pion. »

Ceci est dit sans aucune intentionnalité de chantage. L'authenticité du discours et les signes cliniques qui l'accompagnent laissent planer un doute sur la faisabilité d'un geste hétéro-agressif.

Je lui demande de m'expliquer qui sont ces personnes qui souhaiteraient, selon elle, la « pousser dehors », mais elle ne répond pas et répète à plusieurs reprises que M. Exertier n'est qu'un pion, et qu'elle est leur cible. Je crois deviner qu'il s'agit de ses employeurs, mais je ne peux l'affirmer avec certitude.

Mme Matthieu finit pourtant par se calmer et reprendre ses esprits, à mi-séance. À partir de là, son attitude change du tout au tout. Elle s'excuse des propos tenus en début de séance, fond en larmes, puis m'explique qu'elle est épuisée, que c'était juste un moment de fatigue intense, mais que ça va mieux. Je lui demande si ça lui arrive souvent, mais elle m'assure que c'est la première fois.

Elle me parle ensuite d'un accident de moto qu'elle aurait eu, pendant son internat, en 1990, très grave sur le plan traumatologique, qui l'a forcée à rester alitée pendant trois mois, et qui a laissé chez elle des angoisses récurrentes parce qu'elle n'était pas certaine de retrouver l'usage de ses jambes et de son bras droit, ce qui menaçait directement sa carrière de médecin. Elle a mis plus de deux ans à s'en remettre.

Selon Mme Matthieu, l'agression de son patient aurait réveillé cet état d'angoisse, ce qui expliquerait la violence de sa réaction. Elle a craint pour son poste et pour sa carrière. Elle m'assure encore une fois qu'elle va mieux. Pour étayer ses dires, elle me montre des cicatrices assez importantes au niveau de la cuisse droite, du genou gauche et de l'avant-bras. Elle n'a pas son dossier médical sur elle, mais au vu de ses blessures, je ne peux pas remettre sa parole en question.

Synthèse :

Mme Matthieu présente un état de souffrance

psychique préoccupante avec risque faible de passage à l'acte si la situation n'évolue pas rapidement. En conséquence de quoi, il me semble important de conseiller un nouvel arrêt maladie d'une durée maximale de quinze jours, à visée thérapeutique, avec bilan médical obligatoire en fin de cycle. Son état général ne me paraît pas être de nature à remettre en question ses capacités à exercer sa profession. Toutefois, un changement de poste et de société peut être envisagé à terme.

Veuillez agréer, cher Confrère, l'expression de mes salutations respectueuses.

Dr Maryam Sarthes

33

Hervé Sartis est assis à l'avant, les deux mains sur le volant et les yeux dans le vague. Je frappe à la vitre. Il ne bronche pas. J'ouvre la portière. Il tourne la tête lentement. Ma présence ne provoque aucune réaction chez lui. Je scrute ses pupilles à la recherche d'un symptôme médicamenteux, mais n'y trouve rien d'autre qu'une profonde apathie. Il est vêtu d'un gilet de laine bleu, d'un bas de survêtement troué aux genoux, d'une paire de baskets neuves et d'une casquette crasseuse qui contrastent avec la tenue réglementaire du centre d'appels dans laquelle j'ai l'habitude de le voir. Une odeur forte s'échappe de l'habitacle. Je réprime un mouvement de recul en comprenant qu'il s'est pissé dessus. Je rapproche mon visage du sien. Toute trace de vie a disparu de ses traits. Même la colère et l'angoisse ont fichu le camp.

Je déglutis et je réalise : il est déjà mort.

La seule question est : quel est le moyen le plus rapide de mettre un terme à tout ça ?

Je tends le bras et lui assène une gifle sur la joue. Il ne bronche pas. Une deuxième. Pas de réaction. Je serre le poing et je frappe, violemment cette fois-ci, avec le désir de faire mal. Il accuse le coup, part en arrière et se raccroche au volant pour ne pas tomber.

Puis, après un laps de temps indéterminé, il se redresse, porte la main à sa pommette et me regarde d'un air de dire : « Et après ? »

Je fais deux pas en arrière, plus surprise par mon geste que par sa réaction. Ma descente me fait l'effet d'un réveil brutal.

Il entrouvre les lèvres et dit, d'une voix ténue :

« Tu comptes m'empêcher de sauter ?

– Oui ! »

J'ai crié. Comme pour me persuader qu'il s'agissait de la seule chose *raisonnable* à faire, tandis qu'une voix murmure dans ma tête : il est déjà mort, tu as fait de ton mieux mais tu ne peux plus rien pour lui.

Je hurle pour moi-même :

« Non ! »

Sartis prend ça pour lui. Il grimace, détourne les yeux et reprend sa contemplation de la barrière de sécurité. Une faible lueur dans les yeux. Mais une lueur quand même. Mon coup de poing l'a momentanément réveillé.

*

Je contourne le véhicule par l'avant et je m'installe sur le siège passager en prenant soin de laisser la portière ouverte. Je fronce les sourcils. Les relents d'urine sont insupportables. Je suffoque. Sartis semble s'être habitué à l'odeur.

Je demande :

« Pourquoi m'avoir raconté au cabinet que Vincent Fournier était ton ami et que sa mort te touchait, alors que la lettre que tu as envoyée à tout le monde dit exactement l'inverse ? »

Il ne répond pas tout de suite. Il paraît méditer sur

ma question comme si elle possédait de multiples significations cachées. Son souffle est court et sa voix caverneuse :

« Je le haïssais.

– Parce qu'il voulait ta place ? »

Il secoue la tête.

« Il n'a jamais lorgné sur mon poste, il ne m'a jamais harcelé.

– Je ne comprends pas. Dans ta lettre, tu écris…

– Laisse tomber la lettre.

– Merde, qu'est-ce que c'est que ces conneries ? »

Il déglutit péniblement, comme si ce geste lui demandait un effort violent et douloureux.

J'insiste :

« Je veux savoir ! »

Il ferme les yeux.

« Je ne crois pas avoir envie de parler de tout ça, maintenant. Fournier est mort et, pour moi, c'est juste une question de minutes.

– Merde, Hervé !

– Merde, Hervé. Merde, Hervé. Je croirais entendre cette salope de Christine Pastres, quand je refusais de faire les stupidités qu'elle m'imposait pour, soi-disant, me remettre en selle et me donner une seconde chance.

– Je suis désolée…

– Me joue pas le couplet du médecin du travail compatissant, je t'en supplie. Ça aussi, je ne peux plus le supporter. »

Je ne trouve rien à rétorquer.

« De toute façon, avec ma lettre, les flics ne vont pas tarder à connaître la vérité à propos de Fournier et de moi. Ils vont me soupçonner de l'avoir tué parce que j'avais un mobile. Après tout, peu importe. Il faut bien un coupable.

– De quoi tu parles ? Tu ne l'as pas tué ! »

Il rouvre les yeux et les pose sur moi, comme si j'étais transparente.

« Nous défilons tous dans ton cabinet, mais tu ne sais presque rien de nous.

– J'en sais plus que tu crois.

– Conneries ! Tu ne sais que ce que nous te racontons ! Tu connais nos mensonges et nos trahisons, voilà tout. Du pipeau. Des larmes et des crises de nerfs de cinéma pour obtenir un arrêt maladie ou un mot pour le chef. »

Je sens mon sang m'empourprer les joues.

« C'est faux et tu le sais ! »

Il ne dit rien.

Des gouttes de sueur me coulent dans le dos. Un vent glacial s'engouffre par bourrasques par la portière ouverte. Je fouille dans ma poche. J'avale mes derniers comprimés. Le manque de drogue est insupportable. Le Stilnox ne me fait plus aucun effet. Il me faut plus, et plus dur.

« Peut-être, finit-il par murmurer. Peut-être. Peut-être y a-t-il une part de vrai. Pas souvent. Les gens mentent tout le temps. Pour sauver leur cul. Pour toucher leurs primes. Pour se faire bien voir d'un chef ou d'une collègue. Pour faire plaisir à leur médecin du travail…

– C'est dégueulasse de dire ça. »

Il me regarde me débattre dans des sentiments contradictoires.

« Quand on a appris la nouvelle de sa mort, on a tous pensé que c'était l'un d'entre nous qui avait fait le coup. Mais je n'y suis pour rien, je te le jure. C'est peut-être Alain, Claude ou Sylvain, je ne sais pas.

Sans doute Claude, oui. Il était bizarre, hier… C'est plus mon problème, de toute façon. »

Les victimes ne sont jamais celles que l'on croit. La voilà, mon *autre Histoire* ! Les voilà, mes faits et mes résultats ! Un panier de crabes poussés à s'entre-déchirer. Des histoires d'hommes et de femmes. De machines et de procédures inhumaines. D'ordres et de contre-ordres. D'objectifs et de règles comptables. Mettez soixante hommes dans une salle, vissez-leur des écouteurs et un micro sur la tête, nourrissez-les d'injonctions paradoxales et de primes au mérite, et vous n'obtiendrez rien de plus qu'un immense charnier de morts vivants. Soulier, Sartis et Fournier, comme les autres. Et moi, perdue au milieu, droguée sur ordonnances jusqu'au bout des ongles, rongée de l'intérieur. Une histoire qui n'en finit pas de s'écrire et de se réécrire.

Je me penche vers l'extérieur du break. J'inspire un grand coup, au bord de la nausée. Hervé Sartis me regarde faire en silence. Notre discussion semble l'avoir épuisé. Ses yeux ne sont plus que deux minuscules billes de plomb plantées au milieu d'un visage inexpressif.

Je jette un œil à travers le pare-brise. Je dois reconnaître que le vide m'attire aussi.

*

Un silence épais s'installe, brisé à intervalles réguliers par le rugissement des moteurs de voiture qui montent la côte et passent devant nous en ahanant. Une berline passe plus lentement que les autres. Une grosse cylindrée. Une vieille dame au volant, qui pose un instant ses yeux sur le break et ses occupants, comme pour demander : mais qu'est-ce que vous fichez là, vous deux ? Je la vois tourner la tête pour regarder l'Audi, puis poursuivre sa route, comme si elle n'avait rien vu. Peut-être a-t-elle reconnu la voiture d'Hervé Sartis. Peut-être pense-t-elle à un rendez-vous galant d'après boulot. Peut-être croit-elle qu'il a une maîtresse. Peut-être se dit-elle que je suis une pute ou un travelo. Peut-être n'imagine-t-elle rien du tout ou, au contraire, comme on le fait à son âge, grave-t-elle chaque détail de la scène dans un coin de sa mémoire usée, au cas où.

Je soupire. Il dit :

« Et toi ? »

Je le dévisage sans comprendre. Il s'énerve, cherche ses mots, finit par les trouver :

« Quel est ton rôle dans tout ça ? Pourquoi tu es là ?

– Pour t'empêcher de faire une connerie.

– Je veux dire : pourquoi tu fais ce boulot alors que tu sais pertinemment que tu n'es pas de taille à lutter contre eux ?

– Mais parce que c'est mon travail de médecin », je balbutie.

Il fait non de l'index.

« Ça ne me suffit pas.

– Comment, *ça ne te suffit pas* ?

– Parce que c'est aussi stupide que de répondre à des appels téléphoniques toute la journée pour vendre des abonnements Internet ! Ça… ça n'a pas de sens, docteur !

– Bien sûr que c'en a un ! Et puis, on n'est pas là pour parler de moi ! »

Il ricane.

« Tu me fais l'effet de ne pas avoir l'habitude d'être sur le divan. Ton truc à toi, c'est de poser les questions, de rassurer, de griffonner dans tes petits carnets, de faire de belles lettres de recommandations vers tes collègues psychiatres ou médecins spécialisés.

– Mais putain, c'est pas le problème ! »

Sa tête oscille de droite à gauche, lentement.

« Et pourquoi pas ? Moi, ça m'intéresse de savoir pourquoi tu passes des journées de douze ou quatorze heures sur le centre à écouter nos lamentations, puis tes soirées et tes week-ends à rédiger des notes, à te gaver d'antidépresseurs et à pleurer.

– Je ne te permets pas !

– Aujourd'hui, je me permets tout.

– Ma vie privée ne regarde que moi. »

Il pivote sur lui-même pour se mettre face à moi. Il prend son temps avant de me lancer, d'un air de défi :

« Je ne me trompe pas, n'est-ce pas ? »

Je ne réponds pas, mais je ne baisse pas les yeux.

« Tu te demandes peut-être comment je le sais.

– Je m'en fous. »

Il poursuit sans tenir compte de ma remarque.

« Je le sais parce que j'ai fait la même chose pendant des mois et des années. Tous les jours. Toutes les semaines. Bosser comme un malade, pour rien, puis rentrer le soir, boire un verre ou deux, prendre les saloperies que tes collègues psychiatres me prescrivaient et pleurer, pendant des heures, jusqu'à tomber d'épuisement et m'endormir enfin, juste avant que le réveil ne sonne et que je ne remette ça.

– Je t'ai soigné. Toi et des dizaines d'autres.

– Tu as reculé l'échéance de quelques mois. Rien de plus.

– Je vous ai aimés de tout mon cœur. Je n'ai pas fait ça pour un salaire.

– Je te crois. »

Il me dévisage. Sa figure ne trahit aucune émotion

particulière. Je sais qu'il a raison sur toute la ligne. Je le sais mais je me refuse à le croire.

« Mais est-ce suffisant ?

– Bien sûr que ça l'est !

– Alors dis-moi ce que je fous ici, à me demander ce qui me retient de démarrer le moteur, de passer la première et d'accélérer ? »

Je n'ai rien à répondre à ça.

Je lui saisis la main gauche, me penche vers lui et l'embrasse doucement sur le front, comme une mère le ferait à son enfant tremblant de fièvre, avant de poser délicatement sa tête sur mon épaule.

*

Son souffle est régulier, ses yeux à peine ouverts. Des frissons me parcourent le corps par vagues successives. Nous restons immobiles et muets pendant une dizaine de minutes. Peut-être plus. Peut-être moins. Le temps semble durer une éternité. Jusqu'à ce que je dise :

« C'est l'heure. »

Je relâche mon étreinte et il reprend sa place initiale. Mains cramponnées au volant et regard vissé sur le ciel.

Je prends ma respiration.

« Voilà ce qui va se passer. Je vais sortir de cette voiture, lentement, puis je regagnerai la mienne et je m'en irai comme si je n'avais rien vu. »

Il acquiesce. Un truc dans ses yeux me fait peur. Quelque chose de terrible.

La sonnerie de mon téléphone me parvient. Je ne bouge pas. Ce que je devrais faire : retirer les clefs du démarreur, traverser la route et les jeter dans le vide, puis téléphoner au lieutenant Revel pour qu'il vienne sauver Hervé Sartis.

Ce que je devrais faire.

Soigner, panser, consoler et sauver.

Je penche la tête en arrière, ferme les yeux une poignée de secondes, j'expire, puis je me redresse et m'extirpe du véhicule en prenant soin de claquer la portière derrière moi. Sans un regard en arrière.

Dix minutes plus tard, j'atteins le centre-ville de Cornas. Le lecteur CD livre les premières notes de l'ouverture au piano de *Firth of fifth* de Genesis. Je tourne la tête. Le bruit de l'explosion ne parvient pas jusqu'à moi, mais une lueur vive suivie d'un épais nuage de fumée noire s'échappe d'un ravin, dans les contreforts de la montagne. Je serre les dents. Devant moi, la ligne droite de l'avenue du Colonel-Robert-Rousset et une file ininterrompue de phares arrière, semblant mener tout droit au pied de la silhouette fantomatique des ruines du château de Crussol, perché cinq cents mètres plus haut.

Je transpire comme après un sprint, pourtant j'ai l'impression que mes doigts gèlent. Je crois devenir folle, mais je me rends compte après réflexion que ce n'est toujours pas le cas. Si seulement…

Je pense : Rentrer chez moi à tout prix.

Vite.

34

Je me réveille, hagarde et claquant des dents, allongée sur la moquette du salon, au milieu d'un fatras de papiers et de cartons disloqués. Dossiers médicaux, lettres d'expertise, tracts. Les preuves, étalées autour de moi comme un lit de feuilles mortes qu'un cyclone aurait balayé et retourné dans tous les sens. Qu'est-ce que j'ai foutu, bon Dieu !

Les volets et les fenêtres sont grands ouverts. Dehors, il fait nuit noire. Le thermomètre a encore chuté, mais il n'y a plus un souffle de vent. La pendule indique 18 h 22. Je me demande un instant ce que je fiche là, puis mon retour dans les embouteillages me revient à l'esprit. Les produits toxiques, le suicide de Sartis, l'explosion, le manque, la clef qui refuse d'entrer dans la serrure de la porte d'entrée, la réserve de médicaments, les comprimés d'Isoméride et de Redux, l'impression de planer et de respirer à nouveau. J'ai dû faire un malaise.

Je me redresse péniblement.

Une douleur irradie dans mon genou droit et mon crâne me lance une multitude de signaux d'alerte. Je me rallonge une minute en attendant que ça passe. Finalement, je trouve l'énergie d'aller fermer les fenêtres et de me traîner aux toilettes. Mes règles se sont interrompues. Je ne sais pas si je dois m'en réjouir ou m'en inquiéter. Trop épuisée pour y réfléchir. De retour dans la cuisine, je déniche une boîte de raviolis que je vide dans une assiette et fourre dans le micro-ondes. Plantée devant la machine, je tiens à peine sur mes jambes. Je croise mon reflet dans la vitre de l'appareil, en partie déformé. Je détourne aussitôt les yeux. Mes vêtements sont imprégnés d'une odeur âcre, mélange de sueur et d'humidité. Je me dévêts et les jette dans le panier du linge sale, puis j'enfile une robe de chambre, le corps agité de frissons. J'allume le poste de radio, le règle sur une fréquence qui passe de la musique classique et avale mes raviolis insipides debout, face à la table, les fesses collées au radiateur électrique.

La nourriture me réchauffe les tripes, mais mes pensées restent glacées. Je ne sais pas où j'en suis. Je refuse de me projeter. Les aiguilles de la pendule tournent à un rythme effréné. Le moindre mouvement m'arrache des gémissements de douleur. Les faits. Mon corps n'est plus qu'un tas de viande en souffrance, intoxiqué par la drogue jusqu'à l'écœurement. Les résultats. Le plafond danse un instant puis se stabilise. Les raviolis ont l'air de tenir. Je termine mon assiette, enfin rassasiée, je la rince à l'eau chaude dans l'évier, puis je retourne m'asseoir sur le canapé.

Les dossiers éparpillés me font de l'œil. Je me dis qu'il faudrait y remettre de l'ordre. Je caresse une minute l'idée de retourner au bureau, mais je ne parviens pas à trouver une seule raison valable. Je comprends que je n'y mettrai sans doute plus jamais les pieds. Je tire un trait sur cette période de ma vie. C'était en germe depuis des mois. Ils auront finalement eu raison de moi. Le principe de réalité reprend le dessus.

Je bâille.

Sentiment humain.

Je souris.

J'attrape mon portable. Une dizaine d'appels en absence. Ma fille me cherche. Elle s'inquiète de mon silence. Cinq appels, deux messages. Jacqueline, l'infirmière, sommée de donner mes dossiers patients aux flics pour les besoins de l'enquête. Ça se précise. Deux appels, un message. Le lieutenant Revel, enfin, et sa voix rassurante, qui veut prendre de mes nouvelles et qui souhaite me poser quelques questions sur Hervé Sartis. Ses mots et le ton de sa voix me parlent du flic et de son attirance pour moi. Trois appels, trois messages.

Je compose le numéro de ma fille.

Répondeur.

J'inspire tout l'air possible.

« Salut, c'est maman. Tu as essayé de me joindre. Je vais bien, ne t'inquiète pas. »

Un temps d'hésitation, puis j'ajoute :

« Je t'aime. »

Je raccroche et je me dis qu'il est toujours plus facile de parler à une machine qu'à un individu. Après avoir reposé le téléphone, je m'étire et je lance un regard sur le sol jonché de feuilles. Des flammes s'impriment devant mes yeux. Le feu. Un grand nettoyage par le feu. Voilà la solution.

*

Je passe le quart d'heure suivant à faire des piles de papiers puis à en transporter la plus grosse partie au fond du jardin, contre le mur d'enceinte, sur un tas de branches mortes abandonnées là depuis des années. La pluie a détrempé le bois, mais je trouve dans le garage un bidon d'essence qui date de l'époque où j'avais une tondeuse, et un pneu, qui viendra à bout de l'humidité. Je retourne ensuite dans la maison et renouvelle l'opération dans mon bureau, en prenant soin de conserver mon carnet d'adresses et quelques fiches patients. La plupart terminent néanmoins dans un grand carton que je pose dans le hall d'entrée, avant de me diriger vers l'étagère du couloir. Les dossiers importants que j'y entrepose parfois prennent le même chemin.

Essoufflée, je m'essuie le front du revers de la manche. L'effort physique m'a fait transpirer, mais il m'a aussi procuré un sentiment de bien-être agréable. Les amphétamines insufflent dans mes veines la dose d'énergie suffisante. Le ciel noir, dehors, et les murs de la maison prennent bien çà et là des teintes rose et or que je sais liées aux effets de la drogue, mais je fais comme si ces phénomènes étaient naturels.

Je m'autorise une pause et me verse un grand verre de martini blanc que je tète à l'extrémité de la terrasse, pieds nus et crasseux, les yeux perdus en direction de la masse informe du tas de déchets que je m'apprête à brûler. Les visages souriants d'Hervé, de Vincent et de Patrick flottent dans les airs, devant moi. Je crois que c'est la première fois que je me sens aussi bien depuis des siècles. La sonnerie du téléphone rugit dans mon dos. Une fois, deux fois, trois fois. Elle s'interrompt, reprend son manège à plusieurs reprises, venant se mêler au ronronnement d'un TGV qui passe sur la voie ferrée, de l'autre côté de la rocade. Je n'y prête pas plus d'attention qu'à un vague bruit de fond. Le cycle finit par s'arrêter de lui-même.

Une fois mon martini terminé, je m'en sers un deuxième et m'affale à nouveau sur le canapé en me disant qu'un coup d'aspirateur et un peu de rangement feraient un bien fou à cette maison. J'avale une gorgée de l'apéritif, pose mon verre sur la table basse et me dirige vers le placard où je range les affaires de ménage. Mon geste me remet en mémoire Salima Yacoubi et son histoire. J'ouvre la porte du débarras. Les taches rose et or s'estompent. Mon ventre se noue, un peu, puis douloureusement. Les muscles de ma main droite se crispent sur le manche de l'aspirateur. L'angoisse est de retour. Je relève la tête.

Un bruit de clefs. La porte d'entrée s'ouvre en grinçant. Des pas sur le carrelage, des talons, une allure que je reconnaîtrais entre mille. Il est trop tard pour que je me cache. Elle déboule à l'autre bout du couloir, le visage contrarié et la mine défaite, belle comme un cœur mais froide comme la glace, et elle dit :

« Maman, ça va ? »

Où puiser les mots pour lui dire que la question ne se pose même plus ?

*

Nous sommes toutes les deux assises sur le canapé, sa tête sur mon épaule, mes mains autour des siennes. Je suis toujours en robe de chambre. Elle porte une de ces vestes à la mode, une petite chemise blanche et une jupe élégante à deux cents euros. Jeune et insouciante, comme je suis vieille et déjà morte. Je sens la transpiration et la poussière. La Javel, aussi. Les carrelages du salon et de la cuisine sont rutilants. Un café est en route, diffusant son amertume dans l'air. Surréaliste.

Je ne lui ai rien dit. Elle ne saura rien. Pas de ma bouche. Je suis désolée. Tellement désolée.

Dans ma tête, des noms et des visages défilent en boucle. Je continue malgré moi d'établir des connexions entre les faits et les résultats. Entre l'histoire officielle et l'*autre Histoire*. Patrick et Salima, unis par un même destin. Vidal et Fournier. Sartis et Fournier. Pastres et Fournier. Pettinotti et Fournier.

Vincent Fournier.

La clef de l'ensemble du schéma. Le carrefour du labyrinthe. Comme si je l'avais senti avant de le délivrer. Comme si j'avais compris inconsciemment qu'il était un nœud qu'il suffisait de défaire pour que toute la pelote suive. Comme si je savais.

Je vois :

Fournier et moi, debout aux deux extrémités d'une même salle. Nous nous regardons en chiens de faïence, remuant à peine, respirant juste ce qu'il faut et souriant un peu. Notre seul plaisir est de voir les comptables et les gestionnaires faire office de décor et taper de temps à autre sur la gueule des salariés pour les rappeler à l'ordre, les soumettre et se faire mousser auprès des jeunes stagiaires à peine sortis de l'adolescence.

« Maman ? »

Je redescends sur terre.

« Maman, tu dors ? »

J'ouvre les yeux et penche la tête vers Vanessa. Elle pleure.

« Qu'est-ce qu'il y a, ma belle ?

– Je peux t'aider, maman.

– Ça va, je t'assure. Tu te fais du souci pour rien. »

Je la console, je la cajole, je resserre un peu plus mon étreinte. Elle se laisse bercer par mes illusions.

Je ne trouve rien d'autre à dire que :

« C'est gentil de m'avoir aidée à faire le ménage. »

Elle sourit et sèche ses larmes.

« Tu veux que j'aille préparer un truc ?

– J'ai déjà mangé, avant que tu arrives. »

Elle me regarde d'un air soupçonneux, elle décide que je ne mens pas.

Je pense : Pour une fois.

Elle se lève, va jeter un œil par la fenêtre, consulte sa montre, une fois, deux fois.

« Tu as rendez-vous ?

– Dans une heure, avec une amie.

– Tu peux y aller.

– Non, non ! J'ai le temps. Tu veux que j'annule et qu'on passe la soirée toutes les deux ? »

Je ne réponds pas immédiatement. J'hésite. J'aimerais tant qu'elle insiste, mais je commence déjà à ressentir les symptômes du manque. J'ai la gorge sèche, les bronches dilatées et une furieuse envie de mordre dans le cuir du canapé. Elle regarde une nouvelle fois sa montre. Je ne me fais aucune illusion. J'élude.

« Vous avez prévu quoi ?

– Cinéma. *La Journée de la jupe,* de Lilienfeld, avec Adjani. »

Je me force :

« De quoi ça parle ?

– Une prof de banlieue qui pète un plomb et prend sa classe en otage. »

Je grimace. Elle devine ma gêne. Nouveau coup d'œil à sa montre.

« Vas-y ! »

Elle proteste mollement en se dandinant.

« Tu vas faire quoi, avec tes patients ? »

Je soupire.

« Il n'y a plus grand-chose à dire.

– Ne dis pas ça. Ton boulot, c'est toute ta vie.

– Va dire ça aux patrons et aux actionnaires !

– Maman ! s'exclame-t-elle sur un ton de reproche. On dirait une communiste !

– Et après ?

– Si papa t'entendait.

– Oh, celui-là… »

Un silence embarrassé s'installe. Sujet tabou. Son père dirige un cabinet de chasseurs de têtes en région parisienne. Vendre et acheter des forces productives comme s'il s'agissait de têtes de bétail. Une pierre de plus à l'édifice qui menace de s'écrouler. Quel que soit le point de vue où je me place, le monde du travail à bas coût et à haute teneur en agents toxiques me regarde. Je suis cernée de toute part. Passé, présent, avenir. Aucune issue. C'est inscrit dans mes gènes.

Le téléphone sonne. Ma fille se lève pour répondre. Je lui fais signe de laisser tomber. Elle sourit.

Je remets une mèche de cheveux en place.

Je réalise qu'elle a enfilé sa veste et qu'elle tient son sac à main du bout des doigts. D'un seul coup, je me sens faible, extrêmement faible, comme si, en pleine mer, je perdais ma dernière bouée de sauvetage. Je cherche un truc à dire.

« Tu es élégante.

– Arrête. »

Mon compliment lui fait plaisir. Je n'ai même pas à me forcer.

« Allez, file. Ta copine va s'impatienter.

– On se voit quand ?

– Je te rappelle.

– Promis ?

– Promis.

– Tu es sûre que ça va aller ? »

Je me contente de m'avancer et de la prendre dans mes bras. Je la serre, je la serre, je la serre à l'en étouffer. Donne-moi ta vie, Vanessa. Nous nous connaissons à peine, toutes les deux, mais je t'ai portée, nourrie, torchée et consolée toutes ces années. À ton tour de m'insuffler ton énergie, que je puisse tenir encore quelques heures.

Je sens ses bras me serrer en retour, puis elle se dérobe, très vite, avant que j'aie eu le temps de la supplier de rester encore une heure ou deux – toute la nuit !

Un petit signe de la main, un clin d'œil au moment de franchir le perron. Déjà, la porte se referme sur elle et il ne me reste plus que mes yeux de folle pour pleurer le peu de larmes que contient encore mon corps desséché. Je frappe le mur du poing, je tape du pied, du poing à nouveau. Je crie et je frappe à nouveau, puis je me laisse glisser sur les marches en marbre de l'entrée, prostrée.

*

Le téléphone me tire de mon état une demi-heure plus tard. Je reconnais la voix de Jacqueline Vittoz, l'infirmière. Elle ne me laisse pas le temps de lui demander pourquoi elle m'appelle si tard.

« Vous avez vu les infos ?

– Non, je…

– Allez vite allumer votre poste. Sur la deux. Les informations nationales.

– Je vous rappelle. »

Je déniche la télécommande sur la commode et je presse le bouton. Images d'une voiture calcinée dans un ravin. Je reconnais le break d'Hervé Sartis à la plaque d'immatriculation sur laquelle la caméra zoome. Mon cœur bat la chamade. Le journaliste parle d'un *tragique accident*, qui intervient dans un *contexte difficile* pour le centre d'appels de Valence, déjà marqué par le meurtre d'un salarié dans la nuit de vendredi à samedi. Les mots *vague de suicides*, *gestion salariale intenable*, *mondialisation* et *Hervé Sartis* pénètrent péniblement mon cerveau. Mon rythme cardiaque s'accélère encore. Le journaliste conclut sur une prise de vues du lieutenant Richard Revel fuyant les caméras en marmonnant qu'il n'a rien à déclarer.

J'éteins le poste, désemparée.

La sonnerie du téléphone retentit à nouveau. Mon portable, cette fois-ci. Ma main tremble quand je saisis l'appareil et que j'y lis le numéro de Revel. Je l'ouvre et le porte à mon oreille.

« Richard ?

– …

– Richard, tu es là ?

– Hervé Sartis est mort.

– Je sais, je vous ai vu au journal de 20 heures. Un suicide.

– Un meurtre. »

Je me tais. Il ajoute :

« On a trouvé des traces de pneus à côté de l'endroit où sa voiture est sortie de la route. »

35

Un demi-comprimé, une gorgée d'eau, je m'habille en piochant des vêtements au hasard dans ma penderie, puis je transporte un carton rempli de livres et de dossiers au fond du jardin. Traverser la terrasse, descendre les marches de béton, fouler le gazon épars et les mauvaises herbes, puis tout lâcher, à bout de souffle. Je froisse les feuilles de papier et les enfouis entre les branches. Un demi-comprimé, à sec, je saisis le bidon d'essence et en verse le quart sur le tas. Je contemple le résultat un instant, puis je rentre récupérer un autre carton. Pupilles dilatées, la lumière crue du néon de la terrasse me fait mal, mes gestes semblent prisonniers d'une séquence vidéo ralentie. Je recommence la manœuvre, une fois, deux fois, trois fois, jusqu'à ce que le salon et le couloir soient vides. Je plane un peu. Je bois deux verres d'eau d'une traite. Je transpire, les portes vitrées du salon sont grandes ouvertes, le thermomètre extérieur affiche moins deux degrés. Je ne sens plus rien. La voix du lieutenant Revel résonne dans mon crâne, comme démultipliée, couvrant en partie celles de Patrick, de Vincent et d'Hervé. Je ressasse en m'agitant.

Je visualise la scène, route de Saint-Romain-de-Lerps, et je compose ma propre histoire en fonction des révélations de Revel au téléphone, quelques minutes plus tôt :

À gauche, le corps carbonisé d'Hervé Sartis, étendu sur une civière, glissé dans une housse blanche, en dessous de la route, à la lueur des phares des véhicules de fonction et des gyrophares des pompiers. Une grue, un treuil, des centaines de mètres de câble et de corde pour remonter les débris.

À droite, le terre-plein, ceinturé d'une barrière de sécurité improvisée avec une corde et deux plots. Un expert, à quatre pattes, gratte le sol à la lampe torche pour identifier les traces de pneus et retracer le parcours du break avant le saut final. Deux agents le regardent faire en se frottant les mains et en sautillant sur place pour se réchauffer.

Au milieu, la route. Températures négatives, doigts de mains et de pieds transis de froid et buée sur les pare-brise des voitures. De retour du bureau ou des courses, des curieux ralentissent en passant et se tordent le cou pour voir quelle est l'étendue des dégâts. Combien de morts, combien de blessés, combien de voitures. Sur la chaussée, le long de la ligne médiane, trois agents font la circulation en attendant que l'accès soit bloqué en bas de la côte et qu'une déviation par Saint-Péray, au sud, ou Mauves, au nord, soit installée. Un agent râle dans un émetteur-récepteur et donne l'ordre d'accélérer la mise en place de la signalisation. Une voiture le frôle, il gueule contre son propriétaire qui s'arrête dix mètres plus loin, une discussion tendue s'ensuit. Le type ne l'avait pas vu, il s'excuse, il demande ce qui se passe, l'agent n° 3 l'envoie bouler et retourne à sa discussion téléphonique, mais son collègue, plus conciliant, lui parle d'un break, d'un mort et d'une explosion, avant de lui demander de bien vouloir circuler.

Le break d'Hervé Sartis a été identifié deux heures après son explosion. Les pompiers sont arrivés sur les lieux en moins de dix minutes, les flammes ont été maîtrisées, le corps calciné tiré hors de la carcasse. Les gendarmes ont fait leur boulot, l'expert scientifique a pris des notes, il a entré le numéro de série du moteur dans le fichier central. À 19 h 25, le nom du propriétaire était retrouvé, la veuve d'Hervé Sartis était prévenue, se rendait sur place pour confirmer le verdict, escortée par deux gendarmes. Richard Revel arrivait à peu près en même temps qu'elle.

J'aurais pu éviter ça, mais j'ai fait exactement l'inverse.

Je pense : Je suis coupable, Vuillemenot est coupable, les syndicats sont coupables, ils ont tous laissé faire, ils ont tous baissé les bras depuis longtemps. Les faits et les résultats, un mort supplémentaire, deux orphelins de père, une épouse et des salariés en deuil.

J'imagine :

La veuve en larmes, les flics aux petits soins. Revel descend d'un coup sec la fermeture éclair de la housse du cadavre pour en extraire le bras gauche. Blancheur des os, noirceur de la chair carbonisée et odeur de viande grillée. Une alliance en or encore passée à l'annulaire. Revel la retire et referme aussi vite la housse. Il jette un œil à l'intérieur de l'anneau, hoche la tête pour lui-même et tire la veuve à l'écart pour le lui montrer.

Hervé et Simone Sartis, 18 juin 1981.

Il se dit : Les analyses dentaires et, au besoin, ADN confirmeront les premières conclusions.

La veuve hurle, elle trépigne, elle s'effondre dans ses bras. Délicatement, Revel lui demande de tendre sa main gauche. Il retire son alliance, elle résiste, il insiste. Même métal, même alliage, même date et mêmes noms. Vingt-huit ans de vie commune balayés d'un revers de main, propulsés dans le vide, deux cents mètres plus bas. Les cris reprennent, Revel s'excuse, émet deux mots de réconfort et confie la veuve à un agent en uniforme. Il dit : « Prenez sa déposition et ramenez-la chez elle. »

Puis il s'avance vers les experts de la gendarmerie pour dresser un premier bilan.

Les faits :

Le break d'Hervé Sartis stationne un moment sur le terre-plein, de l'autre côté de la route, face au vide, avant de se décider à sauter dans le vide vers 17 h 15, heure de l'explosion, visible depuis la vallée du Rhône. Un véhicule n° 2, probablement une berline, stationne à côté de lui. Question : avant, après ou les deux ? Un appel à témoins est lancé.

J'ai dégluti pendant qu'il me racontait tout ça.

Pour le moment, la version officielle est qu'il s'agit d'un accident ou d'un suicide. Son autre Histoire à lui : une deuxième personne a été aperçue près du break, peu de temps avant l'explosion. Témoignage anonyme, une riveraine qui rentrait d'une visite à des amies. Je me souviens : la vieille femme. Question de Revel : meurtre ou non-assistance à personne en danger ? Reste à savoir pourquoi et comment.

J'ai demandé :

« Quel rapport avec Fournier ?

– Aucun. À l'heure du crime, vendredi soir, Hervé Sartis était avec sa femme et deux amis, chez eux. »

Trois témoins. Alibi en béton. J'en sais quelque chose mais je n'ai fait aucun commentaire.

Je suis dans un état second, sous l'effet des médicaments et du choc des découvertes de Revel. Je sens deux énormes tenailles se refermer sur moi. Le lieutenant travaille bien, les liens et les évidences se dessinent dans sa tête. Dans peu de temps, il remontera jusqu'à moi.

J'avale un comprimé, je me penche et je saisis le bidon d'essence dont je verse le reste du contenu au sommet du tas de déchets, m'éclaboussant les manches et les chaussures. Je craque une allumette que je balance devant moi. Je recule de trois pas. L'essence prend feu, les flammes grimpent aussitôt à quatre ou cinq mètres de haut, dévorant le mur et l'herbe humide. Dix ans de travail s'envolent en fumée. Une douce chaleur m'envahit.

*

Je suis toujours devant le feu, deux heures plus tard, quand Richard Revel me rejoint. Il se racle la gorge pour m'avertir de sa présence, s'approche et me souffle à l'oreille :

« Le cadavre retrouvé dans le break est bien celui de Sartis. »

Je pense : Tu es remonté jusqu'à moi et tu viens m'arrêter.

« Tu as trouvé son assassin ?

– Pas encore. »

Je scrute ses yeux à la recherche d'un indice, mais ils ne me dévoilent rien.

« J'ai pas envie de parler boulot. La journée a été longue.

– Pourquoi tu es là, alors ? »

Il élude la question et demande :

« Tu fais brûler quoi ?

– Des vieux papiers. »

Deux listes de noms tournent en boucle dans ma tête. D'un côté, les morts : Hervé Sartis, Vincent Fournier, Patrick Soulier et Marc Vasseur. De l'autre, les vivants qui aspirent à ne plus l'être : Cyril Caül-Futy, Sylvie Mangione, Salima Yacoubi, Christine Pastres. Et moi.

Je consulte Revel du regard, me demandant dans quelle colonne il entrerait. Enfoncé dans son blouson, il affiche un air fatigué. Sa main est crispée sur la boucle de sa ceinture. Un tic parcourt le bas de son visage.

Probablement aucune des deux, mais qui sait ? Je le connais si mal.

« Tu n'as pas froid ? »

Je secoue la tête. Il se rapproche, me touche presque. Une odeur douceâtre de savon et de crème bon marché me parvient. Je remarque seulement maintenant que ses cheveux sont humides. Il sort de la douche. Je cède et laisse mes yeux parcourir ses traits sans pudeur. Il me dépasse d'une bonne tête.

« Je ne sais pas… »

Revel ignore mes paroles, lève la main et me caresse la joue.

« Tu es belle.

– Ne dis pas de bêtises.

– Tu es ce qui m'arrive de plus beau aujourd'hui. »

Il caresse ma pommette, le contour de mes yeux, mes cheveux. Mes paupières sont closes. Je frémis parce que je tremble d'envie de lui demander de ne jamais s'arrêter. Ses doigts redescendent sur ma nuque, il colle son visage contre le mien. Ma peau me démange. Je ne pense plus à mes dossiers qui s'envolent en fumée, ni aux rapports que j'ai postés. Je ne pense plus à Patrick, Vincent, Hervé et Marc. Salima, Cyril, Sylvie, Christine et moi. Je ne vois que le lieutenant Revel, sa main sur mes hanches, l'odeur douce-amère d'une goutte d'eau qui perle sur le haut de son torse.

« J'ai envie de toi.

– Arrête. »

Ma plainte. Plus qu'un souffle. Inaudible.

« Le flic chargé de l'enquête ne couche pas avec ses suspects. »

Lentement, Revel me pousse dans le renfoncement, sous l'escalier qui mène à la terrasse. De ma nuque, sa main descend sous mon pull, puis sur ma peau.

« Carole, Carole. »

Je pense : Tais-toi, tais-toi, je t'en supplie, ne me force pas à dire non.

« Toi aussi, tu as envie de moi. »

Le dos contre le mur, je le laisse défaire un bouton, puis deux, descendre mon pantalon, remonter le long de mes cuisses, fouiller sous le tissu de mon chemisier, puis écarter ma culotte d'un geste ferme. Mon sexe brûlant contre la paume de sa main, moite. Je ferme les yeux, il imagine que je suis à lui. Sans les morts qui nous hurlent d'arrêter, sans les vivants qui violent nos envies et nous sucent la vie. Sans Vincent, le visage en sang. Sans le centre d'appels. Mon cabinet, mon bureau, le lit des patients, les comprimés et les drogues que je m'enfile depuis que je ne tiens plus le coup, depuis des mois, face au silence honteux de mon reflet dans le miroir. Sans les cris et les pleurs. La honte et la culpabilité. Le travail vite fait, mal fait, et les injonctions paradoxales. La peur de perdre son emploi et le déni.

Son regard halluciné toujours accroché au mien, comme tenu par une chaîne invisible, Revel colle son bas-ventre au mien, défait sa ceinture, baisse son pantalon et me pénètre violemment. J'étouffe un cri, je laisse le désir et l'effet des amphétamines m'envahir sans retenue.

Il dit :

« Nous ne sommes plus que tous les deux. »

Je pense : Tu n'as jamais été aussi seul.

Les secondes, les minutes, mes ongles plantés dans son dos, sous son blouson. Le bruit rauque de notre respiration, le claquement sec de sa ceinture contre les dalles à chaque mouvement. Son sexe durcit, le mien qui l'engloutit.

Je murmure :

« On ne devrait pas. »

C'est bon, si bon, si bon.

Mes larmes, mon corps en sueur, le sien en transe. Le sang de Revel sous mes ongles, quand je jouis. Celui de Vincent Fournier qui s'écoule sur le lino du centre d'appels, mare de sang dans laquelle nous pataugeons, mare de sang où le sperme tombe en éclaboussant nos pieds, les murs, les dalles.

Le sperme du mensonge et de la culpabilité, dégoulinant entre mes cuisses. Le sang de la délivrance.

Je remonte mon pantalon et j'arrange mes cheveux d'un geste de la main. Mes talons claquent sur le dallage puis sur le béton des escaliers, emportant avec eux mes larmes et ma jouissance. Aucun regard, aucune attention, ne surtout pas s'attarder.

Revel relève la tête et prend la distance que je viens de mettre entre nous en pleine figure. Je l'observe du coin de l'œil. Il réajuste son pantalon, l'estomac noué. Un brouillard épais tombe sur lui.

Je traverse la terrasse, gagne le salon et tire la porte coulissante.

Revel lève les yeux dans ma direction et me fixe,

immobile. Je meurs d'envie de lui faire un signe de la main, mais je parviens à réprimer mon geste. Nous restons ainsi un moment à nous observer en silence, puis je sors de ma poche une boîte de comprimés à base de fenfluramine, et j'en glisse deux sous ma langue.

Je ferme les yeux.

Mes pensées volent, volent pendant de longues minutes, à la recherche d'une issue. Mon cerveau en vrac, des nœuds dans l'estomac et la vessie sur le point d'éclater. Je ne lâche rien, je gratte, je gratte dans mes souvenirs. Je déniche, j'extirpe, je souffle pour enlever la poussière, je scrute, je soupèse dans une main. De l'autre, je trie et je classe, puis je gratte à nouveau. Chaque nom dans la liste de noms, chaque histoire dans l'Histoire, chaque vie bouffée par d'autres vies. Au bout d'un moment indéfini, mon esprit s'apaise et l'image de ma fille surplombe peu à peu toutes les autres. Je pense : Je suis désolée. Une autre photo, plus ancienne, représentant ma mère et ma grand-mère, posant pour l'éternité, un sourire figé aux lèvres, les mains calleuses et les traits tirés, quelque part dans un appartement de la banlieue alésienne. Mortes et enterrées.

Je murmure :

« Je suis tellement désolée. »

36

Quand j'émerge enfin de mon coma émotionnel, le lieutenant Revel a disparu et le feu n'est plus qu'un tas de cendres et de braises fumantes.

Coup d'œil au réveil de la cuisinière :

Je pense : Dans quelques heures, toutes mes enveloppes seront distribuées dans les boîtes aux lettres, et avec elles toutes les preuves collectées et classées.

Je quitte la porte-fenêtre à regret, le ventre encore agité de légers soubresauts, et je vais prendre une douche. Eau chaude, eau glacée. Je frotte au savon de Marseille pour faire partir l'odeur de Revel et celle de la mort qui plane. Une fois lavée, je rassemble mes forces et je balance dans la cuvette des toilettes tous mes stocks de comprimés. Anorexigènes, psychoanaleptiques, stimulants, somnifères et psychotropes. Je respire un grand coup et je tire la chasse. Me restent : adrénaline et dopamine. Dans moins de douze heures, le manque sera tel que je serai prête à tuer pour avoir un dérivé de morphine.

Dans douze heures, je n'en aurai plus besoin.

Une fois habillée, jean, chaussettes épaisses et pull à col roulé, je m'installe à mon bureau. J'attrape un stylo, et une feuille au milieu de laquelle je trace une ligne verticale. Deux colonnes, deux listes de noms, deux raisons de terminer le travail commencé vendredi dans le bureau de Vincent Fournier. Je la glisse dans ma poche, puis je vérifie que le Beretta est bien dans mon sac.

Une arme à feu et une liste à deux colonnes.

Le prix de mes mensonges.

Ma contribution à la gangrène qui nous ronge tous.

III

37

Valence, le 18 novembre 2008

Chers Confrères, chères Consœurs,

Mesdames et Messieurs membres de la Commission de réforme,

Ne pouvant me libérer pour vous parler de ma patiente, Mme Matthieu Carole, je vous adresse ce courrier pour essayer de vous traduire à quel point j'ai été impressionné par l'état clinique de cette dernière, adressée à ma consultation par son médecin référent, le Dr Sarthes, le 15 novembre 2008.

Elle m'a expliqué avec beaucoup d'émotion avoir appris, par téléphone, alors qu'elle était en déplacement et après avoir demandé à sa hiérarchie si elle devait être présente à la réunion organisée ce jour-là, coup sur coup : la mutation de son collègue de travail, le Dr Martin, et la nomination du directeur de site du centre d'appels où elle exerce au titre de Manager de l'année 2008.

Le retour à son bureau a été rendu difficile et dangereux car sa conduite automobile était inattentive et qu'un certain nombre de conducteurs lui ont fait des appels de phares et des coups de klaxon.

Elle a dû s'arrêter à plusieurs reprises sur le bord de la route.

Nous sommes donc passés à côté d'un AVP qui aurait pu avoir des conséquences dramatiques.

En tant que médecin, j'attire votre attention, non sur la justesse ou non des restructurations économiques ou des mutations professionnelles, qui ne sont pas de ma compétence, mais sur les modalités d'annonces de celles-ci qui, à mon avis, doivent se faire dans un cadre approprié.

À ce jour, Mme Matthieu présente toujours des ruminations permanentes, des « flash-back » de son retour en voiture et des risques encourus, des cauchemars à thématique professionnelle, des angoisses à expression somatique de type dermatologique et asthmatiforme. Ceci correspond à un tableau classique et pathognomonique d'un psychotraumatisme, d'où ma décision de faire un certificat médical descriptif initial d'accident de service, compte tenu de l'évolution jurisprudentielle qui permet d'inclure en accident de travail ou de service une agression verbale, une vexation, une annonce de modifications du contenu de l'activité de travail dans un cadre inapproprié…

Je vous remercie de l'attention portée à mon courrier et je reste à votre disposition pour en discuter. Je tiens à préciser qu'il n'existe aucune antériorité psychiatrique chez Mme Matthieu, d'après ses dires.

Bien sincèrement,

Dr Gigau, praticien conseil

38

L'immeuble où vit Sylvie Mangione est situé en haut de l'avenue Léon-Gambetta, avec vue imprenable sur le parc Jouvet. Façade grise, platanes centenaires plantés à son pied, avenue vide, lampadaires inutiles et digicode. L'horloge de la voiture indique 0 h 34. Je passe au point mort devant le n° 13, descends jusqu'aux feux, fais demi-tour sur l'avenue du Tricastin, le nez face au Rhône, puis je remonte tranquillement en seconde jusqu'à l'avenue du Champ-de-Mars, où je me gare. Deux fois deux voies, coupées en leur milieu par une bretelle d'accès au pont Frédéric-Mistral qui enjambe le fleuve et mène en Ardèche.

Trente-trois ans, dépression, blonde platine et originaire de Bretagne. Son père est magasinier, sa mère travaille dans la fonction publique territoriale. Fille unique. Il n'existe aucun antécédent familial psychiatrique ou personnel. Elle dit avoir eu une enfance et une adolescence agréables. Elle a fait une école d'ingénieurs à Nantes. Titulaire d'un DESS en mathématiques, un autre en management. Elle a eu deux expériences professionnelles avant son employeur actuel : aucun problème d'adaptation n'a jamais été signalé.

La première sur ma liste, colonne de droite.

*

Je la reçois pour la première fois dans mon cabinet le 20 août 2008. Canicule, temps orageux et tensions sur le site après le suicide du téléconseiller Marc Vasseur, neuf jours plus tôt. Ponctuelle, présentation correcte, paupières gonflées par les larmes et les insomnies. Le sens de la consultation est compris. Elle va mal. Très mal. Je comprends dès son entrée dans la salle d'attente qu'elle est dans cet état depuis plusieurs mois.

Ce jour-là, je lui laisse dans un premier temps la spontanéité de ses propos. Elle m'explique que les difficultés commencent en avril 2007, lorsque son entreprise, sous-traitante, employant deux cent quatre-vingts salariés dont trente indirectement pour la plate-forme de Valence, décide une réduction d'effectifs estimée à quatre-vingt-dix personnes.

Elle me dit avoir ressenti une pression très forte sur le personnel avec des entretiens « musclés ». Je note sur mon carnet l'extrait d'un entretien qu'elle a eu avec un DRH Rhône-Alpes : *La situation est catastrophique, êtes-vous consciente qu'il n'y aura plus de mission pour vous à Valence ?* Elle s'efforce de rester positive et de mettre en valeur ses compétences – deux diplômes Bac + 5. Le DRH lui aurait dit de *rester malgré tout très ouverte sur l'extérieur*. Elle sort en pleurant de cet entretien, trouvant la situation injuste car elle a *toujours tout fait pour s'investir dans son travail*.

Ce sont ses propres mots.

Elle me confie avoir participé à un forum de discussion confidentiel mis en place par un certain nombre de salariés, sur le sujet de cette réduction d'effectifs. Il n'existe alors aucun syndicat dans son entreprise. Des solutions pour sortir de la crise sont présentées, certains salariés commencent à partir. Les *jeunes forces* ont postulé ailleurs. En septembre, une trentaine d'entre eux démissionnent. L'entreprise propose des mutations, à Lille par exemple. Certains acceptent. Pas elle.

La situation s'envenime rapidement, à partir de novembre 2007. Elle me rapporte qu'à chaque réunion de salariés, la direction essaie d'écouter ce qui se dit. Webcams curieusement allumées, portes entrouvertes, salariés aux portables branchés. Tension croissante dans l'équipe. À partir de là, Sylvie Mangione est reçue à plusieurs reprises par la direction du site. On continue de lui parler de son *formidable potentiel de travail*, mais aussi de *sa réputation de chieuse*. On lui intime gentiment l'ordre de se rapprocher de la direction et d'adhérer au discours de l'entreprise. Elle dit *amen* à tout ou presque. Pour une « chieuse », elle est plutôt docile, Sylvie.

Arrive alors le mois de juin 2008. On lui propose un poste de consultante, ce dont elle rêve depuis son embauche, mais on lui précise que la contrepartie serait des déplacements fréquents et inopinés dans toute la France. Là encore, elle accepte. Quelques jours plus tard, avant que sa mutation ne prenne effet, elle assiste à une réunion organisée par la direction pour tous les salariés. Le responsable des ressources humaines leur annonce que *dix-sept personnes n'ont plus leur place dans le groupe*.

Évidemment, Sylvie en fait partie.

Le contraire eût été étonnant.

Elle m'explique ne plus rien comprendre à partir de là. Black-out total. Insomnies, maux de tête, diarrhées, vodka ou gin le soir pour tenter de s'endormir.

Quelques jours plus tard, elle reprend pied et sollicite un entretien auprès du directeur d'agence, qui refuse de la recevoir. Résultat : elle est mise en arrêt maladie le 27 juillet 2008, pour état dépressif réactionnel.

De retour au boulot dès le 28 juillet, elle commence à prendre des notes sur les moindres agissements de ses responsables et de ses collègues, sur les conseils d'amis membres de comités d'entreprise. Spirale paranoïaque. Réflexe de survie.

L'entreprise, c'est secret.

Elle obtient finalement un rendez-vous avec son supérieur hiérarchique et le piège se referme sur elle. Son responsable l'insulte copieusement pendant plus d'une heure. *Vous êtes nulle, trop conne, vous agissez par-derrière, vous êtes manipulatrice…* La DRH est présente, mais reste devant la porte du bureau, ouverte aux oreilles de tous les salariés de l'étage.

Dans un éclair de lucidité, Sylvie comprend que cette colère a un rapport direct avec le forum privé sur Internet auquel elle a participé avec plusieurs salariés. Après une heure dix de ce régime, elle souhaite quitter le bureau mais elle se sent *physiquement* coincée par la DRH qui bloque toujours la porte. Elle tente alors de se jeter par la fenêtre – le bureau se situe au deuxième étage. Son responsable réussit à l'en empêcher.

L'entretien se termine sur cette phrase, qui m'a également été rapportée par une salariée présente dans le couloir, passée peu de temps après par mon cabinet pour idéations suicidaires :

« Nous sommes vendredi. Lundi, je veux votre démission sur mon bureau. »

La DRH aurait complété en disant :

« Tu ne vas quand même pas rester dans une entreprise qui ne veut plus de toi ! »

Depuis cette date, Sylvie Mangione a des troubles majeurs du sommeil avec cauchemars à thématique professionnelle. Perte totale de sa libido et apragmatisme. Elle n'est plus capable de faire ses courses toute seule, et a compris il y a peu qu'elle était devenue agoraphobe. Les lieux publics lui sont désormais interdits, sous peine de crise de nerfs, perte de conscience, panique, angoisse. Elle voit sa DRH et sa responsable hiérarchique partout, imagine des tueurs à ses trousses, croit apercevoir des tireurs d'élite sur les toits. Elle est persuadée que des voitures tentent de l'écraser ou que certains chauffeurs de bus sont payés pour la renverser. Récemment, elle a donné une gifle à un enfant de douze ans qui l'avait bousculée en traversant sur un passage pour piétons : elle a cru qu'il essayait de lui planter un couteau dans la cuisse gauche. Traduisez : elle se défendait.

Personne ne croit ce genre d'histoires quand on les raconte. Les gens imaginent un délire morbide de médecin, des discours mytho-maniaques ou des exagérations de bonne femme hystérique.

Pourtant, le rapport que j'ai rédigé au terme de notre dernière entrevue est éloquent. Sylvie Mangione présente un tableau clinique caractéristique de ceux qu'on rencontre à l'occasion des souffrances au travail avec une propension à l'alcoolisme. Elle a pris trente-cinq kilos en dix-huit mois, n'a plus ses règles depuis dix, n'a pas eu de rapports sexuels depuis seize, et picole quotidiennement depuis quatorze. Voilà pour les résultats. Les faits, à présent : cet état a démarré avec la mise en place d'un plan de restructuration dans l'entreprise.

Il n'y a aucun autre événement de vie intercurrent.

Aucun, et j'insiste sur ce point.

Et aucune issue positive n'est envisageable.

Je le sais, elle le sait, elle se laisse mourir à petit feu.

Je ne pense qu'à ça pendant que je compose le numéro à quatre chiffres du code d'entrée de son immeuble. Deux, trois, sept, zéro. Je le connais par cœur. Six urgences au cours des quatre derniers mois, dont cinq au milieu de la nuit. Sylvie a mon numéro de portable. Je ne l'éteins jamais. Elle a aussi peur de la solitude. Contrairement à moi, qui n'aspire plus qu'à ça.

Une bourrasque de vent plus forte que les autres me balaie le visage et repousse mes cheveux en arrière. Une douleur atroce me tenaille le ventre, un étau compresse ma tête, mais je ne me suis jamais sentie aussi forte et déterminée.

Un déclic.

Je pousse la porte et pénètre dans le hall.

*

Premier étage, silence sépulcral. Deuxième, un téléviseur débite ses inepties quelque part derrière une des quatre portes du palier. Troisième, des bruits de voix, probablement une fête entre amis. Au quatrième, porte de gauche, un simple morceau de papier bleu sur lequel est écrit en lettres manuscrites : Mme Sylvie Mangione.

Je soupire en murmurant : « Madame… »

Sylvie n'a jamais été mariée.

À cette heure-ci, elle est probablement ivre morte. Je presse deux longues fois la sonnette. Je laisse passer trente secondes. Je renouvelle mon geste à deux reprises avant d'entendre un craquement derrière la porte, puis une voix pâteuse marmonner :

« Qui c'est ?

– Carole. »

Dix secondes passent avant qu'elle ne dise, le nez collé au judas :

« Docteur Matthieu ?

– Oui.

– Qu'est-ce qui se passe ?

– Ouvre-moi. »

Un cliquetis de clefs dans la serrure. Mon rythme cardiaque s'enraie. La porte s'ouvre sur le visage rougeaud et gonflé de Sylvie. Une forte odeur de haschisch mêlée de relents d'alcool se fraie un chemin jusque dans la cage d'escalier.

« Ça me fait plaisir de vous voir.

– Moi aussi », je réponds en entrant et en fermant derrière moi.

Moi aussi.

Je l'observe à la dérobée. Robe de chambre déchirée qui bâille sur sa poitrine défaite, pieds nus, ongles rongés jusqu'au sang et jambes constellées de bleus.

« Tu as fait la fête ? »

Elle fronce les sourcils et baisse la tête.

« Vous savez bien que non.

– Et ces bleus, sur tes jambes ? »

Elle balbutie :

« J'ai… j'ai dû me cogner quelque part. Vous en faites pas, c'est rien. »

Elle sourit d'un air niais, puis elle me fait signe de la suivre dans le salon en s'excusant pour le désordre. Bouteilles vides, cendriers qui débordent, poussière et vêtements jetés en vrac à même le sol. Ça pue, c'est moche, ça sent la mort, voilà tout ce qui me vient à l'esprit en enjambant un carton de pizza pour me glisser devant le poste de télévision, allumé sur une série policière de fin de soirée.

Sylvie se précipite pour saisir la télécommande et éteindre. Elle titube, glisse sur un magazine. Je l'attrape de justesse.

« Je suis désolée. »

Je chasse ses excuses d'un geste de la main. Je visualise l'arme dans mon sac. Je me dis que j'aurais dû la sortir dès qu'elle a ouvert la porte, qu'à présent je ne m'en sens plus le courage. C'est trop dur. Vraiment trop dur.

Sylvie se dandine d'un pied sur l'autre en s'efforçant de ne pas perdre l'équilibre. Elle finit par se vautrer sur le canapé sur lequel elle devait somnoler avant mon arrivée. Des larmes perlent sur ses joues.

« Je suis vraiment désolée. Je ne m'attendais pas à votre visite. »

Elle a tellement bu que ma venue ne lui pose déjà plus question.

« Je t'ai déjà dit de me tutoyer.

– J'oubliais. »

Elle secoue la tête. Je sens l'agacement me gagner. Je *ne veux pas* qu'il me gagne, mais je le laisse monter parce que c'est le seul sentiment qui m'aidera à aller jusqu'au bout de mon geste.

Je ferme les yeux pour ne plus voir son sourire béat et son cou de grosse vache. L'agacement cède du terrain à la colère. Je repense à tous mes efforts, à tout ce que j'ai fait pour elle depuis des mois. Je la revois grossir, grossir, en même temps que sa tête et ses espoirs se vidaient de toute vie. J'inspire tout l'air vicié que mes poumons peuvent supporter, je glisse la main dans mon sac et je tire.

Sylvie me dévisage, incrédule. Je tire une nouvelle fois. Elle émet un couinement semblable à un cri animal, mais elle ne hurle pas, anesthésiée en partie par l'alcool et le haschisch.

L'information de la douleur finit par se frayer un chemin jusqu'à la cervelle embrumée de Sylvie et je vois ses yeux, rivés sur le sang qui s'écoule le long de ses jambes, s'arrondir de terreur. Elle porte une main à son abdomen, la retire, la lève devant elle et l'observe en grimaçant. Puis elle s'effondre sur le téléviseur, qui bascule et tombe entre le mur et l'étagère dans un bruit de verre brisé. Je tire encore dans son dos.

« C'est pour toi. C'est pour ton bien. »

Une fois, deux fois.

« Pour te sauver. »

Je recule, perds l'équilibre et pars à la renverse sur la table basse, dans un nuage de cendres de cigarettes.

Je m'immobilise et je tends l'oreille : aucun bruit en provenance de la porte d'entrée. Mes yeux se posent sur Sylvie, ses fesses à l'air, son large dos, sa robe de chambre déchirée, la moquette imbibée de son sang et ses cheveux poisseux.

Je me sens moche, je tourne la tête. J'inspire, j'expire une bonne douzaine de fois, avant de trouver l'énergie de déplacer le corps de Sylvie, de l'installer sur le canapé, dans une position décente, et de me laver les mains à la Javel dans l'évier de la cuisine. Je claque la porte, dévale les escaliers. Dans l'appartement du dessous, la musique et les bruits de voix ont cessé. La sensation de manque gagne mon système nerveux.

Sylvie Mangione et moi bossions pour la même boîte.

*

Retour dans l'habitacle de l'Audi. Une voiture de vigile est garée non loin de là. Un énorme chien m'observe, la truffe collée à la vitre arrière du véhicule. Société privée de gardiennage. Surveillance de nuit des rues commerçantes de Valence. Trop de fric dans les vitrines, trop de tentations. Mon portable émet une petite série de vibrations désagréables. Je l'extrais de ma poche.

Richard Revel, deux appels en absence. Le premier à 0 h 45, le deuxième dix minutes plus tard. Pendant que j'étais avec Sylvie. Il ne me lâchera plus à présent, je le sens. Il est avec moi, mon soleil noir. Il ne dormira pas cette nuit.

Ma souffrance.

Une douleur différente des autres s'agite sur la gauche, à l'abri de ma cage thoracique. Comme une infinité d'aiguillons de guêpes nanoscopiques que l'on planterait dans mes poumons et mon cœur, par vagues régulières, toutes les deux ou trois secondes. Comme un avertissement.

Un mouvement sur ma droite. Le type sort de sa voiture, une main sur sa ceinture. Je le regarde faire sans tourner la tête, pour ne pas l'encourager. La douleur dans mon torse s'estompe. Le vigile jette un œil à son chien, hésite, bombe le torse, puis il se dirige vers moi. J'imagine qu'il me prend pour une pute. Ou une femme esseulée sur le point de le devenir.

J'insère la clef dans le démarreur, je la tourne et je quitte l'avenue du Champ-de-Mars.

*

Valence dort à poings fermés. Les dealers et les fêtards sont les seuls à battre encore le pavé. Je tourne en rond dans les rues du centre-ville pendant près d'une heure, sans trop savoir où aller. Rue des Alpes, rue Faventines, avenue du Docteur-Paul-Santy, l'hôpital, puis le boulevard du Maréchal-Juin, avant de retourner à proximité de la gare. Des silhouettes sombres rôdent sur les trottoirs, des SDF sirotent des canettes de bière sur le parvis, les fenêtres éclairées aux façades des immeubles se font de plus en plus rares.

Je repasse plusieurs fois au pied de l'appartement de Sylvie, comme si j'espérais un miracle. À chaque ronronnement de moteur, je sursaute en espérant malgré moi qu'il s'agit de la voiture de fonction de Richard Revel, venu pour m'arrêter, ou que des cars de CRS ou des brigades spéciales sont en train de déployer un piège autour de moi pour mettre un terme à cette nuit folle. Je guette les regards espions derrière les volets fermés, j'imagine des hommes en cagoule, planqués à chaque coin de rue, prêts à donner l'assaut, je m'attends à tout moment à voir surgir une escouade de flics, leurs armes braquées sur moi, mais il ne se passe rien. Je ne suis qu'une femme au volant d'une Audi, dans une ville française banale. Une femme médecin du travail qui cherche la route de son cabinet sans jamais la trouver. Il n'est encore que 2 heures du matin, j'ai déjà hâte que le jour se lève et d'en avoir terminé avec tout ça.

Pendant ce temps, je résiste à l'envie de tout abandonner et je ressasse. La fin d'Hervé Sartis. Celle de

Patrick Soulier et de Marc Vasseur. Le désespoir de Vincent Fournier. La dérive de Sylvie Mangione. Les suicides, les idées noires, les névroses, les troubles bipolaires, les crises de nerfs, le *burn-out*, le stress, les scénarios homicides, les pulsions de mort. Le travail, le travail, le travail. Ma place dans ce grand merdier. Puis j'en reviens toujours à ma propre souffrance, et une question tourne en boucle : qui se charge d'écrire mon autre Histoire ?

Mes doigts se crispent sur le volant.

Je tourne à gauche, et j'emprunte l'avenue de Provence en direction du sud. Je la suis pendant trois ou quatre kilomètres, je passe sous l'autoroute, je longe un moment les bords du Rhône, puis je me gare sur une aire de repos de camionneurs bordée de mûriers et de massifs de thuyas. Je verrouille les portières, traverse la départementale 7 et m'enfonce dans les fourrés. Peupliers décharnés, ronciers en friche, flaques de boue et rats qui détalent à mon approche. Le Beretta dans mon sac, le portable dans une poche. Le sol est tapissé de sacs plastique, de gobelets et de canettes. Ça sent la pisse, la merde et l'huile de vidange. Je presse le pas.

Après une minute de marche, je bute contre un mur de béton. Derrière, l'autoroute, le mugissement du moteur des poids lourds, le sifflement des motos et les lumières des phares qui éclairent le haut des arbres par intermittence. Je longe le mur pendant quelques minutes, jusqu'à rencontrer un passage dans lequel je m'engouffre. De l'autre côté, je débouche sur l'entrée d'un lotissement standard. Maisons identiques parfaitement alignées, volets bleus, pelouses impeccables, lampadaires éclairés pour lutter contre les ombres, et voitures sagement rangées dans les allées.

Je m'immobilise.

Mon portable vibre une nouvelle fois. Je le porte à mon oreille, je presse deux touches pour écouter.

Une voix mielleuse :

« Vous avez un nouveau message. Aujourd'hui, à 1 h 59.

– Carole, c'est Richard. Rappelle-moi, c'est urgent. Je sais que tu n'es pas chez toi. J'y suis passé et j'ai cherché partout. Je… »

Un silence, le temps d'une respiration, comme s'il s'efforçait de choisir entre l'une de ses deux figures, le lieutenant de police chargé d'enquêter sur deux homicides ou le type qui m'a sautée deux heures plus tôt. Un grésillement, puis :

« Je peux t'aider. »

Un autre temps mort.

« Dis-moi où tu es. »

Je me dis : Ça y est, la mécanique est enclenchée.

Je souffle :

« Enfin ! »

Je raccroche en tremblant.

*

Je m'avance au cœur du lotissement. Une quarantaine de baraques, et un numéro, le 37. J'aperçois enfin le Scénic bleu turquoise à l'aile droite rayée et immatriculé dans la Drôme. Derrière, une boîte aux lettres au nom de Mickaël et Christine Pastres.

J'abaisse la poignée du portail et j'entre dans l'allée. Sur ma droite, une table de jardin et quatre chaises, sur ma gauche, des pots en plastique ou en terre cuite barbouillés de peinture. Je m'approche de la porte. Pas de clef, pas de digicode.

Je contourne la maison, à la recherche d'une fenêtre ou d'une porte ouverte. Rien. Les baies vitrées qui donnent sur le jardin sont désespérément closes. Je recule, je cherche une solution, mon regard finit par tomber sur un tas de gravats monté contre la haie, mais un coup d'œil aux maisons mitoyennes me fait comprendre qu'en brisant une vitre j'alerterais tout le voisinage. Je retourne devant l'entrée, et, après une brève hésitation, je presse la sonnette de toutes mes forces.

La porte s'ouvre sur un homme d'une quarantaine d'années, crâne dégarni, bas de pyjama ridicule et yeux gonflés de sommeil. Je regarde à droite, puis à gauche, je lève les mains en signe d'impuissance et je détale en courant.

Le type crie :

« Hé ! Qui êtes-vous ? »

Un bruit de pas sur mes talons, une bordée de jurons. L'homme se lance à ma poursuite et me rattrape au pas de course avant que j'atteigne le portail. Sa main s'abat sur mon épaule gauche et me force à me retourner d'un mouvement sec, puis il saisit mon bras et se met à me secouer.

« Qu'est-ce qui vous prend de sonner à la porte des gens, comme ça, en pleine nuit ? »

Je suis muette, je tremble de tous mes membres, je sais que le type ne va pas tarder à voir les taches sombres de sang qui constellent mes manches, le bas de mon pantalon et mes chaussures. Je surveille son regard, j'essaie de me dégager, il resserre son étreinte. Je me débats avec l'énergie du désespoir. Il me prend pour une folle. Maintenant, la seule chose que je souhaite, c'est qu'il me laisse partir, qu'il ne me reconnaisse pas, que Christine Pastres ne sache jamais que je suis venue sonner chez elle en plein milieu de la nuit. Je me débats, je trépigne, je crie, je lui décoche un coup de pied dans le tibia. Il me lâche, une fraction de seconde, je m'élance, puis il m'attrape à nouveau et raffermit sa prise.

Une voix s'élève dans l'allée. Je tourne la tête et je la vois, en chemise de nuit, les bras croisés pour se protéger du froid, vulnérable. Je pense au Beretta, enfoui dans mon sac, je me repasse les larmes de Vincent Fournier, d'Hervé Sartis et de Sylvie Mangione dans la tête, et je réalise que je ne sais plus ce que je fais.

Elle dit :

« Docteur Matthieu ? »

Les doigts de son mari sur mon bras me font mal. Il nous dévisage toutes les deux tour à tour.

« Tu la connais ?

– C'est le médecin du travail de ma boîte. »

Elle reste sur le pas de la porte, frissonnante de froid et de surprise.

« Qu'est-ce que vous faites là ? »

Je suis incapable de répondre. L'homme me tire vers le perron, à la lumière du plafonnier fixé au-dessus de la porte d'entrée.

« Cette folle bosse avec toi ? »

Je me dis : Je ne peux pas, je ne peux pas, je ne peux pas.

J'essaie une nouvelle fois de me persuader de sortir le Beretta et de tirer, maintenant, dans sa chemise de nuit, mais mes bras refusent de bouger d'un millimètre, comme tétanisés.

Je murmure :

« Lâchez-moi. »

Mais le type ne lâche rien et me traîne devant Christine comme s'il n'avait pas entendu ma supplique. Je bande mes muscles, je m'arc-boute, en vain, il est plus fort que moi. Christine s'avance.

« Ça va ?

– Lâchez-moi.

– Vous avez l'air toute pâle. »

Je hurle, avant qu'il ne soit trop tard :

« Lâchez-moi, bordel ! »

C'est alors qu'ils *voient*. Tous les deux, presque au même moment. Les taches de sang sur mes vêtements. Ils se figent.

« Vous avez eu un accident ? »

Je hoche la tête pour leur dire que oui, c'est ça, j'ai eu un accident et, maintenant, il faut me laisser m'en aller, sans tarder. Je m'excuse d'avoir sonné chez eux, je m'excuse de les avoir réveillés en pleine nuit, je m'excuse pour les cris et pour le sang. Mais mes yeux paniqués expriment exactement l'inverse et ils s'en rendent compte. L'information se fraie une route au bulldozer jusqu'à leur cerveau. Christine Pastres ouvre la bouche pour parler, mais les mots restent bloqués dans sa gorge.

Le mari s'exclame :

« Il faut appeler les flics. »

Je panique, mon dos est raide, ma vision se trouble. Je dis :

« Lâchez-moi, lâchez-moi, lâchez-moi… »

Le mari répète :

« Putain, va appeler les flics ! »

Je projette mon crâne avec violence contre sa tempe. Nouveau coup de pied dans le tibia, coup de poing avec ma main libre. Il s'effondre sur la dalle, plié en deux, en geignant. Je ne sens plus mes articulations, je ne sens plus rien. Je parviens à me dégager et je cours, je cours en direction du portail. Cette fois-ci, personne ne me poursuit. Je traverse la petite place, je me faufile entre les voitures et je regagne l'extrémité du lotissement, à découvert.

Juste avant de m'enfoncer à nouveau dans le passage souterrain, j'entends crier :

« Cette salope s'est tirée de l'autre côté de l'autoroute par le tunnel ! »

Puis rien d'autre que le bruit sourd des voitures et des semi-remorques qui défilent, indifférents, audessus de ma tête, et le souffle du vent qui s'engouffre derrière moi et me presse vers la sortie.

Je ralentis, à bout de souffle.

Priant le ciel, la terre et l'enfer que ce tunnel ne se termine jamais.

39

La sortie du passage sous l'autoroute me fait l'effet d'une douche froide. Le mistral vient brouiller mes pensées. Les faits et les résultats s'emmêlent et se confondent. Je me surprends à vouloir faire demi-tour et retourner m'excuser auprès de Christine Pastres, lui mentir à nouveau, comme je le fais avec tout le monde depuis des mois, mais mes jambes me poussent jusqu'à ma voiture sans que je parvienne à me décider. Pendant que j'ouvre la portière et que je m'installe au volant, je me répète : « Tu es forte, tu es forte, tu es forte », sans y croire moi-même. Je répète pour ne pas plier. Je suis forte, je suis forte. Encore et encore pour ne pas m'effondrer, là, maintenant.

J'inspire, j'extrais une bouteille d'eau gazeuse de la boîte à gants et j'en bois la moitié. Je me dis qu'une cigarette me ferait le plus grand bien. Je sors la liste à deux colonnes de ma poche et j'y lis, en toutes lettres, tracées d'une écriture hachée et hésitante : *Cyril Caül-Futy, Pont-d'Isère, route de Lyon, n° 112.*

Mon portable continue de vibrer. Richard Revel est passé à un appel toutes les dix minutes. Je n'ose pas écouter ses messages.

Je compose le numéro de ma fille, je tombe directement sur le répondeur. Je ne laisse aucun message.

J'ai besoin de rouler.

Je mets le contact.

Un grésil fin se met à tomber. Le thermomètre de la voiture indique moins deux degrés. Je monte le chauffage à fond, j'allume la radio, et je prends la direction du sud pour attraper l'autoroute.

*

Quand je reprends conscience, cela fait plus d'une heure que je roule. L'idée de poursuivre jusqu'à la côte et, pourquoi pas, jusqu'à l'Espagne me séduit un instant, mais je me ravise en pensant à Vanessa. J'aperçois la prochaine sortie, Bollène, onze kilomètres. Une fois parvenue à destination, je règle avec ma carte bancaire et je me range sur le parking qui suit le péage pour me reposer. Je ferme les yeux et m'endors sur-le-champ, épuisée.

Des coups frappés sur la vitre me réveillent en sursaut. Je jette un œil à l'horloge de la voiture. 3 h 25. Je tourne la tête. Un employé du péage me regarde placidement. La trentaine, les traits tirés, cheveux ras, une doudoune vert kaki sur les épaules, plutôt bel homme. Ses yeux brillent d'une étrange lueur. Je reconnais l'effet du haschisch. Il me parle, je n'entends pas ce qu'il dit. Il me fait signe de baisser ma vitre. Je m'exécute.

« Vous ne devriez pas rester là. »

Je bégaie :

« Je me repose juste un moment. J'ai eu un coup de barre.

– Je vois bien, mais la température baisse et vous risquez de ne pas vous réveiller. »

Je montre sa guérite du doigt.

« Vous ne devez pas avoir très chaud non plus, là-dedans.

– Je suis équipé.

– Je suis bien habillée aussi. »

Il jette un œil à mes vêtements et hausse les épaules.

« Vous faites comme vous voulez, madame, mais je ne veux pas être responsable et ce parking est sous ma surveillance, la nuit.

– Je ne comptais pas rester longtemps.

– Je suis désolé, mais si vous ne voulez pas partir, je vais être obligé d'appeler la sécurité. »

Je lève la main en signe de compréhension.

« Je m'en vais.

– Je préfère ça. »

Il désigne deux BMW qui arrivent au péage.

« Et puis l'endroit n'est pas très sûr, pour une femme. Y a de drôles d'oiseaux qui passent dans le coin. Je ne suis qu'un employé, si vous vous faites agresser, je ne pourrai pas faire grand-chose. »

Je réprime une grimace. Quatre meurtres en cinq jours. C'est lui qui devrait avoir peur.

« Je pars tout de suite.

– C'est pour vous que je dis ça.

– Je vous remercie. »

Je pense : Tu fais ton boulot comme tu peux, n'est-ce pas ?

Je garde ma remarque pour moi. Je le salue, je remonte la vitre et je fais demi-tour sur le terre-plein. J'avance l'Audi jusqu'au guichet automatique et je prends cette fois-ci la direction du nord. J'écrase la pédale de l'accélérateur et je me bloque sur la file de gauche. Je consulte mon portable pour voir si ma fille n'a pas essayé de me rappeler et je me fais la réflexion que Revel est silencieux depuis une vingtaine de minutes, sans savoir si je dois m'en inquiéter ou pas. Je me dis qu'il est probablement déjà au courant de ma visite chez les Pastres, que cette salope de Christine et son connard de mari ont dû chercher à le joindre dans la seconde qui a suivi ma fuite. Je pense aussi que, de nos jours, les flics ont les moyens de retrouver la trace de n'importe qui avec son portable ou sa carte bancaire. Je me revois régler au péage avec ma Mastercard. J'imagine les caméras de vidéosurveillance au-dessus des guérites et sur les portions de voie rapide. Ils m'imaginent peut-être dans le sud de la France. Je ne remarque même pas le double flash qui illumine l'arrière de ma voiture au moment où je passe devant le radar automatique de Valence. L'Audi est lancée à plus de cent quatre-vingts kilomètres-heure et je suis bien trop concentrée à ne pas perdre la maîtrise du véhicule qui essuie rafale de vent sur rafale de vent. Le conducteur d'un poids lourd me fait des appels de phares. Je ralentis à l'approche de l'aire d'autoroute de Pont-d'Isère.

J'ai mal au crâne, j'ai sommeil et je suis en manque. C'est un fait.

Chaque pore de ma peau respire la peur. Un résultat.

*

Une Golf noire stationne devant le magasin. À l'intérieur, trois visages fatigués me regardent effectuer une manœuvre pour me garer. Des gamins qui sortent de boîte de nuit ou d'une virée et qui viennent faire le plein de cigarettes et de croissants. L'aire d'autoroute de Pont-d'Isère : le seul point de vente de tabac en pleine nuit sur un rayon de quarante kilomètres. Je fouille dans mes poches à la recherche d'un peu de monnaie et je pénètre dans la boutique, croisant à la porte le conducteur de la Golf, la vingtaine, les yeux injectés de sang, les cheveux parfaitement gominés et une cartouche de Marlboro light à la main. Une odeur d'alcool m'enveloppe sur son passage, mais il ne titube pas. Le caissier, un homme roux mal rasé d'une cinquantaine d'années, bâille derrière son guichet à s'en décrocher la mâchoire. Je me demande : quelles fautes paie-t-il pour se retrouver là à 4 heures du matin, à surveiller ses rayonnages et à faire les comptes d'un autre ? Réflexe professionnel, je décortique ses gestes et son attitude à la recherche de symptômes de stress ou d'épuisement. Il jette machinalement un œil à son écran de vidéosurveillance, puis me dévisage avec lassitude.

« Quelle caisse ? »

Je secoue la tête.

« Un Camel, s'il vous plaît. »

Je règle et je ressors aussitôt. Une fois dehors, j'arrache le film plastique du paquet et j'extrais une cigarette que je porte à mes lèvres. Je réalise que je n'ai ni briquet ni allumettes. Je tourne la tête. Le conducteur de la Golf me fait signe de m'approcher et me tend un Zippo en souriant. Derrière la baie vitrée, les deux coudes appuyés sur sa caisse, l'employé assiste à la scène. Je fais trois pas en direction de la voiture, le gamin gratte la pierre du briquet, une flamme bleue jaillit. Je me penche et inspire deux bouffées sur ma cigarette. La fumée me brûle la gorge, je tousse un peu. Son sourire s'élargit.

Il dit :

« C'est une drôle d'heure pour sortir acheter des cigarettes, madame.

– Je ne fume pas. »

Il hoche la tête, interdit, sans trop savoir s'il doit rire de ma plaisanterie ou si je le prends pour un con.

Je lui tends le paquet.

« Je n'en ai plus besoin. »

Il hésite. Je tire deux bouffées supplémentaires et j'écrase le mégot sous mon talon. Il saisit le paquet sans me remercier. À l'arrière, ses copains se marrent. Je contourne leur voiture et je me dirige vers l'arrière de la boutique. Deux poids lourds barrent le passage, cabines aux rideaux tirés et odeur d'essence écœurante. Je me faufile, je quitte le parking goudronné et m'enfonce dans un massif d'acacias, au bout duquel je bute contre une clôture. Je la longe une vingtaine de mètres avant de trouver le passage utilisé par les habitants du coin pour venir acheter leur tabac. Une partie du grillage est affaissée sur une portion de quelques mètres, la terre est piétinée. Derrière, un chemin communal qui traverse un champ d'arbres fruitiers et mène à la nationale.

Dix minutes plus tard, je parviens devant le portail de la maison de Cyril Caül-Futy. J'attrape la poignée de la grille et je l'abaisse. Non verrouillée. Je me glisse à l'intérieur et laisse entrouvert. Vieille bâtisse restaurée, volets bleu lavande, parterres de rosiers, piscine, avec vue sur le restaurant quatre étoiles voisin et grosse berline dans l'allée. Des jouets aux couleurs criardes sont étalés sous le platane qui surplombe la véranda et l'entrée. Des petites voitures, un tricycle, un seau, une poupée en plastique délavée sans tête et une dînette. Je m'immobilise et me penche pour ramasser la reproduction miniature d'une tracto-pelle jaune en partie rongée par la rouille. Ma fille en possédait une similaire, quand elle était enfant. Je la revois passer des heures à la pousser en mimant des bruits de moteur sur un tas de sable que mon ex-mari avait installé pour elle, au fond du jardin. À l'endroit exact où j'ai brûlé mes dossiers, hier soir.

Je me tourne vers la façade. Les volets sont clos. Derrière l'un d'entre eux, la chambre de Cyril Caül-Futy, peut-être endormi contre sa femme, peut-être les yeux grands ouverts à compter les fissures du plafond en luttant pour ne pas se lever, avaler deux boîtes d'aspirine ou se pendre au platane.

Je m'approche de l'entrée. Mon doigt sur la sonnette, prêt à la presser mais bloqué par une force invisible. D'autres volets, d'autres pièces. Combien d'enfants, déjà ? Trois, il me semble, deux filles et un garçon. Sept, cinq et deux ans. Je ne peux pas faire ça. Je crois entendre un cri. Peut-être le mien.

Le jouet me tombe des mains. Je ne peux pas, je ne peux pas, je ne peux pas. Je m'enfuis en haletant comme une chienne. Je traverse la route, remonte le chemin communal et regagne ma voiture, dans laquelle je me réfugie comme si je m'y sentais protégée de la violence du monde extérieur. De ma propre violence. J'ai échoué. Je sais que j'ai échoué. Je le sais depuis le début.

Un bruit sur ma gauche me fait pivoter la tête. On frappe à la vitre. L'employé de boutique. Je constate que la Golf a déserté le parking. La portière est fermée, sa voix me parvient mais étouffée.

« Ça va ? »

Non, non.

« Un problème ? »

Non, non, non.

« Vous vous sentez bien ? »

Je hurle :

« Foutez-moi la paix ! »

Je démarre et recule sans crier gare. Le type fait un bond de côté pour éviter de se faire rouler sur les pieds. Je le vois gesticuler et m'insulter dans le rétroviseur, j'accélère. Je ne vois plus rien d'autre que : la bretelle d'accès à l'autoroute, une ligne blanche discontinue, la prochaine sortie, demi-tour avant de passer à la caisse, le pare-chocs percute un plot, un pneu patine, je braque à gauche, perds le contrôle, le retrouve, puis viennent une nouvelle bretelle d'accès, l'autoroute dans la direction opposée, encore une ligne blanche discontinue, encore les flashs d'un radar automatique, la sortie Valence Sud, une énième sortie, un péage. La barrière de sécurité vole en éclats, l'employé de service sort de sa cabine, incrédule, les caméras enregistrent le numéro de ma plaque d'immatriculation, les appareils électroniques fonctionnent à plein régime, mon identité doit déjà apparaître quelque part, sur l'écran d'un poste de surveillance, un gendarme lance peut-être une alerte.

Je ne sais pas ce que je fais, je me fiche des faits et des résultats, je suis perdue et j'ignore où je vais. Je me contente d'avancer, vite, toujours plus vite, droit, de moins en moins droit.

Je slalome un moment dans les avenues de la périphérie de Valence, je grille un feu, un deuxième, un stop, puis une priorité, j'emprunte un sens interdit, je me glisse dans une rue piétonne, bondis sur un dos d'âne. Cramponnée au volant, je chante à tue-tête :

« Attrapez-moi ! Attrapez-moi et enfermez-moi parce que j'ai tué quatre personnes depuis vendredi et que j'en ai raté deux autres ! »

Je rattrape la rocade est, le compteur de l'Audi indique cent quatre-vingts. Je me dis qu'il serait si simple de lâcher le volant, de me laisser aller. Je frôle un pilier, puis deux. Je peux presque sentir le sifflement du vent entre la tôle et le béton. J'imagine le crissement du frottement de l'aile gauche contre la rampe de sécurité. Je vais jusqu'à fantasmer le froissement du métal, les bris de verre et mon corps qui vole, qui vole avant de s'encastrer dans un mur ou dans le pare-chocs d'une voiture qui arriverait dans l'autre sens. Si facile de céder, si évident. Mes yeux noyés de larmes, la route devenue liquide, les piliers, les rampes et les lignes blanches qui se rapprochent, se croisent et s'éloignent. Un klaxon s'époumone avec fureur devant moi, puis sur ma droite. Un type fait de grands gestes à la vitre, le visage rouge de colère. Je réponds d'un coup de volant. J'ai mal, j'ai soif, j'ai besoin de prendre un remontant. J'espère inconsciemment que ma course folle va mal se terminer, mais mon pied droit glisse finalement à côté de la pédale de l'accélérateur, le moteur rugit, puis décélère brutalement, tire sur la droite et je me retrouve engagée sur la millième bretelle de sortie de la nuit.

L'avenue sur laquelle je débouche m'est familière. Je la suis sans réfléchir. Je ne maîtrise plus rien. Un carrefour, je tourne à droite, un autre carrefour, je tourne à gauche. Je reconnais la rue, puis la rangée d'immeubles. Je monte sur le trottoir devant le dernier numéro, arrête le moteur, claque la portière et me dirige vers le bâtiment n° 18. Je tape le code d'entrée, mes doigts savent quels chiffres taper. La porte s'ouvre d'un « clic » feutré. Troisième étage, porte de droite.

Je prends conscience de l'endroit où je me trouve en frappant à la porte des deux mains.

Mon portable sonne, ma main plonge dans ma

poche. Le nom de Richard Revel s'inscrit sur l'écran. Je ne décroche pas.

Ma fille apparaît à ce moment-là dans l'entrebâillement de la porte. Je pousse le battant de toutes les forces qu'il me reste et je m'effondre dans ses bras.

40

« Tu ne réponds pas ? »

Mon portable trône sur la table basse du salon. Je suis allongée sur le canapé, la tête sur les genoux de Vanessa, qui me caresse les cheveux. Je porte son peignoir de bain. Mes cheveux sont encore trempés de la douche qu'elle m'a fait prendre, quelques minutes plus tôt. L'odeur de ma fille m'enveloppe de sa chaleur. Je secoue la tête sans répondre et je ferme les yeux pour éviter d'avoir à affronter son regard désapprobateur. Je l'entends soupirer.

« Tu veux que je regarde qui appelle ?

– Je sais qui c'est. »

J'ouvre un œil. Elle hausse les épaules. J'essaie de changer de sujet.

« Tu devrais aller te recoucher. Je peux rester là toute seule. »

Soucieuse, elle consulte sa montre.

« Merde, il est presque 5 h 30. »

Puis elle soulève mon crâne, se glisse sur le côté et se lève sans plus de formalités.

« Je vais aller faire du café. »

*

Elle revient cinq minutes plus tard, deux tasses fumantes à la main. Je me redresse et tends la main, mais elle ne me donne pas ma tasse tout de suite.

« Dis-moi ce qui se passe !

– Ça va mieux, je t'assure.

– Maman, merde ! »

Elle pose les tasses sur la table basse, s'accroupit face à moi et prend mes mains dans les siennes.

« Tu ne peux pas débarquer comme ça en pleine nuit, au bord de l'épuisement, les vêtements pleins de sang, et me dire qu'il ne se passe rien ! D'abord, il est à qui, ce sang ?

– Non…

– Putain, dis-moi d'où il vient, merde !

– Je ne peux pas.

– Mais tu ne peux pas quoi ? »

Sa gorge se noue, mon estomac aussi. Mon regard se perd dans les volutes de fumée qui émanent des tasses.

« Quelqu'un t'a agressée ?

– Non.

– C'est l'un de tes patients, c'est ça ?

– Non !

– Mais bon sang, tu es médecin, maman, tu sais bien qu'il faut parler dans ces moments-là.

– Je t'en prie. »

Ma voix est presque inaudible. Vanessa lâche mes mains et se lève d'un bond.

« OK, j'appelle les flics !

– Ne fais surtout pas ça ! »

Mon hurlement l'a surprise et effrayée à la fois.

« Dans ce cas, je t'emmène aux urgences pour que tu te fasses examiner. Tu as des traces de brûlure sur les mains et…

– C'est rien. Je me suis fait ça en faisant brûler mes papiers, tout à l'heure. »

Elle s'accroupit à nouveau et approche son visage tout près du mien.

« Maman, maman, maman.

– Je suis désolée de t'imposer ça. »

Mais elle n'écoute pas mes excuses.

« Qu'est-ce qu'ils t'ont fait ? Regarde dans quel état tu es. Incapable de parler avec ta propre fille. Nous sommes proches toutes les deux, on se dit tout d'habitude, non ? Parle-moi, maman. »

Elle colle sa joue à la mienne et me chuchote dans le creux de l'oreille, des sanglots dans la voix :

« Parle-moi, je t'en supplie. »

J'ouvre la bouche. J'ai envie de parler de Vincent Fournier et du Beretta, de Richard Revel, de la corde et de Patrick Soulier, d'Hervé Sartis et de la falaise, et de Sylvie Mangione. Je veux dire : j'ai *vraiment* envie, mais rien ne sort.

Je pense : Aide-moi, Vanessa, aidez-moi, Vincent, Patrick et Sylvie, aide-moi, mon soleil noir.

Le portable se remet à sonner.

Vanessa se précipite sur lui avant moi, le saisit et jette un œil au nom qui s'affiche.

« Richard. »

Je tends la main.

« Laisse ce téléphone.

– Ce type a un rapport avec ce qui t'arrive ?

– Donne-le-moi.

– C'est qui, d'abord ?

– Donne-le-moi, Vanessa !

– Pas avant que tu m'aies dit qui c'est ! »

Je tente d'attraper l'appareil, mais elle se dérobe et ma main ne brasse que de l'air.

« Le lieutenant de police chargé de l'enquête sur la mort de Vincent Fournier. Tu es contente ? Maintenant, rends-moi mon portable. »

Mais Vanessa tient une prise, elle ne la lâchera pas aussi facilement.

« Quel rapport avec toi ?

– Nous avons eu une aventure, hier soir.

– Avec le flic chargé de l'enquête du meurtre de ton patient ?

– Un flirt, rien de plus. »

Surprise, elle me laisse récupérer le portable. Mais je devine à un froncement de sourcils qu'elle ne s'en tiendra pas là.

« S'il s'agit d'un simple flirt, tu peux sans doute m'expliquer pourquoi il appelle toutes les cinq minutes à 5 heures du matin ? »

Je ne dis rien. Je n'ai plus rien à répondre.

Crever l'abcès, avouer, ne plus mentir, mentir et mentir encore et toujours.

La sonnerie s'interrompt enfin. Vanessa fond en larmes et se cache le visage dans les mains.

« Parle-moi, maman ! Parle-moi ! »

Je pense : Tu ne comprendrais pas. Comme les autres, tu verrais une coupable et des victimes. Comme les autres, tu te mettrais à me juger et à chercher les causes de mes actes. Comme les autres, tu adhérerais à l'histoire officielle. Comme les autres, tu n'écouterais pas l'autre Histoire, celle des faits et de leurs résultats quotidiens, celle des hommes et des femmes qui ont atteint les limites de ce qu'ils peuvent endurer et qui préfèrent se balancer au bout d'une corde plutôt que de continuer à subir, mentir, taire, nier et refouler. Tu sauras tout, tôt ou tard, et je te fais le serment que tu agiras comme eux. Les flics, la presse et les familles viendront te cracher ma culpabilité à la figure et tu n'auras pas d'autre choix que d'adopter leur point de vue et subir à ton tour.

Je me lève et j'essaie de l'enlacer.

« Je suis désolée. »

Elle ne se laisse pas faire et s'écarte d'un mouvement sec du torse.

« Lâche-moi ! »

Je pense : Tu vois ! Déjà, le processus s'enclenche, ma fille, mon cœur, la chair de ma chair, alors que tu ne sais encore rien.

Je fais une deuxième tentative, mais elle me repousse pour la deuxième fois.

« Vanessa, ma petite Vanessa !

– Ton manque de confiance me dégoûte ! »

Je la gifle. Elle me dévisage, les yeux brillants de stupeur, puis de colère. Elle me rend ma gifle. Plus violente encore. Une marque cuisante. Elle me défie, je soutiens son regard mais je m'écarte d'elle, j'attrape mon jean maculé de sang, posé sur un fauteuil, et j'en extrais les clefs de la voiture que je lui fourre dans la main.

Une voix dans ma tête me hurle de me taire. Une autre, plus grave, me souffle de continuer.

« L'Audi est garée en bas, sur le trottoir. Ouvre la boîte à gants.

– Qu'est-ce que c'est que ces conneries ?

– Dans la boîte à gants, je te dis ! Vas-y et tu comprendras. »

Elle ouvre la bouche pour protester mais elle comprend que je n'ai jamais été aussi sérieuse. Elle serre le poing sur les clefs, fait demi-tour, gagne la penderie et enfile une veste. Elle me jette un dernier coup d'œil avant de quitter l'appartement.

La sonnerie du portable reprend sa complainte lancinante. Je prends l'appel.

Qu'on en finisse.

*

La voix de Richard Revel est dure et tranchante.

« Où es-tu ?

– C'est la fin, n'est-ce pas ? »

Il s'énerve :

« Où es-tu ? »

Je réponds :

« Qu'est-ce que tu sais ? »

Il hésite.

« Qu'est-ce qui t'a pris ?

Puis c'est le flic qui parle :

« On a retrouvé le corps de Sylvie Mangione.

– Comment tu as deviné ?

– C'est tout ce que tu trouves à dire ?

– Merde, qu'est-ce que tu veux que je dise d'autre ?

– J'ai reçu un coup de fil de Christine Pastres à 2 heures du matin, et ça fait trois heures que mon équipe épluche les dossiers de ton cabinet pour me donner les coordonnées de tous tes patients. »

Je connais l'histoire. Je le coupe :

« Mais tu avais compris avant, n'est-ce pas ?

– Non ! Bien sûr que non !

– Avoue que tu t'en doutais déjà après être passé me voir chez moi, devant le feu. »

Il ne répond rien cette fois-ci.

« Mais tu ne voulais pas l'accepter, et maintenant, il est trop tard.

– C'est trop tard depuis le début ! Tu as tué ces hommes et cette femme !

– Mais tu es impliqué.
– Tu veux me faire chanter ?
– Tu as baisé avec moi et maintenant, tu es impliqué jusqu'au cou.
– Je ne suis impliqué dans rien du tout !
– Que tu le veuilles ou non, nous sommes liés. Parce que si je parle de nous deux, ton enquête ne vaut plus rien et ta crédibilité est réduite à zéro. »

Il ne parle pas tout de suite. J'entends son souffle s'accélérer. Sa voix est gorgée de dégoût :

« Ça aussi, tu l'avais calculé ?
– Ne sois pas grossier.
– Tu es complètement folle ! »

Je réfléchis, puis je dis :

« Qu'est-ce qu'on fait ?
– Tu te rends immédiatement.
– Tu sais très bien que je ne peux pas.
– Dis-moi où tu es. »

Je me tais.

« Dis-moi pourquoi, au moins ?
– Tu es impliqué, mais tu ne veux pas encore l'admettre.
– Dis-moi !
– Nous le sommes tous. »

Je coupe la communication. Ce sera bientôt terminé. Je dois partir d'ici au plus vite. Je retire le peignoir et je me rends dans la chambre de ma fille pour trouver de quoi m'habiller. Je déniche un survêtement, des baskets et un blouson épais. Pendant que je me change, j'entends quelque part dans l'appartement la sonnerie d'un téléphone qui n'est pas le mien. Je termine de faire mes lacets, puis je retourne dans le salon récupérer le portable. Je réalise alors que la sonnerie du téléphone s'est interrompue. Un bruit de clefs dans le hall d'entrée. Je tourne la tête. La porte d'entrée est ouverte. Ma fille se tient là, son téléphone dans une main, le Beretta dans l'autre. Mes clefs de voiture gisent par terre, à ses pieds.

Vanessa est blême. Un masque horrifié s'étale sur sa figure et déforme ses traits. Elle hoche la tête dans un mouvement mécanique, lève le Beretta à hauteur de ses yeux, puis me regarde comme si j'étais subitement devenue une étrangère.

Elle parvient à articuler :

« Elle est là. »

Richard Revel m'a retrouvée.

Je me précipite sur mes clefs, je récupère l'arme, puis je quitte l'appartement en courant. Les cris glaçants de ma fille m'accompagnent jusqu'à ce que le moteur de l'Audi rugisse à nouveau et vienne percer le silence oppressant de la rue.

Désolée, désolée, désolée.

Je m'accroche au volant, je passe la première et je démarre.

41

Je quitte le quartier à 5 h 45 très précisément. La jauge d'essence est presque vide. Le témoin lumineux de la réserve est allumé et une sonnerie agaçante retentit par saccades de trois coups toutes les minutes. Le manque devient intolérable. Des montées de larmes m'obscurcissent la vue à intervalles réguliers. Des bouffées de chaleur. Des pulsions agressives. Mes poings sont douloureux à force de frapper le tableau de bord pour me calmer les nerfs et tromper mon impatience. La radio grésille. Les premiers travailleurs ne vont pas tarder à prendre le chemin du bureau. Un camion poubelle a commencé sa tournée. Deux silhouettes en jaune et vert gesticulent à l'arrière et butinent de benne en benne comme de drôles d'insectes. Il fait encore nuit noire. Personne ne les voit, ni ne les entend avec autant d'acuité que moi. Je suis médecin du travail, c'est mon boulot et je le fais de mon mieux.

J'ai le ventre vide.

Et les idées claires.

Une voix siffle sans répit dans mes oreilles : Aidez-moi, aidez-moi, aidez-moi. Mais je ne l'écoute plus depuis déjà deux kilomètres. Le portable gémit aussi dans son coin. Pour le moment, je ne décroche que pour raccrocher aussitôt. Richard Revel peut aller se faire foutre quelques minutes de plus.

Pour ce que j'en sais, ma fille me hait, tous les flics de Valence sont à ma recherche, les caméras de vidéosurveillance scrutent chaque avenue, le lieutenant Revel en fait désormais une affaire personnelle et je suis devenue en quelques heures seulement l'ennemie publique n° 1. Je me repasse les cinq derniers jours en accéléré. Je me dis que j'aurais pu faire autrement. Comme mes patients, j'aurais pu boire pendant des mois pour ne plus jamais me réveiller. J'aurais pu courber l'échine et souffrir en silence, pour me réveiller un beau matin, une corde à la main, au pied d'un arbre ou d'une poutre. Me jeter sous un train ou prier à l'église, tous les matins, avant de me rendre au travail. Arpenter les allées des centres commerciaux et me gaver de produits bon marché et de plaisirs illusoires. Jongler entre les arrêts maladie, les week-ends en thalasso et les fêtes de famille. Me remettre au sport, courir, nager, escalader, arpenter le Vercors à vélo, goûter aux joies du canyoning et des descentes en rappel, faire du yoga, faire des treks dans le Sud du Maroc, m'initier à la voile ou à l'aviron. Faire comme tous les médecins du travail, me spécialiser, fermer les yeux, aller au boulot, entendre sans écouter, faire la liste des symptômes mais ne jamais tirer de conclusions, attendre la retraite, tranquillement. Me remarier, m'abonner au *Figaro,* à *Paris Match* et à une revue de décoration d'intérieur. Faire d'autres enfants. Acheter un pavillon neuf. Faire construire une piscine. Planifier mes congés un an à l'avance et collectionner les chèques vacances. M'inscrire à des réseaux dits sociaux et raconter ma vie à des inconnus vivant à l'autre bout du monde. Trouver un amant ou deux, peut-être. Essayer de baiser avec une fille, pour voir. Ne plus lire la presse, à part les pages économiques ou les articles médicaux. Vivre. Bêler. Aboyer. Hennir. Consommer. Me planter devant la télé, le soir, après le boulot, en caressant du plat de la main la tête de mon chien ou la queue de mon mari. Rien de plus, rien de moins. Juste ce qu'il faut pour faire passer le temps et patienter jusqu'à la crise cardiaque ou le cancer du sein.

Ç'aurait été si simple.

Peut-être même agréable. Pas tout le temps, mais agréable en fin de compte.

Au lieu de ça, j'ai fait mon boulot. Du mieux que je pouvais. J'ai fait ce qu'on attendait de moi, à ma place et à mon poste, fidèle comme un labrador, tête haute et mains dans la merde. J'ai pansé *et* soigné, j'ai entendu *et* écouté, j'ai bu le calice jusqu'à la lie. Comme Vincent Fournier, qui s'est battu avec ses armes jusqu'à la fin. Comme Sylvie Mangione, qui a tenu plus longtemps que je ne l'aurais fait. Comme Hervé Sartis, qui s'est jeté dans le vide quand d'autres préfèrent continuer de dire amen et de pointer tous les matins, feignant de ne pas être rongés de l'intérieur par leur propre pourriture.

J'ai fait mon boulot, j'y ai cru et encore maintenant, je continue.

Je secoue la tête.

*

La sonnerie du portable retentit au moment où je pénètre dans le centre-ville. Je manque de rentrer dans un lampadaire.

Je murmure :

« Revel, Revel, tu ne me lâcheras donc jamais. »

Puis je débraie, je passe la troisième et je décroche au sixième signal. Je dis d'une voix qui n'a jamais été aussi calme :

« Je suis prête à répondre à tes questions, Richard. »

42

Le seul objectif du lieutenant Revel est de gagner du temps. Il fait son boulot de flic. Je le sais. Il le sait. Le ton de sa voix au téléphone ne dit que ça, pendant que je traverse Valence et que je rejoins les bords du Rhône pour passer en Ardèche par le barrage de Glun. Il compte les secondes tant que je ne raccroche pas. Il panique. Lui aussi, il se met à compter les morts et les vivants. Une colonne de gauche, une colonne de droite.

Je n'en ai plus la force. J'ai fait ce que je pouvais. J'ai tout donné. J'ai trié et photocopié les rapports et les notes de service, je les ai glissés dans des enveloppes que j'ai postées.

J'entends :

« Ne fais pas de connerie, Carole ! J'ai besoin de toi pour valider mes hypothèses et compléter tout ce que je sais à propos de Vincent Fournier, de Roger Vidal, de Salima Yacoubi et de Patrick Soulier.

– J'ai tué quatre patients.

– J'ai besoin de toi pour remplir les cases vides. »

Je pense aux enveloppes qui seront distribuées ce matin dans toutes les boîtes aux lettres. Quand il ouvrira la sienne, j'espère qu'il saura en faire bon usage et qu'il se souviendra de tout ce que je lui ai dit à propos des règles de métier, des conditions de travail et des histoires de chacun de mes patients.

« Tu ne peux plus rien pour moi.

– On peut encore éviter le pire. Tu plaideras la folie et la pression au travail, il y aura une enquête de partage des responsabilités, je soutiendrai ton dossier, je m'arrangerai pour qu'il y ait du bruit dans les médias et que tout soit déballé sur la table. Les directives managériales qui ont poussé certains salariés au suicide, les agressions sur Patrick Soulier, le viol de Salima Yacoubi, les doubles écoutes, l'entêtement de la hiérarchie à ne rien faire. Je ferai tout mon possible, je te le promets. Pour ton procès, tu viendras déposer à la barre. Tu pourras défendre ton point de vue et raconter l'histoire de tes patients. Ils t'écouteront comme je veux t'écouter. Je témoignerai aussi.

– Je ne peux pas.

– Si, tu peux ! Ne me lâche pas ! Pense à tout ce que tu as fait et ce pour quoi tu l'as fait ! Pense à tout ce pour quoi tu te bats depuis des années. Tu ne peux pas lâcher maintenant.

– Je n'ai plus la force. »

Je traverse Châteaubourg à plus de cent dix kilomètres-heure, je déborde sur la voie de gauche au tournant suivant, une voiture me fait des appels de phares, je braque à droite, l'impact est évité de justesse. J'ai droit à une série de coups d'avertisseur que j'oublie aussitôt. J'écrase la pédale de l'accélérateur à l'approche de la dernière ligne droite avant l'entrée de Cornas, quatre kilomètres plus loin. Le voyant lumineux du réservoir d'essence brille. Je suis sur la réserve depuis quand déjà ? Combien de kilomètres me reste-t-il à faire ? Dix, vingt, trente ?

Il dit :

« Ne baisse pas les bras.
– Je suis vide, Richard.
– Pense à nous deux.
– Quel *nous deux* ?
– Tu ne peux pas dire ça. »

Il gagne encore du temps. Il joue la carte des sentiments. Je sais qu'il est sincère, mais je raccroche pour ne pas craquer et je décélère à l'approche d'une série de virages.

*

Il est 6 h 30 passées à l'horloge de la voiture. Le ciel est encore sombre. La circulation s'intensifie. En un kilomètre, je croise les phares d'une dizaine de travailleurs matinaux. Je regrette de ne pas avoir gardé le paquet de Camel.

Revel rappelle aussitôt.

Je laisse sonner.

Je freine brutalement. Une 205 se traîne devant moi. Je klaxonne et fais des appels de phares, mais elle ne s'écarte pas. Ligne blanche, un virage à droite, visibilité quasi nulle. Pas de lumière de phares. Je passe la troisième, je la dépasse, une voiture arrive en face, j'accélère et je me rabats juste à temps.

La sonnerie du portable s'interrompt et reprend de plus belle.

Je décroche.

« Tu es un salarié comme les autres, lieutenant Revel.
– Quel rapport ?
– Quel rapport ??! »

Je ris jaune. Je déglutis, je serre les fesses et je jette un coup d'œil à mon reflet dans le rétroviseur central.

« Combien de suicides dans les rangs de la police, cette année ?
– J'en sais rien, je…
– Combien d'heures tu dors par nuit ?
– Putain, ça n'a rien à voir !
– Quelle quantité d'antidépresseurs as-tu prise, ces derniers mois ?
– Quoi ?
– Quelle marque ? Prozac ? Norset ? Effexor ? Deroxat ? Citalopram ? Stablon ? Ixel ? Floxyfral ? Dis-moi, Richard ! Dis-moi lequel ! Quelle fréquence ? Quelle posologie ? Quels symptômes ?
– On n'est pas là pour parler de moi ! »

Un panneau m'indique que je ne suis plus qu'à deux kilomètres de Cornas. Je continue :

« Dans quel état faut-il que tu sois pour coucher avec la suspecte principale de ton enquête…
– Je ne te permets pas.
– Alors ? Ludiomil, Seroplex ou Zoloft ?
– Aucun, je…
– Venlafaxine, Quitaxon ou Sertraline ? Lequel t'empêche de faire des cauchemars ? Lequel te permet de tenir le coup ? Lequel tu prends quand tu regardes ton arme de service et que les ordres qu'on te donne te paraissent incohérents ou immoraux ? Lequel tu gobes quand on t'appelle pour une histoire de viol de mineur ? Quel est ton préféré ? Lequel te fait vraiment triper ? Lequel te retient encore de ne pas faire justice toi-même ? Lequel t'empêchera de me descendre quand tu me tiendras enfin en joue et qu'un de tes supérieurs te soufflera dans l'oreille que je suis l'ennemie publique n° 1 ? Lequel, dis-moi ! Je suis vraiment curieuse de le savoir. Je suis médecin. Je connais tous les effets indésirables de ces saloperies. Je sais *avec*

exactitude ce qu'ils provoquent, leurs limites. Je connais *avec exactitude* le moment précis où ils ne te suffiront plus et où il faudra que tu augmentes la dose pour ne pas craquer. Je peux prédire *avec exactitude* le jour, l'heure et la minute où tu franchiras la limite et où il t'en faudra plus, toujours plus, avant que tu ne retournes ton arme contre toi ou contre le pauvre type qui sera au bout de ton canon à cet instant-là. Tu ne le sais pas ou tu refuses de le voir, mais moi, je le sais.

– Et toi, Carole ? Tu te situes où dans tout ça ? »

Je pense : J'ai décidé de prendre les choses en main.

Le panneau de Cornas est en vue. Il y a des travaux. Une déviation a été installée. Un panneau jaune indique que la route principale est bloquée. Merde. Je tourne à gauche, en direction de la voie ferrée. Pas le choix. Un petit chemin cahoteux, puis une route étroite. Des lotissements de chaque côté, des fenêtres allumées, des réveils qui sonnent. La vie avant l'enfer. Je panique un peu. Mes gestes sont plus saccadés, ma conduite est chaotique. Forcée de ralentir à chaque croisement ou à chaque rond-point. Je me surprends à jeter des coups d'œil nerveux au Beretta, pour vérifier qu'il est toujours là, à portée de main, pour me protéger.

« Nous sommes pareils, tous les deux ! Tu peux encore tout arrêter et attendre que je te rejoigne. »

Ni pire ni meilleure. Comme toi. Comme Patrick, comme Vincent, comme Sylvie, comme Christine. Comme les morts d'hier et les morts de demain. Colonne de droite, comme de gauche.

Il ne lâche rien. Il dit :

« J'ai lu le rapport d'expertise du Dr Albert Vitalis du 8 août 2008, adressé à l'Inspection du travail de la Drôme. Celui qui dit que tu as été agressée. J'ai aussi lu le certificat médical du Dr Sarthes du 10 juillet 2008 et le rapport d'expertise de droit commun du Dr Sthil, du 27 juillet suivant. Je sais ce que tu as dû endurer, ces derniers mois.

– Comment les as-tu eus ?

– Ton infirmière les a transmis aux forces de l'ordre. Tu devais t'en douter. Et puis, c'est ton vœu le plus cher, non ? Briser la chape de plomb du secret médical, faire parler les patients, casser les chaînes du déni de souffrance, parler, parler, parler, ce n'est pas ce que tu souhaites plus que tout au monde ?

– Tu le sais depuis quand ?

– Je viens de les lire. »

Un bref silence. Je ne sais pas quoi penser. Revel me répète qu'il peut m'aider, qu'il va m'aider, que je dois me rendre et ne pas faire de bêtises, mais je n'écoute plus. Je lâche le portable, qui glisse sur le tapis de sol.

Environ deux cents mètres devant moi, la déviation rejoint la route principale, en plein centre de Cornas.

43

Les rues et les croisements s'enchaînent. Je ne pense plus, je ne respire plus, mon ventre tenaillé par un effroyable besoin d'uriner et ma gorge obstruée par une boule d'angoisse.

Je me répète mentalement : J'ai peur, j'ai peur, j'ai peur.

Je me dis : Tu as fait du bon boulot, Richard. Tu as fait plus que les règles de ton métier t'imposaient et je suis fière de toi, petit lieutenant, parce que tu as vu juste. Maintenant, je m'en vais et tu devras prendre la relève.

Je traverse un rond-point, double une voiture et passe la troisième.

La voix du lieutenant, en bruit de fond, à mes pieds, comme une berceuse pour enfants, qui crie mon nom et me supplie de m'arrêter. Et derrière elle, celles de mes patients, colonne de droite, colonne de gauche et, hors colonne, celles de ma fille et des fantômes du passé. Ma propre voix, perdue au cœur de ce vacarme, celle de mes crises d'angoisse, de mes coups de colère au cours des derniers mois.

Coup d'œil à gauche. J'aperçois la façade d'une maison dont la fenêtre de la cuisine est éclairée. Des silhouettes s'activent autour d'une table. Des enfants sont assis. Dans moins d'une heure, ces gens sortiront leur voiture du garage, emmèneront leurs petits à l'école et iront pointer au travail. Moi, il y a bien longtemps. Au-dessus, le ciel s'éclaircit peu à peu. Je ne m'arrête pas.

Je lance l'Audi à l'assaut de la route de Saint-Romain-de-Lerps.

Sur les traces d'Hervé Sartis.

*

Des images du film de Sydney Pollack, *On achève bien les chevaux*, défilent en boucle dans ma tête. Un marathon de danse dans lequel mes patients, Revel et moi, formons de bien curieux couples sur les pistes californiennes. Robert et Gloria prennent mille visages. Christine Pastres et Vincent Fournier. Salima Yacoubi et Patrick Soulier. Revel et moi.

Le flanc de la montagne exposé plein est s'éclaire doucement. Bientôt 7 heures. Les symptômes du stress m'abandonnent progressivement. Mon estomac se dénoue, l'étau qui m'emprisonne le crâne se desserre, mes muscles se détendent. Je conduis de mieux en mieux, mes mouvements s'assouplissent et j'affine mes trajectoires.

J'entre dans une combe plus sombre, je passe un petit pont de pierre, au-dessous duquel coule un improbable ruisseau, à moitié bouffé par la végétation. Je passe la seconde, négocie un virage serré, puis je reprends de la vitesse.

Dix minutes plus tard, j'atteins enfin le tournant d'où Hervé Sartis s'est jeté, la veille. Des barrières de sécurité clôturent la brèche dans le muret de protection. Je fonce droit sur elles. Je donne un coup de volant. Je freine des deux pieds, juste avant de les percuter, et je me retrouve en travers de la chaussée, face au vide.

J'ouvre la portière d'un coup sec et saute sur la route, en me tenant bien face au vide. Derrière moi, des voitures déboulent. Je tourne la tête. Le lieutenant Revel s'extrait de la première. Il murmure à l'oreille du premier policier qui le rejoint. L'autre hoche la tête et recule d'un pas. Revel lui tape sur l'épaule puis il le dépasse et remonte la ligne blanche dans ma direction, comme s'il s'agissait d'un lien physique qui nous unissait.

Épilogue

Revel est livide. J'attends qu'il parcoure une dizaine de mètres avant de pointer mon arme sur lui, le bras agité de tremblements. Je lui intime l'ordre de s'immobiliser.

Il s'exécute et me dévisage d'un air de dire : « Et maintenant ? »

Un premier rayon de soleil s'est posé sur le sommet de la montagne, derrière lui, et descend à toute allure sur ses flancs. Le fond de l'air est glacé. La rumeur d'un TGV en contrebas, dans la vallée, le ronronnement des voitures sur l'autoroute. Les sirènes se sont tues, les moteurs sont coupés, les hommes se sont figés et se tiennent en silence, regards braqués dans ma direction, vides de toute expression, une main calée sur les hanches ou posée à plat sur le capot de leur voiture, l'autre agrippée à la crosse de leur arme, dans l'attente d'un signal de Revel.

Le lieutenant plante ses yeux dans les miens. Battements de paupières. Une intimité étroite s'immisce entre nous. Je m'écarte de l'Audi et me rapproche des barrières de sécurité. Je les enjambe et me retrouve dos au vide. Revel parle, mais je ne l'écoute pas.

Je pense : Dans le monde du travail tel qu'il existe aujourd'hui, qui peut faire la différence entre les morts volontaires et ceux qu'on mène à l'abattoir ?

Pas moi.

Je me penche en avant. Revel crie et s'élance dans ma direction.

Je bascule dans le vide.

*

Ma chute semble durer une éternité. Je distingue le buste de Revel, au-dessus de moi, en pleine lumière. Il se prend la tête entre les mains et me hurle des mots qui ne me parviennent pas. La marque du soleil suit ma descente le long de la falaise, mètre après mètre, sans jamais me rattraper. Plus rapide qu'elle, je reste dans l'ombre. Revel, là-haut, éclairé par l'histoire officielle. Moi, en bas, dos au sol, dans l'obscurité de l'autre Histoire, je sais déjà ce qu'il écrira dans son rapport.

Les faits :

Avril 2005, Carole Matthieu, médecin du travail au centre d'appels de Valence, reçoit Vincent Fournier pour la première fois à son cabinet. Trois ans plus tard, le 23 juin 2008, ce même Vincent Fournier tente d'étrangler sa supérieure hiérarchique, Christine Pastres, avant d'entrer dans une longue période de dépression. Le lendemain, à 18 h 45, Carole Matthieu est elle-même victime d'une agression de la part de l'un de ses patients. L'histoire se répète. Les deux événements auront une influence décisive sur son comportement à venir. Elle tombe en dépression comme on entre dans les ordres. Pulsions auto et hétéro-agressives, réactions paranoïaques, angoisses, peur de la foule, cyclothymique bipolaire, dépendance aux amphétamines. Revel notera : *burn-out*, droguée, perverse, potentiellement dangereuse et mythomane.

Je ne tombe plus, je plane. Mieux : je vole. Face contre ciel.

Tout en haut de la falaise, Richard Revel n'est déjà plus qu'une minuscule silhouette et un vague souvenir.

Je chantonne :

« Adieu, Richard. Travaille bien, mon soleil. Travaille bien, mon soleil noir. »

Je poursuis son bilan.

Les faits.

Encore plus de faits :

Le 15 novembre 2008, Carole Matthieu pense pour la première fois à mettre fin à ses jours.

Le vendredi 13 mars 2009, à 20 h 28, Carole Matthieu assassine Vincent Fournier à l'aide d'une arme à feu. Décès immédiat.

Le mardi 17 mars 2009, à 9 heures du matin, Patrick Soulier tombe dans un coma dont il ne ressortira plus, suite à sa tentative de suicide, aux alentours de minuit. Un peu plus tard, dans l'après-midi, route de Saint-Romain-de-Lerps, Carole Matthieu aide Hervé Sartis à se jeter dans le vide.

Mercredi 18 mars 2009, Carole Matthieu se rend au domicile de Sylvie Mangione et la tue de trois balles dans le dos et le thorax. Elle décède au bout d'une vingtaine de minutes des suites de ses blessures. Jacqueline Vittoz, infirmière et assistante de Carole Matthieu, se met en contact avec le lieutenant Richard Revel pour lui communiquer les dossiers d'expertise du médecin du travail qu'elle a pu sauver et récupérer chez elle. Suivront deux tentatives de meurtre avortées sur les personnes de Christine Pastres à 2 heures du matin et de Cyril Caül-Futy à 4 h 10, tous deux patients, et mise en danger de leurs familles respectives. Entre-temps, la carte bancaire de Carole Matthieu est débitée de 11,40 euros, une première fois, à la sortie 19, Bollène, de l'autoroute A7, puis à 4 h 35, de 1,70 euro, sortie Valence Sud. Sa voiture est retrouvée au kilomètre treize, route de Saint-Romain-de-Lerps, virage n° 37. En dépit des efforts du lieutenant Richard Revel pour l'en empêcher, Carole Matthieu met fin à ses jours en se jetant dans le vide à 7 h 36. Décès officiel constaté à 7 h 58, après une chute de près de cent soixante-dix mètres.

Carole Matthieu ne s'est pas contentée de faire son travail. Tout a été soigneusement consigné dans trois grosses enveloppes en papier kraft portant chacune le logo du centre d'appels, contenant les rapports d'expertise de ses patients et les siens. Des dizaines de rapports, en vingt exemplaires, à l'intention de : l'Inspection départementale du travail, la Caisse nationale d'assurance maladie, la Direction des risques professionnels, le conseil de l'Ordre, Richard Revel, Pierre Penain, journaliste à France 3, syndicats, AFP, sa fille.

Vingt enveloppes, postées mardi 17 mars et distribuées par les services postaux le mercredi 18 mars 2009, entre 10 et 12 heures.

L'autre Histoire.

Les expertises détaillées de Vincent Fournier, Patrick Soulier, Christine Pastres, Sylvie Mangione, Hervé Sartis, Marc Vasseur, Salima Yacoubi, Cyril Caül-Futy et Carole Matthieu. Les diagnostics et les prescriptions des autres. Les dates des arrêts maladie, celles des débuts et des fins de traitement. Les durées d'entretiens, leurs fréquences, leur teneur. Les notes de service. Les courriers de la hiérarchie. Les ordres de mutation et de fermeture de services. Les cris et les larmes. Les espoirs déçus et la colère. La peur et le déni.

La mort comme unique solution.

La sélection médicale comme nouvelle forme d'organisation du travail.

Voilà ce qu'ils écriront. Voilà ce qu'ils liront. Voilà ce que la presse rapportera. Les faits, rien que les faits. Jamais les résultats. Ils auront probablement tort, mais que faire d'autre ? Que répondre à quelqu'un qui vous dit qu'il est prêt à mourir parce qu'il ne supporte plus de travailler ? Le traiter de lâche ou l'ignorer ? Est-il coupable ou malade ? Un salarié souffre et c'est tout ? On s'arrête là ?

Je ne pense pas.

Les pendules doivent être remises à l'heure.

Les résultats :

Je ne suis pas différente de Vincent Fournier et d'Hervé Sartis. De Christine Pastres et de Sylvie Mangione. De l'agent d'entretien et du chef de service. De la secrétaire et du manager. Du commercial et du directeur de site. Du mouton et du loup.

Voilà ce que je crois : le médecin du travail Carole Matthieu n'a jamais été aussi belle que ce mercredi 18 mars 2009, presque 8 heures du matin, quand les bras du lieutenant Richard Revel se sont glissés sous sa colonne vertébrale brisée, l'ont soulevée et l'ont serrée contre sa poitrine en psalmodiant qu'elle n'était après tout qu'une salariée comme les autres.

Table

COMPOSITION : IGS-CP À L'ISLE-D'ESPAGNAC
IMPRESSION : CPI BRODARD ET TAUPIN, À LA FLÈCHE
DÉPÔT LÉGAL MAI 2012. N° 107867 (68084)
IMPRIMÉ EN FRANCE

Le Dernier Testament

Philip Le Roy

Judée, en 70 après J.C.: Yeoshua Ben Yossef enterre son testament.
Fairbanks, de nos jours: une équipe de scientifiques est massacrée dans un laboratoire clandestin de recherche clinique. Parmi les victimes, deux prix Nobel de médecine, un agent du FBI et un cobaye humain dont l'autopsie révèle qu'il était déjà mort. Bientôt des créatures monstrueuses se mettent à rôder autour de la ville… Le FBI, affolé, appelle Nathan Love, profiler de génie.

« Un miracle littéraire. »

Lire

LE SUSPENSE CONTINUE
AVEC POINTS THRILLER

Les Visages

Jesse Kellerman

La plus grande œuvre d'art jamais créée dort dans les cartons d'un appartement miteux. Ethan Muller, un galeriste new-yorkais, décide aussitôt d'exposer ces étranges tableaux, qui mêlent à un décor torturé d'innocents portraits d'enfants. Le succès est immédiat, le monde crie au génie. Mais un policier à la retraite croit reconnaître certains visages : ceux d'enfants victimes de meurtres irrésolus…

Grand Prix des lectrices de ELLE

« Si vous n'avez pas encore lu Jesse Kellerman, ne perdez pas une seconde. »

Harlan Coben

LE SUSPENSE CONTINUE
AVEC POINTS THRILLER

La Nuit de l'infamie

Michael Cox

Une nuit brumeuse d'octobre 1854, Edward Glyver arpente les rues de Londres, choisit un passant au hasard, lui tranche la gorge. Simple entraînement avant le meurtre de Phoebus Daunt, l'éminent poète qu'il jalouse depuis son enfance. Edward Glyver aurait exécuté sa vengeance comme prévu, si une lettre anonyme n'avait pas tout chamboulé…

« Dans les pas de Dickens, un thriller aux maléfiques et magnifiques ténèbres. »

L'Express